왕들의 길, 다산의 꿈

조선 진경 남양주

역사문화
진경 산책
1

조선 진경 남양주

왕들의 길, 다산의 꿈

황호택·이광표 지음

역사문화 진경 산책 1
왕들의 길, 다산의 꿈
조선 진경 남양주

지은이 황호택 이광표
펴낸이 이리라

책임 편집 이여진
편집 에디토리얼 렌즈
표지 디자인 엄혜리

2020년 6월 20일 1판 1쇄 펴냄
2021년 5월 10일 1판 2쇄 펴냄

펴낸곳 컬처룩
등록 2010. 2. 26 제2011– 000149호
주소 03993 서울시 마포구 동교로 27길 12 씨티빌딩 302호
전화 02.322.7019 | 팩스 070.8257.7019 | culturelook@daum.net
www.culturelook.net

ⓒ 2020 황호택 이광표

ISBN 979 – 11 – 85521 – 79 – 4 04910
ISBN 979 – 11 – 85521 – 78 – 7 (세트)

culturelook

일러두기

- 한글 전용을 원칙으로 하되, 필요한 경우 원어나 한자를 병기하였다.
- 한글 맞춤법은 '한글 맞춤법' 및 '표준어 규정'(1988), '표준어 모음'(1990)을 적용하였다.
- 외국의 인명, 지명 등은 국립국어원의 외래어 표기법을 따랐으며, 관례로 굳어진 경우는 예외를 두었다.
- 사용된 기호는 다음과 같다.

  신문 및 잡지 등 정기 간행물, 학위 논문 등: 〈 〉

  책(단행본): 《 》
- 이 책에 실린 사진들은 본문의 이해를 돕기 위해 사용했습니다. 사진의 사용을 허락해 주신 분들께 감사드립니다. 잘못 기재한 사항이나 사용 허락을 받지 않은 것이 있다면 사과드리며, 이후 쇄에서 정확하게 수정하며 관련 절차에 따라 허락 받을 것을 약속드립니다.

남양주에서 코로나19 이후를 꿈꾼다

정재숙 문화재청장

역사가 크게 굽이칠 때가 있다. 지금이 그 시절이다. 코로나바이러스감염증이라는 전대미문의 역병이 인류를 매일 새로운 시간 위에 세우고 있다. 어제의 세계와 전혀 다른 오늘부터의 세계를 맞으며 새삼 가슴에 새기는 네 글자가 있다. 관고찰금觀古察今이다. 과거를 돌아보아 현재를 살핀다는 뜻이다.

　문화재청이 하는 일은 순간순간 관고찰금의 연속이다. 한민족의 호흡이 켜켜이 스민 문화유산을 보존하고 활용하며 미래 세대에게 온전히 전해 주기 위한 소임은 막중하고 준엄하다. 그 엄중한 길에 함께해 주는 동학同學은 언제나 반갑고 고맙다. 청이 미처 챙기지 못하는 부분을 보완해 주기 때문이다.

　황호택·이광표 두 언론인 출신 동학은 전공 학자와는 또 다른 시각에서 조선을 들여다보았다. '역사문화 진경 산책' 시리즈는 현장을 발로 뛰는 기자 정신을 함축하고 있다. 〈아주경제〉 연재 당시부터 학계와 재야의 주목을 받으며 역사가 왜 나날이 새로운 기억으로 거듭나야 하는지를 일깨워 주었다.

　그 첫 편인 《왕들의 길, 다산의 꿈 – 조선 진경 남양주》는 '문사철文

史哲 남양주'라는 평을 들을 만큼 풍부한 실증 사료와 두터운 생각거리를 담아냈다. 선후배 기자 사이인 두 필자는 공동 집필 과정에서 보완과 협동의 상승 효과를 보여 주었다. 논설주간을 지낸 대기자와 문화재 전문 기자의 협력은 남양주를 제대로 톺아보는 결실을 맺었다.

"시대가 바뀌어도 사람들은 한강을 따라 이곳으로 모인다. 그리고 한강을 따라 더 큰 세상으로 나아간다. 남양주는 만나고 모색하고 새로운 정신을 탐색하는 곳이다. 정약용이 그랬고 정선이 그랬던 것처럼."

유독 조선 왕과 왕실의 무덤이 많은 남양주는 문화재청이 특히 관심을 기울이는 땅이다. 그런 의미에서 "남양주를 어떻게 기억할 것인지를 진지하게 성찰하고 실천해야 할 때"라는 한마디는 문화재 행정 담당자들에게 큰 울림을 준다. 동학이 제시하는 가르침을 정책에 반영할 수 있도록 머리를 맞대고 고민하는 숙제가 남았다.

코로나바이러스감염증으로 흔들리고 있는 지구에서 우리 함께 오늘을 이겨내고 내일을 맞이할 수 있는 힘의 단초를 이 책에서 발견하시기를 기원한다.

남양주 역사문화의 넓이와 깊이를 들여다보다

우리 땅 어느 곳을 가도 오랜 역사를 만날 수 있지만 그중에서도 남양주는 참으로 두드러진 곳이다. 특히 조선 시대의 역사로 보면 남양주는 단연 독보적이다. 발 닿는 곳곳마다 조선왕조 오백 년의 역사가 서려 있다.

오랜 인연이 있는 조광한 남양주시장이 언젠가 내게 남양주의 역사문화에 관한 긴 글을 건네주었다. 그냥 읽어 보라는 뜻인지, 뭘 궁리해 보라는 것인지 구체적인 말이 없었다. 읽어 보고 나서 남양주가 이렇게 대단한 곳인 줄 처음 알게 됐고, 관련 자료를 수집하고 현장을 답사해 사실적이면서도 아름다운 콘텐츠로 만들어 보면 어떨까 하는 생각이 들었다.

나 혼자 하기는 힘에 부쳤다. 마침 〈동아일보〉를 떠나 서원대에 가 있는 이광표 교수가 내 제의를 듣고 선뜻 수락했다. 이 교수는 문화부 기자를 오래하며 문화 유적 분야에 식견이 높고 문화재청의 문화재 위원을 맡고 있다. 이 교수와 나는 거의 똑같이 절반씩 나누어 맡아 답사와 집필을 진행하며 수시로 의견을 교환했다. 그래서 연재물에 '공동 집필'이라는 묶음표를 붙였다.

2019년 여름부터 현장을 찾고 자료를 조사하면서 〈아주경제〉와 남양주시청 홈페이지에 "왕들의 길, 다산의 꿈 – 조선 진경 남양주"란 제목으로 매주 기획 연재를 시작했다. 이 책은 그 원고를 다듬고 보완한 것이다. '조선왕조의 흥망과 남양주,' '조선을 일군 남양주 사람들,' '다산 정약용의 삶과 흔적,' '남양주의 문화와 전통,' '남양주의 일상과 힐링' 등으로 나누고 그에 맞는 세부 내용으로 구성했다.

남양주의 인물들을 만나다 보면 '아, 조선의 역사가 이렇게 흘러갔구나' 하고 무릎을 치지 않을 수 없다. 드라마틱한 역사의 순간과 조선 역사를 수놓은 인물이 모두 남양주와 얽혀 있기 때문이다. 남양주는 어디를 가도 물이 맑고 산이 좋다. 광릉 숲과 크낙새, 수종사, 팔당과 한강변, 운길산과 예봉산, 축령산과 서리산, 수락산과 불암산, 봉선사와 묘적사 등 아름답고 매력적인 공간을 최대한 많이 소개하고자 했다. 자동차로 30분 거리의 서울에 살면서도 이웃 무릉도원을 모르고 사는 사람들이 많다.

조선왕조의 흔적이 오롯이 남아 있는 곳, 다산 정약용의 꿈이 아직도 살아 숨쉬는 곳, 자연과 문화가 조화를 이루는 곳. 남양주를 이렇게 정의할 수 있을 것 같다. 남양주의 미래는 남양주의 역사와 문화, 과거의 흔적 속에서 시작된다는 믿음에서 남양주의 뿌리와 내면을 들여다보고 싶었다. 그런데 남양주 곳곳을 찾고 글을 쓰면 쓸수록 남양주 역사문화의 넓이와 깊이에 놀라지 않을 수 없었다. 저자들은 이 책이 독자들의 사랑을 받는 것을 넘어 남양주를 기록하는 다큐멘터리, 영화, 소설 등에서 콘텐츠로 활용되기를 바라는 마음에서 작은 팩트 하나에도 정성을 다했다. 그래서 여러 가지 기록상의 오류를 잡아낸 것을 뿌듯하게 생각한다. 《조선왕조실록》 등 귀한 역사 자료가 디지털 데이터화한 덕을 톡톡히 보았다. 사실의 기록이 빠져 있는 대목은 역사적 상상력에 의지해 해석을 시도했다.

조광한 시장·문주현 회장·곽영길 회장 지원에 감사

무엇보다도 이 책이 나오도록 물심양면의 지원을 아끼지 않은 조광한 남양주시장, 문주현 MDM 회장, 곽영길 〈아주경제〉 회장께 감사드린다. 이분들의 문화 애호 정신과 남양주 사랑이 아니었으면 이 책은 나오지 못했을 것이다. 현장을 일일이 쫓아다니며 자료를 찾아주고 비문을 막힘 없이 해석해 준 김형섭 남양주시립박물관 학예연구사는 이 책의 공저자라고 해도 과언이 아니다. 사진을 찍은 김세구 〈아주경제〉 전 전문위원과 남궁진웅 사진부 기자도 땀을 많이 흘렸다. 이상국 논설실장은 신문에 연재되는 동안 번득이는 제목을 달아주었다.

인터넷 시대가 오면서 실시간으로 독자들의 의견을 들어 연재 중인 원고의 완결성을 높이는 일이 가능해졌다. SNS에 글이 뜨자마자 꼼꼼히 읽고 크고 작은 오류를 일일이 잡아 준 임철순 전 〈한국일보〉 주필에게 감사드린다. 임 주필의 넓고 깊은 식견과 해박한 어문語文 지식에 매번 감탄할 수밖에 없었다. 임 주필과 김수인 스포츠 칼럼니스트, 박은주 〈조선일보〉 크리에이티브 에디터가 SNS 토크를 통해 이 책의 품격을 높여 주었다.

바라건대 이 책을 통해 많은 사람들이 남양주의 역사와 전통과 문화와 자연을 느끼고 현장을 찾아봤으면 좋겠다. 이 책의 결실이 좋은 평가를 받으면서 역사문화 콘텐츠를 발굴, 기록하는 분위기가 다른 지역으로도 확산되기를 기대한다.

황호택

조선은 남양주에서 시작하고 끝난다

1784년 4월 어느 날, 작은 배 한 척이 한강 두미협斗尾峽을 지나고 있었다. 두미협은 남한강과 북한강이 만나 서북쪽 한강으로 이어지는 좁은 길목으로, 지금의 팔당댐 근처다. 그 배에 다산茶山 정약용丁若鏞(1762~1836)이 타고 있었다. 큰형수 이씨의 제사를 마치고 형 정약전, 사돈 이벽李蘗과 함께 한양으로 가는 길이었다. 두미협에서 이벽은 "천주님께서 만물이 자라도록 힘을 주신 것이네"라며 정약용에게 책을 한 권 건넸다. 정약용 형제는 호기심 가득한 표정으로 이벽과 토론을 벌였고 그 책을 열심히 탐독하기 시작했다. 정약용의 나이 스물둘이었다.

다산 실학도 천주교도 남양주서 시작했다

한국 천주교회가 태어나던 순간이자 정약용의 애민愛民 실천 사상의 한 축이 형성되는 순간이었고, 또한 정약용 삶의 파란波瀾이 잉태되는 순간이었다. 그날 남양주 한강의 수면은 평온했지만, 저 깊은 저류에서 새로운 세상이 요동치고 있었다. 정약용의 철학도, 한국의 천주교도, 한 시대의 격동도 모두 남양주에서 시작했다.

　　남양주는 조선 시대 풍양현豊壤縣으로 불렸다. 한양에서 가까운 데

운길산 수종사에서 바라본 한강. 먼길을 달려온 남한강과 북한강이 다산의 고향인
마재마을 앞에서 한강으로 합류해 한양을 향해 나아간다. (사진 아주경제 DB)

다 한강이 흐르다 보니 교통과 물류의 요충지였다. 당연히 사람들이 모
였고 다양한 생각들이 어우러졌다. 남양주를 두고 "학문의 요람이었고,
철학의 산실이었으며, 예술과 상상력의 공간"이라고 말하는 까닭이다.
거기엔 늘 한강이 흐르고 있었다. 한양으로 가는 모든 것은 남양주를 통
해야 했다.

조선의 왕들도 예외는 아니었다. 상왕으로 물러난 태조 이성계도 함
흥과 한양을 오가며 남양주에서 머물렀다. 왕자의 난으로 조선 왕실에
피비린내가 진동하던 때였다. 권력을 물려줄 수밖에 없었지만, 다시 무

언가 반전을 시도하고 싶었던 것일까. 조선 창업의 정신이 되살아났던 것일까. 그곳 하천은 태조가 머물렀다고 해서 왕숙천王宿川이라 불렸다. 태종 이방원은 한양 동쪽에 이궁離宮을 세웠다. 그것이 진전읍의 풍양궁이었다. 태종은 이곳을 자주 찾았으며 상왕으로 물러났을 때 머무르기도 했다.

이런 인연 때문일까. 남양주에는 유독 조선 왕과 왕실의 무덤이 많다. 세조와 정희왕후가 묻혀 있는 광릉光陵, 비극적 삶을 살다간 단종비 정순왕후가 묻혀 있는 사릉思陵, 고종과 명성황후가 묻혀 있는 홍릉洪陵, 순종과 순명효황후·순정효황후가 함께 묻혀 있는 유릉裕陵. 그리고 선조의 후궁인 인빈 김씨(인조의 할머니)의 순강원順康園, 정조의 후궁이며 순조의 생모인 수빈 박씨의 휘경원徽慶園도 남양주에 있다.

비록 폐위된 왕이지만 광해군의 묘도 빼놓을 수 없다. 그는 생모인 공빈 김씨(선조의 후궁)와 형 임해군 옆에 묻혀 있다. 권력과 정치에 희생당해야 했던 비극적인 가족사를 보여 준다. 홍릉 유릉 구역에는 마지막 황태자 영친왕과 영친왕비 묘(영원英園), 비운의 황녀 덕혜옹주의 묘, 마지막 황사손皇嗣孫 이구의 묘(회인원懷仁園)도 함께 있다. 망국의 비애가 절절하다. 선조의 아버지 덕흥대원군 묘, 고종의 아버지 흥선대원군 묘도 자리한다. 흥선대원군 묘는 원래 서울 마포에 있었으나 한 차례 이장한 뒤 1966년 남양주 화도읍 현재의 위치로 옮겼다. 살기 넘치는 갈등의 대상이었던 아들과 며느리 곁으로 끝내 돌아온 흥선대원군, 참으로 묘한 인연이 아닐 수 없다.

명성황후와 대원군의 '사후死後 해후'

남양주에선 조선왕조의 시작과 끝, 영욕과 부침을 고스란히 만날 수 있다. 그렇기에 남양주는 가장 조선적인 땅이다. 이곳에는 수많은 선비와 학자, 시인묵객이 모였고 자연스럽게 조선 시대 인재의 산실이 되었다. 그 한복판에 석실서원石室書院이 있었다. 석실서원은 병자호란 당시 충신이었던 선원仙源 김상용金尙容과 청음淸陰 김상헌金尙憲 형제의 충절과 학덕을 기리기 위해 1656년 창건되었다. 김수항金壽恒, 김창협金昌協, 김창흡金昌翕, 김원행金元行 등으로 이어지며 1868년 흥선대원군의 서원철폐령으로 문을 닫을 때까지 많은 후학들을 양성하고 문화 사상을 잉태하는 산실로 자리 잡았다. 송시열, 이병연, 정선, 조영석, 홍대용 등이 바로 석실의 문하를 드나들었던 이들이다. 한때 안동 김씨 세도 정치의 논란도 있었지만 석실서원은 넉넉한 포용력으로 깊이 있는 강학講學을 이끌었고 기호 지역과 영호남 인재를 모두 아우르면서 북학北學의 토대를 마련했다. 조선의 철학을 심화하고, 진경眞景 문화를 구축하면서 18세기 르네상스 시대를 꽃피운 것이다.

석실서원의 흔적은 정선이 1741년에 그린 진경산수화 〈미호渼湖-석실서원도石室書院圖〉에 잘 남아 있다. 《경교명승첩京郊名勝帖》에 수록된 이 작품은 남양주 석실서원과 한강 물길을 담아낸 것으로, 남양주와 석실서원에 대한 정선의 자부심을 극명하게 보여 준다. 위대한 진경산수화가 남양주의 한강에서 잉태되었음을 웅변한다.

'오성과 한음'으로 유명한 이덕형의 별서터가 운길산 아래에 있다. 조선의 자주적 역법을 연구하는 데 일생을 바친 이순지, 연산군의 폭정에 당당히 맞섰던 박원종, 개혁 정치를 펼친 김식, 대동법을 추진한 김육

남양주시 금곡동에 있는 대한제국의 마지막 황제 순종의 유릉. 신도神道 양옆에
문인석文人石·무인석武人石과 기린, 코끼리, 사자, 해태 등 다양한 석물石物을 배치한 것이
특이하다. 중국 청의 황릉처럼 조성한 것이다. 그러나 일본에 병합당하면서
순종은 일왕의 신하가 되었다. (사진 이광표)

등 숱한 인재들의 흔적이 남양주 도처에 남아 있다.

그 흔적은 시대를 초월해 20세기에도 면면히 이어졌다. 한국인이 가
장 좋아하는 화가 가운데 한 사람인 장욱진. 그는 1963년 서울을 떠나
1975년까지 남양주 덕소에서 머물며 동양적 달관의 미술 세계를 구축
했다. 장욱진의 미술 또한 남양주에서 이뤄졌으며, 청록파 시인 조지훈
도 이곳에 묻혀 있다.

그런데 그 흔적들이 하나둘 사라지고 있다. 석실서원은 흔적도 없이

남양주시 조안면 능내리에 있는 다산 정약용의 생가 '여유당與猶堂.' 당호에 나오는
'여興'는 머뭇거린다는 뜻이고 '유猶는 조심한다는 뜻이다. 당시 정치적 격동 속에서 신중하고
조심스럽게 처신했던 정약용의 삶의 자세를 잘 보여 준다. (사진 아주경제 DB)

묻혀 버렸다. 수석동에는 그저 표지석 하나만 덩그러니 서 있을 뿐이다. 삼패리 한강변 장욱진 아틀리에는 통째로 사라져 표석 하나 없다. 안타까운 일이다.

전태일·박종철·문익환 잠든 곳

역사의 흔적은 기억이다. 기억은 우리 시대의 문화 콘텐츠이고 문화 관광 자산이다. 기억하지 않는 도시는 미래가 없다. 더 이상 흔적이 사라져선 안 된다. 과거의 기억에 그치지 않고 이 시대의 기억도 축적해야 한다. 남양주의 모란공원 민족 민주 열사 묘역을 기억해야 하는 까닭이다. 이곳엔 분신 노동자 전태일, 직업병으로 삶을 마감한 15세 소년 근로자, 1979년 신민당사 농성 YH 근로자 여성, 고문으로 삶을 마감해야 했던 서울대생 박종철, 통일 운동에 헌신했던 문익환 목사 등 130여 명이 잠들어 있다. 그들은 고단했던 우리 시대의 자화상이다. 이곳 민주 열사 추모비에는 이렇게 쓰여 있다. "만인을 위한 꿈을 하늘 아닌 땅에서 이루고자 한 청춘들 누웠나니……."

　지금도 많은 사람들이 남양주에 멋진 기억을 덧대고 있다. 남양주시립박물관, 실학박물관, 모란미술관, 왈츠와닥터만커피박물관, 주필거미박물관, 우석헌자연사박물관……. 지곡서당에서는 수많은 젊은이들의 글 읽는 소리가 낮밤을 가리지 않고 울려 퍼진다.

　그들은 왜 남양주에 왔을까. 조선의 왕들로부터 장삼이사 무지렁이 백성까지, 죽어서도 왜 남양주에 왔을까. 남양주는 남한강과 북한강 두 물길이 만나 한강으로 나아가는 곳이기 때문이다. 만남과 새로움을 꿈꾸는 청춘의 땅이기 때문이다. 남양주 봉선사奉先寺에 가면 가톨릭 조각가 최종태가 조각한 보살상이 세워져 있다. 대웅전도 한자 대신 '큰법당'이라는 우리말 편액이 걸려 있다. 파격적이고 참신하다. 그것은 만남이고 화합이다. 그리고 새로운 도전이다.

1801년 마재마을을 등지고 남도 땅 강진으로 기약 없는 유배를 떠났던 정약용. 18년 긴 세월을 견디고 학문과 성정을 연마해 고향으로 돌아온 그는 조선의 실학을 집대성했다. 남양주는 그런 곳이다. 시대가 바뀌어도 사람들은 한강을 따라 이곳으로 모인다. 그리고 한강을 따라 더 큰 세상으로 나아간다. 남양주는 만나고 모색하고 새로운 정신을 탐색하는 곳이다. 정약용이 그랬고 정선이 그랬던 것처럼.

남한강과 북한강 두 물길은 서로 만나 남양주에서 두미협을 거쳐 한강으로 이어진다. 한강은 비로소 남양주에서 시작한다. 남양주는 남한강, 북한강 그리고 한강까지의 모든 역사를 목도하고 증언할 수 있는 곳이다. 남양주에 대한 인문학적 안목과 성찰이 필요한 대목이다. "도시는 기억"이라는 말이 있다. 역사를 기억하지 않는 도시는 지속 가능하지 않다는 말이다. 남양주를 어떻게 기억할 것인지를 진지하게 성찰하고 실천해야 할 때다.[*]

1부

조선왕조의 흥망과 남양주

왕숙천과
풍양궁

이성계의 다섯째 아들 이방원(태종)은 조선왕조 창업 과정에서 결정적 고비마다 행동 대장으로 나서 아버지(태조)를 도운 일등공신이다. 그러나 태조가 계비 신덕왕후 강씨와의 사이에서 태어난 이복동생 방석을 세자로 책봉하자 왕자의 난을 일으켰다. 태조가 병석에 누워 있을 때였다. 그는 이복형제인 방번과 방석을 죽이고 형 방과(정종)를 세자로 옹립했다. 방원은 정도전, 남은, 심효생 등 태조가 아끼던 신하들도 도살했다. 조선왕조에서 서자庶子의 관직 임용을 막은 서얼 차별 제도도 태종의 피해의식에서 비롯됐다.

태조가 8일 동안 머무른 '팔야리'

방원의 잔혹성과 무도함에 환멸을 느낀 태조는 정종에게 왕위를 물려주고 함흥으로 갔다. 피비린내 나는 골육상쟁을 목도하기 위해 고려를 무너뜨리고 조선을 세웠단 말인가. 두 아들을 지켜 주지 못하고 무슨 낯으로 저세상에서 신덕왕후를 만날 것인가. 태종은 태조를 다시 모셔오기 위해 함흥에 차사差使를 보냈으나 소식이 끊기고 돌아오지 않아 함흥차사라는 말이 생겨났다. 태조는 무학대사無學大師가 찾아가자 비로소 서울로 왔

조선을 건국한 태조 이성계의 어진은 평양, 개성, 영흥, 경주, 함흥 등 전국 곳곳에 있었으나 전쟁과
변란으로 소실돼 현재까지 전해져 오는 태조 어진은 전주 경기전에 있는 게 유일하다. 자세히
들여다보면 오른쪽 눈썹 위의 혹까지 사실적으로 그리고 있다. (사진 전주 경기전 소장)

다고 한다. 태조가 함흥을 떠나 남양주 왕숙천王宿川에 이르러 여덟 번째 밤이 돼 "아 여덟 밤이로구나"라고 말했대서 '여덟밤이,' '여덟배미' 또는 '팔야리八夜里'라는 지명이 생겼다는 전설이다.

태조가 이곳에서 팔일을 머물러 왕숙천과 팔야리가 됐다는 설도 있다. 태조가 강무장(군사 훈련장)이 있는 왕숙천 인근에서 여덟 밤을 묵으면서 방원을 내치려는 모색을 했다는 이야기다. 실제로 태종 연간에 신덕왕후 강씨의 친척이었던 안변부사 조사의趙思義가 군사를 동원해 신덕왕후의 원수를 갚고 태조를 복위시키기 위해 반란을 일으켰다가 진압됐다. 태조는 한때 조사의 반란군의 군중軍中에 머무르기도 했을 만큼 반란에 관여돼 있었다(《숙종실록》). 팔야리에 태조의 유적은 남아 있지 않지만 '팔야1리 마을회관'이라고 쓴 큼지막한 간판이 눈길을 잡아끌었다.

왕숙천은 경기도 포천시 내촌면에서 발원해 남양주시를 관통해 흘러가다가 강동대교 부근에서 한강에 합류한다. 남양주시 진접읍 팔야리 앞에서 엄현천, 봉선사천, 진벌천이 왕숙천에 합류하면서 큰 내가 이루어진다. 1861년 김정호가 편찬한 대동여지도에는 왕산천王山川이라고 표기돼 있다. 왕산은 왕의 무덤이다. 이 하천 줄기를 타고 9기의 왕릉이 있는 동구릉東九陵과 세조의 광릉이 있어 '왕들이 잠든 하천'이라는 의미로 왕숙천이 됐다는 풀이도 있다.

왕숙천은 전반적으로 강의 경사가 완만해 느리게 흐르는 편이다. 갈수기에는 강바닥이 드러나고 장마철이면 둔치 부근 둑까지 물이 찬다. 백로와 왜가리가 왕숙천의 과거와 현재를 아는 듯 모르는 듯 한가로이 물고기를 찾아 헤매고 있었다.

구리시는 1986년 남양주군 구리읍에서 시로 승격됐다. 한강 합류

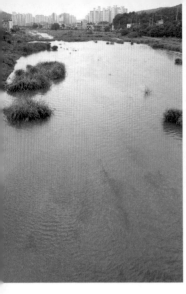

↑ 왕숙천에서 한가로이 노니는 백로와 왜가리.
(사진 아주경제 DB)

← 남양주시 한복판을 흐르는 왕숙천에는 13개 지류가
흘러들어온다. (사진 아주경제 DB)

지점부터 진접까지는 자전거 도로가 연결돼 강바람을 맞으며 페달을 돌
릴 수 있다. 남양주에 조성되는 3기 신도시는 왕숙천에서 이름을 빌려왔
다. 왕이 잠들어 있는 강마을에 GTX가 들어오고 첨단 신도시가 들어서
는 천지개벽이 이뤄질 판이다.

　　왕숙천이 남양주시 진접읍 내각리에 이르면 조선왕조의 4대 이궁離
宮인 풍양궁豊壤宮 터가 나온다. 궁궐은 임진왜란, 병자호란 같은 전란을
거치며 불탄 것으로 추정된다. 지금은 별궁터임을 알리는 비각만 남아
있다. 비각 안에는 영조와 고종이 세운 비석 두 개가 나란히 서 있다. "대
소인원 개하마大小人員皆下馬"라고 쓴 하마비下馬碑가 태종 때부터 남아 있
는 거의 유일한 유물이다. 임금이 계신 대궐 앞이니 지위 고하를 막론하
고 말에서 내려 예를 갖추라는 뜻이다.

　　비석에는 "태조대왕재상왕시구궐유지太祖大王在上王時舊闕遺址"라는 영
조의 친필이 새겨져 있다. 태조가 상왕으로 있을 때 살던 궁궐터라는 뜻

이다. 고종 황제도 친필로 "태조고황제소어구궐유지太祖高皇帝所御舊闕遺
址"라고 썼다. 그러나 문화재청이 세운 안내문은 "태종 원년에 설치된 이
궁"이라고 다르게 소개한다. 〈세종실록〉에는 태종이 상왕으로 물러난
세종 2년에 풍양궁을 건축했다는 기사가 있다. 〈세종실록〉에 부록으로
수록된 〈세종실록 지리지〉는 풍양궁은 "태종이 거동하여 계시던 곳"이
라고 적고 있다. 세월이 흐르면서 이궁에 대한 기억이 희미해지자 영조
와 고종이 각기 비석을 세웠는데 철저한 고증이 부족해 오류가 생긴 것
으로 보인다.

사냥 애호가 태종이 말년 보낸 풍양궁

풍양궁은 왕이 한양을 떠났을 때 머무르던 별궁이다. 행궁行宮이라고도
한다. 풍양현은 경기도 남양주시 진건읍, 진접읍, 오남읍 일대에 있었던
조선 초기의 행정 구역이다. 풍양의 한자를 풀면 '큰 고을,' '비옥한 고을'
을 뜻한다. 이곳은 서울 근교의 퇴계원 북쪽 너른 평야 지역이어서 예로
부터 농작물의 생산이 많았던 데서 지명이 유래했다. 왕숙천은 풍요로
운 역사의 땅을 적셔 주는 젖줄이었다.

　풍양현은 서울 도성에서 40리(16킬로미터) 떨어진 곳이다. 걸어서 하
루에 넉넉히 오갈 수 있는 거리다. 말을 타고 오가면 한나절이면 족하다.
〈세종실록〉에는 세종 2년 1월 상왕으로 물러난 태종이 풍양현에서 이궁
의 건축 공사를 돌아보고 왔다는 기사가 있다. 세종 2년 7월 6일에는 태
종이 풍양궁으로 돌아갔다는 기록이 있는 것으로 보아 거처를 풍양궁
으로 이미 옮겼음을 알 수 있다.

　태종은 1418년 상왕전인 수강궁壽康宮을 신축한 뒤 옥새를 세종에게

왕들이 군사 훈련과 사냥할 때 묵던 풍양궁은 전란에 불타 없어지고 궁궐터임을 알리는 비각만
주택들 한가운데 서 있다. (사진 아주경제 DB)

물려주고 경복궁을 나와 수강궁에 들었다. 그러다 별궁 풍양궁이 완공
되자 별궁에서 주로 거처했다. 태종은 사냥 애호가였다. 말을 타고 활시
위를 당기다 낙마하자 따르던 신하에게 "사관이 모르게 하라"고 당부한
말이 《조선왕조실록》에 적혀 있을 정도다. 산천경개 좋은 곳에서 사냥을
즐기면서 건강을 챙기려는 뜻과 함께 아직도 자신에게 쏠리는 권력의 추
를 세종에게 완전히 넘겨줘 후계를 탄탄히 하려는 의도였을 것이다.

　　세종은 한 달에 두어 차례씩 풍양궁으로 직접 문안을 올리러 갔다.
바빠서 못 가면 내시 이촌李村을 대신 보냈다. 태종은 생의 마지막 2년여
를 풍양궁에서 유유자적하게 보내다 세종 4년 5월 세상을 떠났다. 그 뒤
로 세종은 풍양궁을 찾지 않아 세종 23년에는 풍양궁에 풀이 무성하다
는 최만리의 상소가 올라왔다.

광릉 일대는 초목이 무성하고 산짐승이 많은 사냥터였다. 사냥과 군사 훈련을 좋아했던 세조는 병사 500명을 보내 풍양궁을 수리시켰다. 〈세조실록〉에는 임금이 신하들과 사냥하는데 호랑이가 두 사람을 물어 다치게 해서 내의를 보내 치료해 주고 쌀과 술을 주었다는 기사가 있다.

상당부원군 한명회가 "세조께서는 자주 풍양궁에 거동해 밤을 지내며 사냥해 짐승을 많이 잡았다. 광릉의 산에 짐승이 많아서 곡식에 해를 끼친다"며 "이양생이 군인을 거느리고 가 사냥을 하게 하소서"라고 성종에게 아뢰었다. 사관史官은 이를 기록하면서 "임금이 사냥에 빠져서 정사를 듣고 살피는 일에 게으르면, 한명회와 같이 아첨하는 신하가 넉넉히 공략할 만하며, 나라의 일이 그릇되게 할 수 있다"고 《조선왕조실록》에 토를 달아놓았다. 사냥 마니아였던 연산군(성종의 아들)이 풍양궁 주변 이곳저곳에 금표禁標를 세우고 민가를 쫓아내고 백성의 출입을 막은 악폐를 사관이 예견한 듯하다.

연산군은 주변의 민가에서 백성들이 풍양궁을 바라보는 것이 못마땅했던지 풍양궁에서 바라보이는 민가를 모두 철거하라고 명령했다. 낮에는 사냥을 하고 밤에는 미색들을 불러 흥청망청 놀아나다 지금은 남양주 금대산 자락에 잠들어 있는 박원종에게 쿠데타를 당했다. 연산군을 폐하고 집권한 중종은 이따금 풍양궁에서 묵으며 군사 훈련을 했다.

풍양궁 비각 지붕 위에서 잡초가 자라고 있었다. 새들을 막기 위해 비각에 온통 그물을 쳐놓았는데 문화재를 새장에 가두어 둔 것 같다. 진접읍 내각리 궁궐터에 옛날의 영화는 간 곳 없고 4층 연립을 비롯한 주택이 들어차 있었다.

02

세조와 정희왕후의
광릉

광릉의 원찰顯刹인 봉선사 입구에서 국립수목원으로 가는 길에는 수령이 100년을 넘은 키 큰 전나무들이 가로수로 심어져 있다. 한국에서 가장 아름다운 길 중 하나다. 광릉 재실齋室에서 홍살문까지 가는 길은 소나무와 전나무 같은 키 큰 나무들이 들어차 터널처럼 하늘을 가린다. 죽은 자와 산 자를 갈라놓는 숲길이다.

광릉은 같은 산줄기의 좌우 언덕에 세조와 정희왕후 윤씨를 따로 모셨다. 능 중간 지점에 하나의 정자각을 세우는 동원이강릉同原異岡陵이다. 항공 사진을 보면 울창한 숲속에 'V' 자를 파놓은 것 같다.

광릉은 여타 조선 왕릉과 다른 특색을 많이 지니고 있다. 홍살문을 지나 정자각에 이르는 길에 박석薄石을 깔지 않았다. 강원도와 강화도에서 나오는 박석을 채석하고 운송하는 과정에서 백성의 고생이 심했다. 아버지 세종과 형 문종의 왕릉 조성 공사를 2년 간격으로 치른 세조는 백성의 노역을 줄이기 위해 검소한 왕릉을 만들라는 유교遺教를 내렸다. 광릉은 병풍석이 없고 난간석만 있다. 봉분이 작고 석물의 규모도 크지 않다.

→ 세조와 정희왕후의 능은 정자각의 양쪽 언덕에 동원이강릉으로 조성돼 하늘에서 보면 울창한 숲속에 'V'자를 파놓은 것 같다. (사진 국립문화재연구소 제공)

아름다운 전나무 가로수길

정희왕후는 둘째 아들 예종이 재위 1년 2개월 만에 별세하자 일찍 죽은 첫째 아들 의경세자의 둘째 아들인 지산군(성종)을 왕위에 앉혔다. 12세 임금 성종 뒤에 발을 치고 조선 최초로 7년간 수렴청정하였다.

수양대군(세조)은 계유정난의 피바람을 통해 권력을 장악했다. 수양 대군은 무사들을 데리고 좌의정 김종서의 집으로 찾아가 그를 죽였다. 55년 전 이방원(태종)이 부하 몇 명을 데리고 가 정도전을 죽인 것에서 본뜬 듯하다. 이후 단종의 명을 빙자해 영의정부사 황보인, 이조판서 민신, 병조판서 조극관, 의정부 좌찬성 이양 등을 궁궐로 들어오라고 해 입궁하는 족족 살해했다. 이날 의금부 도사와 삼군 진무를 시켜 안평대군과 그의 아들 이우직을 강화로 압송했다.

수양대군은 궁정 쿠데타 직후 스스로 영의정부사와 병조판서 이조판서를 겸하면서 전권을 틀어쥐었다. 《조선왕조실록》은 승자의 관점에서 기술돼 있다. 정난靖難은 나라가 처한 병란이나 위태로운 재난을 평정했다는 뜻이다. 성신여대 사학과 오종록 교수는 〈세조의 즉위 과정과 정치문화의 변동〉이라는 논문에서 계유정난이 아니라 '숙부의 난'이라고 부르는 것이 적절하다고 평했다. 계유정난을 왕권王權과 신권臣權의 대립으로 보는 시각도 있다. 김종서, 황보인 등 고명대신顧命大臣의 권력이 막강해지면서 왕권을 위협해 세조의 쿠데타를 불렀다는 것이다.

단종을 상왕으로 올리고 세조가 왕이 된 뒤에도 피바람이 그치지 않았다. 세조는 성삼문 등 사육신의 단종 복위 모의가 드러나자 단종을 노산군으로 강봉降封하고 영월로 유배 보냈다. 단종의 모친 현덕왕후를 문종의 합장릉에서 끌어냈다. 현덕왕후는 단종을 낳고 3일 만에 죽어

광릉 재실에서 홍살문에 이르는 숲길은 전나무와 소나무가 터널처럼 하늘을 가리고 있다.
(사진 아주경제 DB)

안산에 묻혔다가 문종이 승하한 뒤 합장됐다. 그러나 현덕왕후의 친정 식구들이 사육신의 모의에 연루된 것으로 드러나자 세조는 현덕왕후의 신분을 서인으로 강봉하고 문종 능에서 파내 평민의 예로 개장했다.

세조는 남양주 풍양궁에 자주 묵으며 사냥을 겸한 군사 훈련을 했다는 기사가 〈성종실록〉에 나온다. 세조는 이때부터 광릉을 자신의 묘역으로 정하고 전나무를 많이 심었다고 전해진다. 세조가 승하하자 예종은 능지 후보를 놓고 종친 및 조정 신료들과 논의를 거듭하다 23일 만에 광릉으로 정했다고 〈예종실록〉에 기록돼 있다. 그러나 〈선조실록〉과 김명원이 기록한 《광릉지光陵誌》에는 "세조가 광릉 근처에서 사냥 구경을 하다가 후일 자신이 묻힐 곳으로 잡아두었다," "화소火巢를 넓게 정하고 수목을 많이 심으라고 명했다"고 전한다. 화소는 산불이 옮겨붙는 것을 막기 위해 조성한 수목이 없는 공간을 말한다.

남양주 광릉, 강원도 월정사, 부안 내소사는 한국의 3대 전나무 숲길로 꼽힌다. 다 자란 전나무는 높이가 20~40미터나 된다. 높은 언덕에 조성된 광릉의 능상에 오르면 전나무, 소나무를 비롯한 상록의 침엽수 숲이 천군만마처럼 도열한 모습을 내려다볼 수 있다. 숙종은 광릉에 갔을 때 언덕이 가파르고 두 능 사이가 넓어서 옥체가 피로를 느낄 수 있다면서 신하들이 말렸지만 말을 듣지 않고 두 능에 모두 올랐다(《숙종실록》).

강원도 오대산의 월정사와 상원사는 세조와 깊은 인연이 있다. 상원사에는 세조가 쓴 중창권선문(국보 제292호)이 남아 있다. 세조 12년(1466)에 조성된 상원사 목조문수동자좌상(국보 221호)의 복장 유물에서는 피고름 얼룩이 묻은 어의御衣가 나왔다. 세조는 종기를 치료하기 위해 오대산 주변의 온천과 불당을 자주 찾았다. 세조는 피고름이 묻은 어의를 문수동자상 속에 넣으며 악성 종기가 깨끗이 낫기를 기원했을 것이다.

세조가 조카와 신하들을 살생하고 권력을 찬탈하는 반인륜의 악행을 저질러 악성 종기가 생겼다는 민중 설화가 있지만 문종·세조 형제가 모두 종기로 고생했다. 문종은 세종 밑에서 29년 동안 세자로 있다가 보위에 오른 지 2년 만에 종기가 악화해 승하했다. 《조선왕조실록》과 《승

가파른 언덕에 자리한 세조릉에 서면 나무의 바다 같은 광릉 숲이 내려다 보인다.
(사진 아주경제 DB)

정원일기承政院日記》에 따르면 조선의 역대 왕 27명 가운데 12명이 종기
를 앓았다. 위생이 나쁘고 의학이 발달하지 못했던 시대의 이야기다.

　월정사 전나무 숲길은 고려 시대부터 시작돼 천년의 숲이라고 불린
다. 월정사 일주문부터 금강문까지 1킬로미터의 전나무 숲길에는 30~
40미터 높이의 전나무 1700여 그루가 서 있다. 임금이 되어서도 월정사,
상원사를 찾았던 세조에게 전나무 숲길은 강한 인상을 주었을 것이다.

　세조가 월정사 전나무 씨앗을 가져다가 광릉에 심었다는 이야기가
전해져 오지만 광릉 일대에서 가장 오래된 전나무는 수령이 180년 정도

다. 이해주 국립수목원 산림박물관장은 《일성록日省錄》에 따르면 정조 때 광릉에 잣나무와 전나무 330그루를 심었다. 세조가 전나무를 심은 기록은 찾을 수 없었다"고 말했다.

계유정난은 '숙부의 난'으로 불러야

단종(1441~1457)이 왕이 됐을 때 나이는 11세였다. 단종의 할머니인 소헌 왕후와 모친 현덕왕후가 모두 세상을 떠나 수렴청정할 사람도 없었다. 성종도 12세에 왕이 됐지만 '세조의 장자방'이라 불리던 한명회가 장인이었고, 7년 동안 정희왕후 윤씨가 수렴청정을 해 안착할 수 있었다. 한명회는 정희왕후와 뜻이 맞아 두 딸을 예종비인 장순왕후, 성종비인 공혜왕후로 만들고 왕의 장인(국구國舅)으로 영의정을 두 번 지냈다.

세조는 14년간 재위하면서 부국강병을 위한 개혁을 단행하고, 밖으로 중국에 대해 자주성을 높이는 데 힘을 기울였다. 호적 호패법 강화로 인구 조사를 통해 중앙집권적 통치 체제를 정비했다. 변방 방어 체제를 정비하고 명나라와 연합 작전으로 두만강 유역의 여진족을 몰아냈다. 조선왕조의 기본 법전을 만들고자 《경국대전經國大典》 편찬을 주도했다.

세조가 권력을 장악하고 즉위하는 과정은 잔인무도했다. 그러나 그가 국왕으로서 남긴 업적은 사학계에서 긍정적인 평가를 받는다. 이상백은 《한국사: 근세전기편》에서 "세조의 즉위 후 치적은 다대하여 태종 세종을 거쳐 확립된 국가의 기초가 세조에 의해 더욱 공고하게 되었다"고 서술했다. 광릉의 능참봉들이 산림을 가꾸고 지키어 한국의 대표적인 국립수목원의 기반을 닦은 것도 세조의 사후 치적이라고 할 수 있다.泽

← 광릉의 원찰인 봉선사 입구에서 광릉으로 가는 길에는 키 큰 전나무가 줄지어 서 있다. 한국에서 가장 아름다운 길 중 하나다. (사진 아주경제 DB)

03

단종비 정순왕후의 사릉

사릉은 소나무 숲이 아름다운 왕릉이다. 쭉쭉 뻗은 금강송은 없고 가늘고 굽은 소나무들이 정순왕후의 능을 에워싸고 있어 애잔한 느낌을 준다.

왕릉의 경역 안에는 다른 무덤이 있어선 안 되지만 사릉은 해주 정씨의 묘역 안에 있다. 정순왕후는 81세까지 살았으나 후사가 없었다. 친정 식구들은 역적으로 몰려 모두 죽었고, 가산이 적몰돼 못자리 한 평 없었다. 다행히 문종의 외손자인 정미수의 배려로 해주 정씨 선산 한 귀퉁이에 안식처를 마련했다. 정미수는 비운의 여인 정순왕후의 시양자侍養子가 되기를 자청해 윤허를 받았다. 성씨도 다르고 살벌한 역모 죄에 연좌된 여인을 감싸 준 남양주 사람들과 해주 정씨들의 따뜻한 배려심이 돋보인다.

권력의 피바람에 남편도 친정 식구도 잃어

정미수의 어머니는 단종의 친누나인 경혜공주로 정순왕후가 외숙모가 된다. 죽은 지 177년 만인 숙종 때 남편이 단종으로 복위되자 정순왕후의 무덤도 능으로 승격되면서 능의 경역 안에 있는 해주 정씨의 묘소들을 이장시켜야 하는 문제가 대두됐다.

사릉을 에워싸고 있는 소나무 숲이 아름답다. 쭉쭉 뻗은 금강송은 없고 가늘고 굽은
소나무들이 능을 에워싸고 있다. (사진 아주경제 DB)

봉릉도제조封陵都提調 최석정이 숙종에게 아뢰기를 "사릉 안에 정씨
집안의 여러 무덤이 이미 수백 년이 지난 것이 있으나, 정릉貞陵의 예에
따라 그대로 두더라도 괜찮을 듯합니다"라고 건의해 숙종의 허락을 받
아냈다. 정릉은 태조의 계비 신덕왕후의 능이다. 태종이 즉위한 후 세자
책봉과 관련한 사감私憾에서 계모의 무덤인 정릉을 푸대접하면서 민가
들이 능역 가까이 들어와 있었다. 현종 때 주인 없는 무덤에 가까웠던 정
릉을 다시 왕후릉으로 격을 갖춰 주었으나 이미 능역 안에 들어온 민간
의 시설물은 그냥 인정을 해 주었다. 단종비가 묻힐 곳이 없을 때 선산의

묏자리를 내주었는데 왕비릉으로 승격한다고 해서 해주 정씨 묘소들을 모두 이장하라고 하면 배은망덕하는 꼴이 될 것이니 정릉의 예를 끌어 댄 것이다.

숙종은 죽어서도 단종을 그리워한다는 의미로 정순왕후의 무덤에 사릉이라는 능호를 내려 주었다. 사릉 주변에 있는 소나무들이 영월이 있는 동쪽을 향해 머리를 숙이고 있다고 알려져 있지만 실제로 현장에서 관찰해 보면 후세의 사람들이 만들어 낸 설화임을 알 수 있다. 사릉의 소나무들도 어느 쪽에 있건 다른 잡목이 없어 광합성 작용을 하기 위해 햇볕이 잘 드는 능 쪽을 향하고 있었다.

평생 외숙모 정순왕후 돌본 정미수

단종비릉의 오른쪽 편에는 정순왕후를 돌보다 먼저 죽은 해평부원군 정미수의 묘소가 있다. 왕비릉으로 추존된 정순왕후의 능은 규모가 작고 무인석과 병풍석도 없고 검소한 편이다. 이에 비해 정미수의 묘소에는 병풍석을 두르고 문무인석이 배열돼 있다. 정미수의 아버지 정종은 처남인 단종 편을 들며 세조에 거역하다가 처형됐다. 역신의 가족들에겐 연좌제가 적용됐으나 세조의 특명으로 어린 정미수는 살아남았다. 성종 때는 수렴청정을 하던 세조비 정희왕후가 뒤를 봐줘 충청도 관찰사, 한성판윤漢城判尹 같은 벼슬을 지냈다. 정미수의 후손들은 사릉이 능으로 승격될 때까지 후손이 없는 묘소를 보살피고 제사를 지냈다.

정순왕후는 단종보다 한 살 위였다. 14세인 1454년 2월 19일 혼례를 치르고 왕비로 책봉됐으나 단종과 함께 산 것은 3년뿐이다. 당시 문종의 상중이었고 단종도 혼례를 원치 않았지만 수양대군은 단종의 처지가 외

사릉에서 보아 왼쪽에는 정순왕후를 평생 돌보고 묫자리를 마련해 준 정미수의 묘소가 있다.
(사진 아주경제 DB)

로워 모든 사람이 왕비를 맞아들이기를 원한다는 논리로 혼례를 추진
했다. 이렇게 해서 풍저창부사豊儲倉副使 송현수의 딸을 왕비로 들였다. 그
래 놓고 금성대군의 단종 복위 사건과 관련해 송현수를 처형했으니 왕
의 장인을 만들어 놓고 죽인 셈이다.

　　단종 역모에 가담한 사람들은 능지처참을 당하고 부인과 딸들은 종
이 되어 공신 집에 분배됐다. 그중에서도 미모를 갖춘 처자는 서로 가지
려고 공신들이 다투었으니 불난 집에서 튀밥 주워 먹는 꼴이다. 〈세조실
록〉 1456년 9월 7일 노산군 복위 운동에 관련된 난신亂臣의 부녀자들을

공신들에게 노비로 나눠주는 대목이 나온다. 영천 부원군 윤사로가 도승지에게 "모름지기 건의가 받아들여진다면 송현수의 딸을 받기를 원한다"고 말했다.

정순왕후는 미모가 빼어났지만 송현수의 다른 딸도 미인이었던 모양이다. 한때 왕의 장인이었던 집안이 풍비박산 났는데 윤사로가 그 집안의 딸을 첩(노비)으로 챙기려고 욕심을 내니 《조선왕조실록》을 기록하던 사관이 못마땅했던지 인물평을 가혹하게 해 놓았다.

> 윤사로가 정현옹주에게 장가들어 임금에게 총애를 받았으나 성격이 못돼 먹었고 이재에 밝아 외방의 농장이 있는 곳에 여러 만석萬石을 쌓아놓고, 서울 제택第宅의 창고도 굉장하여, 몇 리 밖에서도 바라볼 수 있었는데, 무릇 주구誅求하는 바가 이와 같았다.

사릉의 소나무 한 그루, 영월 장릉으로

정순왕후는 일생 동안 하얀 소복을 입고 채소 반찬만 먹고 살았다고 한다. 아직도 낙산 끝자락에는 동망봉東望峯이라는 지명이 남아 있다. 왕후가 단종이 있는 동쪽을 바라보며 명복을 빌었다 하여 생긴 이름이다. 영조가 200여 년이 지난 뒤 정미수의 후손으로부터 이 이야기를 듣고 동망봉이라는 글씨를 직접 쓰고 바위에 새기게 했다(《영조실록》). 그러나 일제 강점기에 이곳이 채석장이 되면서 영조의 글씨는 흔적도 남아 있지 않다.

정조 연간에 나온 한성부의 부지 《한경지략漢京識略》에 따르면 영도교 부근에 부녀자들만 드나드는 금남의 채소 시장이 있었다. 왕후를 동정한 부녀자들이 왕후가 거처하는 곳에서 멀지 않은 곳에 시장을 열어 계속해서 왕후에게 채소를 전해 주었다는 일화가 전해진다. 세조가 궁에서 나간 정순왕후에게 동대문 밖 연미정동燕尾汀洞에 집을 주었지만 받지 않았다. 정순왕후는 왕의 사후에 후궁들이 머리를 깎고 비구니로 살아가는 정업원淨業院에 들어갔다. 정순왕후는 "내가 정업원 주지"라는 말을 할 정도로 정업원에 마음을 붙였다.

정순왕후는 노산군이 군사 50명에 호송돼 영월로 유배될 때 따라가다가 청계천 영도교에서 이별했다. 그러나 순흥에 유배된 금성대군의 역모 사건이 터지면서 결국 단종은 죽음의 길로 치달았다. 세조의 신하들은 잇따르는 역모의 근본 원인이 단종의 존재라고 봤다. 세조 3년 10월 21일 〈세조실록〉은 "금성대군의 죽음에 관해 듣고 노산군이 스스로 목매어서 졸卒하니, 예禮로써 장사지냈다"고 한 문장으로 적고 있다. 이 문장 앞에는 양녕대군과 정인지 등이 금성대군과 단종의 장인 송현수 등을 죽이라고 상소해 세조가 이를 받아들여 금성대군은 사사賜死하고 송현수는 교형絞刑에 처한 내용이 나온다. 대군들 중에는 세조 편에 가담해 권세를 누린 사람들도 있었으나, 금성대군은 맏형인 문종과 형제의 의를 지키다가 비참한 최후를 맞았다.

《조선왕조실록》에서 단종의 죽음에 관한 사실이 처음으로 나온 것은 숙종 25년 1월 2일이다. 숙종은 하직하는 수령을 접견하고 격려하면서 군신의 대의는 천지간에 피할 수 없는 것이라면서 단종의 죽음에 관해 이렇게 말했다.

금부도사 왕방연王邦衍이 영월 고을에 도착하여 머뭇거리면서 감히 들어가지 못하였고, 뜰에 입시入侍하였을 때 단종 대왕이 관복을 갖추고 마루

로 나와 찾아온 이유를 물었으나 왕방연이 대답하지 못했다. 그때 늘 모시던 공생貢生 하나가 차마 하지 못할 일을 스스로 하겠다고 자청하고 나섰다가, 즉시 아홉 구멍으로 피를 쏟고 죽었다.

숙종은 이같이 말하면서 "천도天道를 논해야겠으니 그 공생의 이름을 알 수 있는 단서가 있으면 찾아내서 아뢰라"고 했지만 최석정은 공생의 일을 덮어두어야 한다고 임금에게 간했다.

장릉莊陵의 위호位號를 이미 회복시켰고, 사육신을 포증襃贈하는 일까지 있었으니, 이는 성대한 덕이요 아름다운 일입니다. 신이 전에 '돌아가신 분들의 이름에 상처를 입혀서는 안 된다尊諱'는 의견을 대략 아뢰었습니다만, 이와 같은 일들은 마땅히 덮어두어야 합니다.

끝까지 형제의 의義 지킨 금성대군

세조 이후 조선의 왕들은 모두 세조의 핏줄이다. 노산군의 무덤을 장릉으로 추존하고 사육신의 억울한 죽음을 신원한 것은 잘한 일이지만 더이상 진실을 캐는 것은 선대에 누가 된다는 최석정의 견해를 숙종은 존중했다.

공생은 관가나 향교에서 심부름하던 통인과 같은 사람이다. 공생이 활시위로 뒤에서 노산군의 목을 졸라 죽였다는 기록이 여러 곳에 남아 있다. "노산군을 죽인 공생이 아홉 구멍으로 피를 쏟고 죽었다"는 말은 〈숙종실록〉과 《연려실기술燃藜室記述》 등에 기록돼 있지만 권선징악의 차원에서 만들어진 설화일 것이다.

← 정미수 묘소에서 바라본 사릉. (사진 아주경제 DB)

영조대에 편찬된 《청구영언靑丘永言》에는 왕방연의 애틋한 시조가 전하지만 실제 그의 작품인지는 알 수 없다.

천만리 머나먼 길에 고운 님을 잃고
이 마음 둘 데 없어 냇가에 앉았으니
저 물도 내 마음 같아서 울며 밤길을 가는구나

사약을 들고 영월에 내려간 금부도사가 아니라 남편과 헤어진 뒤 64년을 홀로 살다 사릉에 묻힌 정순왕후가 지은 시조라는 생각이 들 정도다. 남양주문화원은 1999년 사릉의 소나무 한 그루를 영월의 장릉에 옮겨 심고 정령송精靈松이라는 이름을 붙였다. 사람들의 마음은 권력 투쟁의 잔혹한 승자보다는 패자의 눈물 젖은 이야기에 더 쏠리는 것 같다. 이광수가 1928~1929년 〈동아일보〉에 장편소설 《단종애사》를 연재한 이후 단종과 정순왕후의 이야기는 여러 차례 영화와 드라마로 만들어져 사람들의 심금을 울렸다.滓

흥국사와
덕흥대원군 묘

선조의 아버지 덕흥대원군(1530~1559)의 묘는 남양주시 별내면 덕송리 수락산 자락에 있다. 묘소 아래 20미터 지점에 서 있는 신도비神道碑는 거북 등 위에 중국에서 수입한 대리석을 올렸다. 남양주에는 대군과 대신들의 수많은 신도비가 있지만 덕흥대원군 신도비를 받친 거북이 가장 우람하다. 덕흥대원군 오른쪽에 묻힌 하동부대부인 정씨는 영의정을 지낸 하동부원군 정인지의 증손녀다.

서자의 아들 선조, '아버지 위상' 높이고자 안간힘

선조에게는 서손庶孫 콤플렉스가 있었다. 태조가 적자들을 제치고 계비 소생의 아들을 세자로 책봉했다가 왕자의 난을 당한 조선에서 서손이 왕이 되는 것은 조선 초기 같았으면 꿈도 꾸지 못했을 것이다. 선조는 명종의 후사가 없어 조선왕조 최초로 서손 출신으로 왕위에 올랐다. 덕흥대원군은 중종의 서자였고 선조는 덕흥대원군의 셋째 아들이다. 선조는 어떻게든 덕흥대원군을 덕종으로 추존해 출생 콤플렉스를 벗어 보려고 했으나 신하들의 반대로 꿈을 접었다. 그 대신 1569년 덕흥군을 덕흥대원군으로 칭호를 높였다. 조선 시대에 왕이 아니면서 아들을 왕으로 둔

대원군이 네 명 있었는데 덕흥대원군이 대원군의 시초다.

　명종은 중종의 정비 문정왕후 소생이고, 덕흥대원군은 중종과 후궁 창빈 안씨 사이에서 태어난 서자다. 그러나 명종이 후사가 없이 죽으면서 덕흥대원군의 아들 하성군을 양자로 입적해 왕위를 계승했다. 일찍 죽은 덕흥대원군에겐 모두 세 아들이 있었다. 명종이 가끔 불러 조카들을 시험해 보고 그중 가장 똑똑한 셋째 아들(선조)을 점지했다고 한다. 명종이 죽었을 때 두 형과 달리 선조는 아직 장가를 들지 않아 외척의 세도에 시달리던 신하들까지 적극 찬동했다.

　덕흥대원군은 여덟 살 연상의 여인과 결혼해 12세 미성년과 20세 처녀가 신방을 차렸다. 나이 많은 처녀에게 조혼시켜 일찍 손을 두려는 집안 어른들의 발상이었다. 덕흥대원군은 29세의 젊은 나이에 세상을 떠났지만 열다섯에 큰아들을 낳기 시작해 3남 1녀를 두었다. 덕흥대원군을 과년한 처녀에게 조혼시킨 것이 막내아들의 대통 승계로 대성공을 거둔 셈이다.

　전주 이씨 족보에는 한동안 하동부대부인 정씨의 출생 연도가 적혀 있지 않았다. 연령차가 많이 나는 결혼을 후손들이 부끄럽게 여겼던 것 같다. 최근에야 후손들이 역사서를 참고해 출생 연도를 메워 넣었다.

왕릉 아닌 왕릉 같은 위세

선조 이후 모든 조선의 왕들은 덕흥대원군의 후손이다. 광해군이 인조반정으로 폐주가 됐지만 인조 역시 선조의 5남인 정원군의 장남이다. 덕흥대원군은 선조가 태어나지 않았더라면 조선왕조에서 명멸한 수많은 군君의 하나로 잊혀졌을 것이다. 조선 후기로 갈수록 왕실 직계의 손이

덕흥대원군의 신도비는 대형 돌거북 위에 중국에서 수입한 대리석 비를 올렸다.
(사진 아주경제 DB)

덕흥대원군은 열두 살 때 여덟 살 연상의 처녀와 결혼했다. 오른쪽이 정인지의 증손녀 하동 정씨 묘. (사진 아주경제 DB)

귀해지면서 덕흥대원군의 자손들이라면 파를 가리지 않고 몇 대가 흘러도 군君 작위를 받는 정식 왕족으로 인정됐다. 전주 이씨 덕흥대원군 파는 선조 때부터 같은 항렬을 쓴다.

선조는 왕릉 같은 위세를 보여 주기 위해 2.12미터 높이의 무인석을 아버지 묘소의 좌우에 배치했다. 문인석과 달리 무인석은 원래 왕릉에만 세울 수 있었다. 선조는 생부의 묘를 덕릉으로 추존하는 데 실패한 뒤 꾀를 냈다. 남양주에서 나무와 숯을 실은 수레를 끌고 동대문으로 들어오는 사람들에게 "어디를 지나서 이곳으로 왔느냐"고 물어 덕묘나 덕흥대원군 묘소를 거쳐 왔다고 하면 그냥 보내고 "덕릉을 지나왔다"고 답하면 시세를 후하게 쳐주고 샀다. 이렇게 임금 아들의 효심 어린 노력으로 나무꾼들을 통해 대원군 묘의 호칭이 덕릉으로 민간에서 자리 잡기 시작했다.

경기도가 기념물 앞에 세운 표지판에는 '덕흥대원군 묘'라고 표기되어 있지만 그 앞을 지나는 도로는 덕릉로이고 서울 상계동에서 남양주 별내면으로 넘어가는 고개는 덕릉 고개다. 덕릉마을에서 덕릉터널로 이어져 손자 선조의 노력이 후세에 빛을 보았다.

어전회의에서 강관講官 허봉이 덕흥대원군의 어머니를 첩모妾母라고 부르며 "대통을 이어받은 임금(선조)은 첩모를 할머니라고 불러서는 안 된다"고 아뢰었다. 그러자 선조는 "말로써 뜻을 해쳐서는 안 된다. 안빈은 실제로 조모인데 우리 할머니라고 한다 해서 무엇이 해롭단 말인가"라고 화를 낸 기사가 〈선조실록〉에 나온다. 이에 좌상 홍섬이 "나이 젊은 사람이 옛글만을 읽고 실제 경험이 부족해 너무 지나친 표현을 했으니 임금께서 포용하셔야 합니다"라면서 "만약에 이와 같이 기를 꺾으신다면 모두가 생각하고 있는 것을 제대로 말 못하지 않을까 염려됩니다"라고 진언했다. 임금 앞에서도 신하들이 목을 걸고 할 말을 하던 조정의 모습을《조선왕조실록》에서 살펴볼 수 있다.

《조선왕조실록》에 나와 있는 기록은 덕흥대원군에게 평점이 후하지 않다. 명종 7년 사헌부에서 "덕흥군의 성품이 교만하고, 재상을 능욕하고, 사류士類를 구타하며, 창기에게 빠져 변복變服으로 돌아다니고 있으니 파직시켜 마음과 행동을 고치게 하소서"라고 상소했다. 이에 명종은 "나이가 어리고 사리를 몰라서 망령된 행동을 하는 것인데 파직까지

야 할 수 있겠는가"라고 막는다.

명종 9년에는 사헌부에서 "덕흥군의 노비 10여 명과 동지同知 정세호의 노비 10여 명이 도망가 숨어 있는 종의 모자를 서로 차지하기 위해 치고 때리고 빼앗아갔다"고 문제 삼았다. 이에 사관史官은 "덕흥군은 종실의 무식한 사람이니 논할 것도 못 되지만 정세호는 재상을 지낸 사람으로 남의 종을 빼앗으면서도 꺼리는 바가 없으니 심하지 아니한가"라는 논평을 달았다.

필자와 덕릉에 동행한 이는 "조선의 대군 중에는 7공자 스토리 같은 게 많다"고 농담을 했다. 덕흥대원군 신도비 아래 쪽에는 선조의 큰형인 하원군河原君의 묘소가 있다. 가장 먼저 만들어진 덕흥대원군의 묘소는 일자一字 병풍석 8개를 둘렀고, 후에 조성된 부인의 묘소는 일자 병풍석을 끝에서 약간 구부려 멋을 부렸다. 하원군의 묘소는 아예 곡선형 병풍석이어서 시대가 갈수록 직선에서 곡선으로 바뀐 모습을 살펴볼 수 있다.

덕흥대원군의 사저이자 선조가 임금이 되기 전에 살았던 도정궁都正宮은 150칸이나 되는 궁궐로 사직동 근처에 있었다. 도정궁 경원당은 건국대학교 캠퍼스로 이전해 서울민속자료 제9호로 보호되고 있다.

흥국사는 '덕릉'의 원찰

민간에서 덕절이라고 부르는 흥국사興國寺의 기원은 신라 진흥왕 시절까지 올라간다. 승려 원광이 이곳에 절을 짓고 수락사水落寺라고 했다. 조선 선조 1년(1568) 선조가 생부인 덕흥대원군의 원당을 이 절에 건립하고 덕릉의 '덕'자를 따서 흥덕사興德寺라는 편액을 하사했다. 인조 4년에는 사찰명을 흥국사로 고쳤다. 흥국사는 덕릉으로부터 400미터 떨어져 있다.

육각정 만월보전은 정조 이전에 건립된 건물이다. 기둥에 걸려 있는 주련 글씨는
흥선대원군의 작품. (사진 아주경제 DB)

만월보전은 시왕전 뒤쪽에 석축을 쌓아 한 단 높인 대지 위에 지은
건물로 사찰 건물로는 유례가 드물게 육각정이다. 1793년(정조 17) 이전의
건물로 추정된다. 1878년 건립된 만세루 대방大房은 정면 7칸 측면 7칸
의 H형 건물이다. 현재 법당으로 사용되고 있는 이곳은 누, 방, 부엌 같
은 부속 공간을 함께 갖춘 독특한 형태다. 덕흥대원군 묘의 재실을 겸해
제사 때 사람들이 자고 묵으면서 음식을 만들었다. 근대의 시대적 상황

덕흥대원군의 원찰인 흥국사는 대방을 지으면서 왕실의 석재를 가져다 기단을 쌓았다.
(사진 아주경제 DB)

이 반영된 건물로 전통적 방식을 벗어나 사찰의 여러 기능을 통합 수용
한 것이다. 만세루 대방은 왕실의 석재를 가져다 기단을 쌓아 이대로 두
어도 몇백 년은 더 버틸 것 같다.

　흥국사는 판각과 탱화를 제작하는 화승畵僧을 교육하고 배출하는
학교의 역할도 했다. '흥국사' '영산전' 편액, 만월보전과 영산전 기둥에
걸린 주련에 석파石坡 흥선대원군의 글씨가 남아 있다. 석파의 글씨는 힘
이 있고 개성이 강하다. 추사체의 영향을 받아 회화적인 미도 담겨 있다.

흥국사 대방의 편액. 왼쪽에 흥선대원군의 호인 '석파' 낙관이 선명하다. (사진 아주경제 DB)

흥선대원군도 덕흥대원군의 직계 후손이다.

덕릉과 흥국사가 있는 수락산은 덕흥대원군 후손에 왕이 내려준 사패지賜牌地로 경관이 좋아 조선 문인들이 찾아 수많은 시화를 남긴 곳으로도 알려져 있다.瀞

05

산비탈에 쓸쓸히 누운
광해군

남양주시 진건읍 사능리에 있는 영락교회 공원묘지 정문으로 들어가 2차선 도로를 따라 올라가다 보면 도로변 철제 펜스에 '광해군 묘'라는 표지판이 붙어 있다. 펜스 너머로 가파른 산비탈에 광해군 묘는 옹색하게 자리를 잡았다.

광해군 묘로 가는 출입문은 자물쇠로 잠겨 있다. 광해군 묘는 다른 조선 왕릉처럼 상시 개방돼 있지 않다. 문화재청 사릉관리사무소에 연락하면 직원이 와 문을 열어 준다. 20세기 들어 광해군에 대한 국사학계의 재평가가 활발하게 이루어지고 있다. 한국사 개설서나 국사 교과서에도 그를 혼군昏君으로 매도하는 기술은 없다. 그렇지만 광해군 묘에 와보면 그는 아직도 인조반정 세력이 들씌운 폐주廢主의 너울을 벗지 못하고 있다.

광해군 묘표 뒷면에는 광해군의 장례 기간 인조의 행적이 적혀 있다. "3일 동안 인조가 조회를 폐하고 5일 동안 고기반찬 없는 소찬素饌을 했다"며 인조가 광해군의 장례에 신경을 썼다는 이야기를 적어 놓았다. 15년간 이 나라를 통치했던 묘주墓主의 업적은 한 줄 언급이 없고 왕위를 빼앗은 승자의 아량이 나열된 기이한 묘표석이다. 광해군 묘는 홍살문,

광해군 묘 안내판이 도로변
펜스 위에 붙어 있다.
(사진 아주경제 DB)

정자각도 없고 난간석, 병풍석도 두르지 않았다. 남양주에 신도비가 서
있는 대신들의 묘보다 초라하다. 묘표와 장명등에 난 총알 자국은 6·25
전쟁 때 남양주 일대에서 치열한 전투가 벌어졌음을 알려 준다.

'반정'이 씌운 역사의 굴레

조선왕조에서 반정(쿠데타)으로 왕위를 빼앗기고 군으로 격하된 왕은 노
산군(단종), 연산군, 광해군 세 명이다. 노산군은 숙종 때 단종으로 복위
됐다. 패륜의 악덕 군주 연산군에 대해서는 현대의 사가들도 이의를 제
기하지 않는다. 광해군은 죽은 뒤에도 반정 세력의 의도적인 격하가 계

속됐지만 그의 외교 정책과 국방 대책은 친명親明 사대주의적 세계관을 훌쩍 뛰어넘는 것이었다.

광해군은 임진왜란 때 세자가 되어 분조分朝를 이끌고 일본과 전쟁을 치렀다. 친명반청親明反淸의 기치를 내걸고 광해군을 내친 인조반정 세력은 얼마 안 가 나라를 말아먹었다. 망해 가는 명나라와의 의리를 지키다 병자호란과 정묘호란을 불러들여 백성의 시신이 길을 메웠고 수많은 여성들이 능욕당하고 선양瀋陽으로 끌려갔다. 아직도 광해군을 펜스 안에 자물쇠로 잠가 놓고 있는 우리는 인조반정 세력의 자기 합리화를 그대로 따르고 있는 셈이다.

1623년 인조가 왕이 된 후 광해군 부부는 왕궁에서 쫓겨나 아들(폐세자) 내외와 함께 강화도에 갇혀 살았다. 폐세자는 땅굴을 파 탈출을 시도했다. 폐세자가 파낸 흙을 폐세자빈이 받아내 밤새도록 옮겼다. 폐세자는 땅굴을 완성하고 밖으로 나왔으나 바로 붙잡혔고 인조의 명으로 자진했다. 폐세자빈은 식음을 전폐하고 누워 있다가 스스로 목숨을 끊었다.

남편이 궁에서 쫓겨나고 아들 내외를 가슴에 묻은 문성군부인文城郡夫人은 이해 10월 화병으로 세상을 떠났다. 문성군부인이 먼저 남양주시 진건읍 송릉리에 묻혔다. 광해군은 19년을 더 살다 1641년(인조 19)에 66세를 일기로 생을 마감하고 부인의 오른쪽 묘에 들었다.

1627년 유효립(광해군 처남의 아들) 역모 사건에 연루된 나인들을 금부도사가 잡으러 왔을 때 광해군은 침전 문을 막아서며 통곡했다. 《연려실기술》에 따르면 인조와 반정 세력은 이괄의 난이 일어났을 때 반란군과 연결될 수 있다는 이유로 광해군을 강화도에서 태안으로 옮겼다. 인조의 이종사촌 형인 별장別將 홍진도는 광해군을 이송하면서 자못 교만하

왼쪽이 광해군 묘이고 오른쪽이 부인 묘다. 왕에서 군으로 격하돼 광해군 묘는
여느 왕자의 묘처럼 단출하다. (사진 아주경제 DB)

고 방자한 행동으로 모두를 놀라게 했다. 홍진도는 숙소에서 안방을 차
지하고 광해군에게는 마루방을 주었다(《인조실록》). 그 뒤 다시 강화도로
갔다가 후금(청)과의 전쟁에서 패하면서 반정 세력은 광해군을 한양에
서 가까운 강화도에 놓아둘 수 없다는 판단에 따라 제주도로 옮겼다. 광
해군은 제주도의 큰 관아 건물 같은 곳에서 마지막 삶을 마무리했다. 네
덜란드인 하멜은 《표류기》에서 '왕의 숙부'가 머물렀다는 곳에서 일행
36명이 보초들과 함께 생활했다고 기록했다.

쿠데타 세력은 광해군의 폐모살제廢母殺弟와 친청반명親淸反明을 명분으로 삼았다. 광해군은 선조의 계비인 인목대비를 폐위하고 서궁에 유폐시켰다. 〈인조실록〉에는 광해군의 밀명을 받은 별장 이정표李廷彪가 음식물에 잿물을 넣어 영창대군을 죽였다고 기록돼 있다. 그러나 조선 시대에 잠재적 왕위 경쟁자를 제거하는 것은 비일비재했다.

광해군은 중국 대륙의 명청 교체기에 명나라와 청나라 사이에서 균형 외교 실리 외교를 펼쳤다. 명은 조선에 병력과 함정을 제공하라고 계속 요구했지만 광해군은 명이 후금에 이길 수 없다는 현실을 정확하게 파악하고 있었다. 명의 압박에 어쩔 수 없이 강홍립을 도원수로 하는 원병 1만 명을 만주로 보냈다. 그러나 조선의 지원군은 제대로 싸워 보지도 못하고 후금군 정예 병력에 포위됐다. 강홍립은 병사들을 구하기 위해 항복했다.

광해군은 내치內治에서 과오가 컸다. 왕의 권위를 높이기 위해 경복궁의 10배 크기로 경덕궁과 인경궁을 건설하면서 벼슬을 팔고 과중한 세금을 부과했다. 그리고 예조판서 이이첨과 상궁 김개시金介屎의 국정 문란을 방치함으로써 민심에서 멀어졌다. 결국 광해군의 몰락은 무리한 궁궐 수축에 따른 재정난과 측근 관리의 실패로 요약할 수 있을 것이다.

김개시는 개똥이를 한문으로 음차한 이름이다. 시屎는 똥 시 자다. 김상궁은 〈광해군일기〉에 "나이가 차서도 용모가 피지 않았는데 계교가 많았다"고 묘사된 것으로 보아 미인은 아니었던 모양이다. 간신 이이첨이 김개똥에게 빌붙어 크고 작은 벼슬을 김 상궁과 협의를 거친 뒤에 낙점했다. 이귀와 김자점이 역모를 꾀한다는 투서가 광해군에게 들어갔지만 김 상궁이 두 사람을 비호해 유야무야되었다. 김자점은 일찍부터 뇌물을 써서 김개시에게 연줄을 댔다. 궁궐의 기둥뿌리가 썩고 있는 것을 임금만

몰랐던 것이다. 영창대군의 모친 인목대비를 무던히도 괴롭혔던 김 상궁은 정업원에서 불공을 드리고 있다가 쿠데타 소식을 듣고 민가에 숨었는데 군인들이 찾아내 목을 베었다.

광해군·임해군 형제와 어머니 공빈 김씨

광해군은 어머니의 묘소가 보이는 곳에 묻어달라는 유언을 남겨 죽은 지 2년 후 그의 유해는 제주도에서 진건읍 송릉리로 옮겨졌다. 생모 공빈 김씨의 묘소는 아들의 묘가 마주 보이는 산의 발치에 있다. 광해군이 왕이 되면서 공빈 김씨는 공성왕후恭聖王后로 추존됐다. 1623년 3월 광해군이 폐위되자 빈으로 다시 돌아갔고 왕후의 시호와 능호도 모두 격하됐다. 다만 석물들은 그대로 보존하였기 때문에 여느 왕릉과 같은 모습을

광해군의 어머니 묘 성릉. 광해군 묘에서 멀지 않은 곳에 있다. (사진 아주경제 DB)

하고 있다. 그녀의 묘소 앞에는 풍양 조씨의 시조인 조맹의 묘가 있다.

공빈 김씨는 임해군·광해군 형제를 두었다. 임해군은 서庶장자로 광해군보다 서열이 앞섰지만 성정이 방탕하고 난폭해 세자가 되지 못했다. 임진왜란이 일어나자 선조의 명으로 함경도로 떠나 근왕병을 모집하다가 주민이 붙잡아 왜장 가토 기요마사의 부대에 넘겨주었으나 석방 협상 끝에 서울로 돌아왔다.

중국이 장자를 놓아두고 왜 둘째 아들을 왕으로 삼았느냐고 계속 문제 삼는 바람에 임해군의 명을 재촉했다. 명이 광해군 국왕 자격을 심사하겠다며 보낸 사신들에게 조선 조정은 수만 냥의 은화를 바쳤다. 이후 명나라 환관들 사이에서는 '조선에 가서 한 밑천 잡자'는 풍조가 생겨나 광해군의 책봉례와 광해군의 왕세자 책봉례를 주관하기 위해 왔던 사신들은 6만 냥의 은을 긁어갔다. 광해군의 반명反明 감정이 여기서 싹텄다는 시각도 있다.

사헌부와 사간원에서는 임해군을 죽여 후환을 없애야 한다는 상소를 계속 올렸다. 임금의 형은 결국 유배지 강화도 옆 교동도에서 비참한 죽음을 맞았다. 수장守將 이정표가 독을 마시라고 핍박했으나 임해군이 따르지 않자 목을 졸라 죽였다. 인조반정 후에 임해군 살해는 이이첨의 죄상임이 드러났지만 광해군도 암묵적 동의를 한 것으로 추정된다. 이복동생 영창대군도 죽이고, 어머니가 같은 임해군도 죽인 것이다. 이들을 죽이는 데 신하들이 더 방방 떴다. 비정한 권력의 세계다.

광해군 묘 인근에 있는 임해군 묘는 봉분의 뗏장이 떨어지고 고사리가 침투했다. 무덤 언덕 밑에 쓰러진 장명등長明燈에는 이끼가 자라 있었다. 임해군 묘는 왕릉이 아니어서 문화재청에서 관리를 하지 않는다. 후손이 보수해야 하지만 생활 집으로 바뀐 재실의 마당엔 잡초가 무성했다.

왕이 죽으면 《조선왕조실록》을 편찬하는 작업이 시작된다. 최종 원고가 완성되면 초고들은 물에 빨아서 먹을 없애고 종이를 재활용한다. 그러나 〈광해군일기〉는 재정난을 이유로 인쇄를 하지 않고 정서한 두 벌과 함께 중초본까지 보존해 반정으로 집권한 서인 세력이 광해군을 깎아내린 흔적이 드러나고 있다. 임진왜란을 통해 병들고 상처입은 백성을 치유하기 위해 궁중 내의 허준의 《동의보감東醫寶鑑》을 펴낸 것도 광해군의 치적에 속한다.

06

인조반정 뒤
광해군 자손들의 운명

광해군의 장남 이지李祬는 1598년(선조 31)년에 태어나 1608년 광해군이 즉위한 뒤 세자로 책봉되었다. 세자빈 박씨는 광해군 조정에서 권세를 누리다 인조반정 때 처형된 이이첨의 외손녀였다. 이지는 25세 때인 1623년 인조반정으로 폐세자가 되고 세자빈과 함께 강화부 교동도에 위리안치圍籬安置됐다. (위리안치란 죄인을 배소에서 달아나지 못하게 하기 위해 귀양 간 곳의 집 둘레에 가시가 많은 탱자나무를 돌리고 그 안에 사람을 가두는 것을 말한다.)

강화도 옆에 있는 교동도는 현재 행정구역상으로 강화군 교동면이다. 고려 시대와 조선 시대에 교동도는 강화도와 함께 왕과 왕족의 유배지였다. 서울과 가까운 섬이라 감시와 격리가 편리했기 때문이다. 연산군은 이 섬에서 역질에 걸려 죽었다.

친형 임해군과 조카 능창군을 교동도에 유배 보냈던 광해군은 그 자신도 교동도에 유배되는 신세가 됐다. 병자호란이 나자 광해군은 강화도에서 교동도로 유배지를 옮겼다가 제주도로 마지막 이배移配길을 떠났다. 광해가 영창대군을 죽인 것을 인조반정의 명분으로 삼았기 때문에 인조는 광해군을 죽이지 않았다. 그러나 이괄의 난이나 병자호란 등이 일어났을 때 광해군이 다시 옹립될 것을 염려해 유배지를 바꾸었다.

유배지서 땅굴 파 탈출 시도

이지는 교동도 유배지에서 세자빈과 함께 수의를 만들어 놓고 보름 동안 물 한 모금 입에 대지 않으며 비폭력 저항을 했다. 이지가 세자빈과 함께 목을 맨 것을 여종이 발견하고 풀어 준 적도 있다. 그러다 한양에서 보내 준 가위와 인두를 이용해 세자는 직접 땅굴을 파고 세자빈이 흙을 자루에 담아 퍼 날라 방안에 숨겨두었다. 평생 손에 흙 안 묻히고 살았을 왕세자가 26일 만에 70척(약 21미터)의 땅굴을 완성했다.

야심한 밤에 땅굴을 나온 세자는 미리 연락해 해안에 대기시켜 놓은 배를 찾아 나섰지만 길을 잃고 헤매다 탈출 3일 만에 나졸들에게 붙

봉인사 사리탑에서 발견된 사리장엄구에는 왕세자 이지의 만수무강을 기원하는 명문이 새겨져 있었다. (사진 국립중앙박물관 소장)

잡혔다. 남편이 달아날 때 세자빈은 나무 위에 올라가 살펴보다가 떨어져 몸을 상했다. 세자빈은 남편이 체포됐다는 소식을 듣고 목숨을 끊었다. 세자빈이 유배지에서 자진自盡하자 호조가 옷과 이불을 보내 염습하고 빈소를 차려주었다.

영의정 이원익과 인열왕후(인조의 왕비)가 폐세자를 죽여서는 안 된다고 반대했으나 인목대비와 사헌부 사간원 홍문관 삼사의 논의를 거쳐 '자진하여 죽으라'는 명을 내리기로 결정했다. 삼사의 논의에서 인조반정 때 죽이지 않고 살려 주었는데도 강화부윤과 장수들 앞에서 "호걸의 일을 행하겠다"고 거리낌 없이 발언했다는 고변이 나왔다. 인목대비가 광해군과 폐세자 이지의 처리에 관해 가장 강경했다. 광해군 치하에서 친정아버지와 아들 영창대군이 죽고 친정어머니는 제주 관아의 노비가 되는 멸문지화를 당했으니 철천지한이 맺혔을 것이다.

〈인조실록〉에는 폐세자의 마지막 처신이 생생하게 기록돼 있다. 의금부 도사가 자결하라는 명을 전하자 폐세자는 몸을 씻고 머리를 빗고 의관을 갖추었다. 이어 칼을 찾아 손톱과 발톱을 깎으려 했으나 도사가 허락하지 않자 "죽은 뒤에 깎아 주면 좋겠다"고 부탁했다. 폐세자는 자리를 펴고 북쪽을 향해 네 번 절한 뒤, 광해군이 있는 서쪽을 향해 두 번 절하고 방안에 들어가 스스로 목을 맸으나 중간에 줄이 끊어졌다. 이번에는 줄을 명주실로 바꾸어 종내 세상과 하직했다.

최근 수락산 흥국사 부근서 무덤 발견

폐세자의 묘소는 지금까지 알려지지 않고 있었다. 그가 세자빈과 함께 수락산 옥류동에 묻혔다는 고서의 기록에 따라 남양주시립박물관은

폐세자 이지의 묘소는 대군의 묘제墓制로 조성됐으나 누가 묻혔는지를 알려 주는 표석이 없다.
(사진 황호택)

나뭇잎이 떨어진 겨울에 인공위성 사진으로 찾아낼 계획을 세우기도 했
으나 최근 그의 것으로 추정되는 무덤이 발견됐다. 이 무덤은 덕흥대원
군(선조의 부친)의 원찰인 흥국사에서 가까운 전주 이씨 종산에 있다. 덕흥
대원군 묘소로부터 700~800미터 떨어진 산기슭의 상단에 공들여 석
축을 쌓고 못자리를 잡아 위계가 높은 사람임을 알 수 있다. 병풍석과
무인석 등 석물의 규모로 보아 대군大君의 묘가 분명한데도 특이한 점은
누구의 무덤인지를 알려 주는 묘표석이 없다는 것이다. 인조와 폐세자

는 조부(선조)가 같은 사촌 간이다. 인조는 전주 이씨 종산에 대군의 예에 따라 폐세자의 묘소를 만드는 것을 허용했으나 종친들이 여러 가지 정황을 고려해 묘표를 세우지는 않은 것으로 보인다. 다만 정확한 것은 발굴 조사를 통해 묘지석墓誌石을 확인해 봐야 알 수 있다.

폐세자가 위리안치 중에 지었다는 한시가 《속잡록續雜錄》, 《연려실기술》 같은 민간에서 발간한 역사책에 전한다.

본시 한 뿌리인데 이다지도 야박할쏜가   本是同根何太薄

하늘의 이치는 서로 사랑하고 슬퍼해야 하지 않소   理宜相愛亦相哀

어떻게 하면 이 유배지를 벗어나   緣何脫此樊籠去

녹수청산 자유롭게 오갈꼬   緣水靑山任去來

죽임을 당한 영창대군이나 인조의 동생 능창군도 죽어가면서 '본시 한 뿌리인데 이다지도 야박할쏜가' 하고 광해군을 원망했을 것이다. 아버지 광해군이 뿌린 원한의 씨를 폐세자 이지가 거둔 셈이다.

자정전에서 《논어》 주강晝講을 할 때 신하들이 인조에게 "이지의 딸을 궁녀가 기른다 하니 옷과 양식을 보내 주는 것이 어떻겠습니까"라고 주청했으나 인조는 아무런 대답도 하지 않았다. 신하들이 거듭 주청해도 침묵을 지키던 인조는 주강이 파할 무렵에야 "폐세자 이지의 딸과 광해의 후궁이 낳은 딸이 장성할 때까지 해조에서 식량을 주도록 하라"고 명했다. 목숨을 내놓고 반정을 일으켜 왕이 된 인조는 광해에 대한 미움과 그의 피붙이에 대한 연민 사이에서 갈등이 있었을 것이다.

궁녀가 기르던 이지의 딸은 의성 김씨 집안의 김문거에게 하가下嫁했

남양주에는 광해군의 유일한 딸인 옹주의 무덤이 있다. 그녀는 혼기를 넘겨 시집가 2남 3녀를 두었으며 친자가 없는 아버지의 제사를 모셨다. (사진 남양주시청)

다. 의성 김씨 족보에 따르면 김문거는 자녀가 없어 김진이라는 양자를 들였다. 김진은 밀양 박씨와 혼인해 김용윤과 김용징을 낳았고 그 이후의 계보는 알 수 없다.

광해군의 제사를 받든 딸

광해군에게는 후궁 소의昭儀 윤씨에게서 난 옹주가 있었다. 윤씨는 인조반정 이튿날 '음행淫行을 했다'는 이유로 사형을 당했다. 옹주는 어머니를 잃고 궁에서 쫓겨난 뒤 외삼촌 집에서 살았다. 그러나 폐주의 딸이라 당시의 시대상으로 혼기를 넘겨 스무 살이 되어도 혼사가 이뤄지지 않았다. 1641년 광해가 제주도에서 죽은 뒤에 인조는 옹주를 불러 광해군이 살던 본궁에 거주하게 했다. 그리고 상기가 끝나고 혼인을 하자 혼수를 주었다. 옹주는 음성 박씨 문중의 박징원에게 하가해 2남 3녀를 낳아 기르다가 1664년(현종 5) 55세로 세상을 떠났다. 현종은 장례 물품을 보내 주었다.

옹주의 무덤은 진건면 사릉리 산림청 소유의 공동묘지에 있다. 옹주의 무덤에는 묘표석이 없고 묘비에는 전주 이씨로만 기록돼 있다. 남편 박징원의 묘는 2킬로미터가량 떨어진 곳에 있다. 인조는 논밭과 노비를 옹주에게 주어 외손들이 광해군의 제사를 받들도록 했다. 옹주의 무덤이 조성되고 나서 국유지 관리가 소홀할 때 다른 무덤들이 들어와 옹주의 무덤을 둘러싼 것 같다. 작은 무덤들 사이에 옹주의 무덤 규모가 눈에 띄게 커 탐방객들이 찾기는 쉽다. 옹주의 무덤에서 200여 미터 떨어진 언덕에는 생모 소의 윤씨의 묘가 자리하고 있다.^澤

07

조선 최초의
황제 무덤 홍릉

1895년 10월 8일 새벽 5시. 서울 경복궁 광화문光化門에서 총성이 울렸다. 낭인과 수비대원 등을 앞세운 일본군이 신속하게 움직였다. 경복궁 담장을 넘어 들어가 광화문 빗장을 열었다. 거의 동시에 북쪽 대문인 신무문神武門, 북서문과 북동쪽 소문인 추성문秋成門과 춘생문春生門으로 일본군이 밀고 들어갔다. 이들의 기습에 궁궐 수비대는 순식간에 장악되었다. 궁궐 수비대엔 이미 내통자가 있었다.

총칼로 무장한 일본군 패거리들은 경복궁의 북쪽 가장 깊숙한 곳, 건청궁乾淸宮으로 몰려갔다. 당시 고종과 황후가 기거하던 곳이다. 고종의 침전은 장안당長安堂, 왕후의 침전은 곤녕합坤寧閤이었다. 일본군 패거리 40~50명은 침전을 둘러싸고 황후를 찾는 데 혈안이 되었다.

곤녕합 동쪽 옥호루玉壺樓에서 황후는 끝내 낭인들에게 붙잡혔다. 당시 상황에 대한 여러 증언을 요약하면 이렇다.

> 일본 낭인들은 황후가 복도로 달아나자 뒤쫓아 가 바닥에 쓰러뜨리고, 가슴 위로 뛰어올라 세 번 짓밟고 칼로 시해했다. 몇 분 후 시신을 소나무 숲으로 끌고 갔고 얼마 후 그곳에서 연기가 피어올랐다.

그들은 황후의 시신에 기름을 부어 불을 질렀다. 무자비한 만행이었다. 그 비극의 현장이 바로 건청궁 옆 녹산鹿山이다. 이곳엔 '명성황후조난지지明成皇后遭難之地' 석비가 세워져 있다. 이른바 1895년 을미사변乙未事變이다. 식민지 시대도 아니었는데, 우리의 왕비가 우리의 궁궐에서 이방인 군대에 의해 처참하게 살해당하는 일이 벌어졌다. 우리 역사에 수많은 상처와 오욕이 있지만 을미사변은 전대미문의 치욕이 아닐 수 없다.

전대미문의 치욕

일본의 후안무치, 왕권의 미약함, 정부의 무기력, 열강들의 침탈……. 이 상황에서 우리는 황후의 죽음을 발표조차 하지 못했다. 오히려 일본의 압박에 의해 황후를 폐위하고 서인庶人으로 강등하는 일이 이어졌다. 정부는 12월 1일에 되어서야 황후의 죽음을 공식 발표했다. 그리고 경기도 구리 동구릉東九陵의 숭릉崇陵 옆에 능을 조성하기로 하고 능호를 숙릉肅陵으로 정했다. 산릉山陵 공사가 시작되었으나 이듬해인 1896년 1월 중단되고 황후의 국장國葬은 무기 연기되었다.

1896년 2월 고종은 경복궁을 떠나 러시아공사관으로 몸을 피했다. 아관파천俄館播遷이다. 암중모색 끝에 고종은 1897년 2월 덕수궁(경운궁)에 자리를 잡고 그해 10월 자주 독립국과 근대 국가로서의 희망을 담아 대한제국을 선포했다.

고종은 1896년 12월 황후의 장례를 치르기로 했다. 1897년 1월 서울 청량리를 장지로 다시 정하고 능호를 홍릉洪陵으로 정했다. 천장遷葬 공사가 시작되었고 대한제국 선포 직후인 1897년 11월 21, 22일 황후의 국장이 진행되었다. 사후 2년 만이었다. 그 홍릉은 동대문구 청량리동

고종 황제는 명성황후와 달리 사진을
많이 남겼다.

홍릉수목원이 있는 곳이다. 그 후 고종은 명성황후를 참배하기 위해 청
량리까지 전차를 놓기도 했다.

1900년 들어 청량리 홍릉의 터가 풍수지리적으로 허虛하다는 얘기
가 나왔다. 고종에게 상소도 올라왔다. 고종은 남양주 금곡으로 옮기기
로 결정하고, 천장과 산릉 공사가 시작되었다. 그러나 1904년경 남양주
홍릉 조성 사업은 중단되었다. 대한제국이 풍전등화의 형국으로 치닫는
상황에서 홍릉 조성에 전념할 수 없었기 때문이다.

고종은 1907년 헤이그 만국평화회의에 특사를 파견해 일본 침략의
부당성과 을사늑약乙巳勒約의 무효를 전 세계에 알리고자 했다. 그러나 실
패했고, 일본은 이를 빌미로 고종을 강제로 퇴위시켰다. 고종은 1910년

국권 상실 후 일제로부터 이태왕^{李太王}으로 격하되어 불리다가 1919년 1월 21일 덕수궁 함녕전^{咸寧殿}에서 승하했다. 뇌일혈로 쓰러졌다고 알려졌지만 독살당했다는 소문이 나돌았다. 조선총독부의 사주를 받은 의사가 비소를 넣어 홍차를 만들었고 고종이 그걸 마시고 숨을 거두었다는 소문이었다. 정확하게 확인된 바는 없지만, 조선 백성은 분노했다.

24년 만에 죽어서야 다시 만난 황제와 황후

어쨌든, 1904년 중단되었던 남양주 홍릉 조성 공사는 고종 승하와 함께

고종과 명성황후의 무덤인 남양주 홍릉은 기존의 조선 왕릉과 달리 참도 주변에 다양한 석물들을 두 줄로 도열하듯 배치해 놓았다. 이는 중국 황릉의 방식을 도입해 대한제국 황제로서의 위상과 권위, 근대 국가를 향한 의지를 상징적으로 표현한 것이다. (사진 아주경제 DB)

다시 시작됐다. 1919년 2월 16일 명성황후가 청량리에서 먼저 옮겨왔고, 3월 3일 고종도 이곳에 함께 묻혔다. 격랑의 시대를 살았던 고종과 명성황후 부부, 그들은 24년 만에 죽어서야 다시 만나게 된 것이다.

남양주 홍릉은 고종 부부의 합장릉이다. 홍릉은 그 모습부터가 기존의 왕릉과 다르다. 정자각丁字閣 대신 일자 모양의 침전寢殿이 있다는 점, 참도參道 주변에 석물이 두 줄로 배치되어 있다는 점, 둥근 연못이 조성되어 있다는 점 등이다.

조선 왕릉은 입구에 홍살문이 있고 그 뒤로 난 참도를 따라가면 정

홍릉의 능침에는 난간석, 병풍석, 장명등 등이 설치되어 있고 문인석, 무인석, 석수는 보이지 않는다. 인물과 동물의 조각물은 중국 황제릉처럼 참도 주변에 배치했다. (사진 아주경제 DB)

자각이 나온다. 그 뒤로 왕의 시신이 묻힌 능침陵寢이 있다. 정자각은 신위神位를 모시고 제향을 올리는 곳이다. 위에서 내려다 봤을 때 지붕이 정丁자 모양이라고 해서 정자각이라는 이름이 붙었다. 다른 왕릉엔 정자각이 있는데 홍릉에는 정자각 대신 일자 모양의 침전이 있다.

홍릉에서 가장 주목할 점은 참도 주변에 설치한 석물이다. 문인석, 무인석, 기린, 코끼리, 해태, 사자, 낙타, 말의 석물들이 두 줄로 도열하듯 배치되어 있다. 문인석과 무인석은 높이가 3.8미터에 달한다. 조선 시대 왕릉의 문인석과 무인석 가운데 가장 크다. 모두 기존의 왕릉에서는 볼 수 없는 독특한 모양이다.

조선의 전통적인 왕릉에서는 석물은 능침 주변에 있고 정자각 앞 참도에는 박석薄石만 깔려 있다. 그러나 홍릉은 다르다. 병풍석, 난간석, 혼유석, 망주석, 장명등은 조선 왕릉의 형식을 따라 능침 주변에 배치했다. 반면 문인석, 무인석과 석수石獸는 능침 주변이 아니라 참도 주변에 배치했다. 이는 중국 명나라 태조 효릉孝陵의 방식이다.

이처럼 커다란 석물을 도열하듯 배치한 것에는 어떤 의미가 담겨 있을까. 고종은 1897년 조선의 국호를 대한제국으로 바꾸고 스스로를 황제라 칭했다. 끝내 국권을 상실하고 말았지만, 고종과 순종은 왕이 아니라 황제였다. 그러니 무덤도 황제의 무덤이어야 했다. 고종은 1900년 남양주 금곡으로 능을 옮기고자 했을 때부터 중국의 황제릉을 참고하기 시작했다.

황제릉은 제국 향한 마지막 자존심

홍릉과 유릉은 그래서 황제의 무덤 양식이다. 조선 왕릉의 전통을 따르되 중국 황제릉의 형식을 도입한 것이다. 그래서 중국의 황릉처럼 여러 석물을 도열하듯 두 줄로 배치함으로써 그 위용을 보여 주려 했던 것이다. 중국에 버금가는 대한제국 황제국으로서 자존감의 표현이었다.

홍릉의 침전 옆 비각에는 석비石碑가 서 있다. 앞면에는 "대한/고종태황제홍릉/명성태황후부좌大韓/高宗太皇帝洪陵/明成太皇后祔左"라고 새겨져 있다. 이 비는 원래 청량리에 명성황후의 홍릉을 조성할 때 제작되었다. 훗날 고종이 승하할 때를 대비해 '大韓/○○○○○洪陵/明成○皇后○○'의 여덟 글자만 새기고 나머지 자리를 비워 놓았다. 나머지는 고종이 승하하면 채워 넣겠다는 생각이었다.

그런데 일제는 1919년 고종 승하 후 '대한'이란 두 글자를 문제 삼기 시작했다. '대한'이라는 국호를 부정하고 싶었던 것이다. 일제는 두 글자를 삭제하려 했고 이로 인해 석비는 비각 안에서 4년 동안 나뒹굴었다. 방치되던 석비를 온전하게 세운 사람은 홍릉 참봉이었던 고영근高永根이다. 그는 1922년 인부를 동원해 비석의 앞면에 글자를 채워 넣어 비문을 완성한 뒤 일본인들 몰래 석비를 제대로 세워 놓았다. 그리곤 며칠 뒤 창덕궁 돈화문 앞으로 나아가 순종에게 '허락없이 비를 세운 죄'를 고하면서 석고대죄하였다.

이 사실은 이렇게 세상에 알려졌고 일본은 이 석비를 다시 눕혀 놓고 싶었지만 한국인의 반발이 거세질까 두려워 그냥 묵인하기로 했다. 대신 뒷면에 일본 연호를 새겨 넣는 것으로 마무리했다. 고영근은 참봉에서 쫓겨났다. 현재 석비의 뒤를 보면 한 구석에 몇 글자를 새겼다가 지워 버린 흔적이 남아 있다. 누군가 일본 연호를 지워 버린 것이다.

고영근은 1919년 고종이 승하하자 자원해서 홍릉의 능참봉을 맡았던 인물이다. 그 전에는 일본으로 건너가 명성황후 시해에 가담했던 우범선禹範善을 죽이기도 했다. 그 사건으로 일본에서 사형을 선고받았으나 고종의 부탁으로 5년만 복역한 뒤 1909년 조선으로 돌아오기도 했다. 고영근은 명성황후 집안 덕분에 벼락출세를 하고, 명성황후의 충직한 신하로 살다 생을 마쳤다.

남양주 홍릉은 고종이 살아 있을 때, 청량리의 명성황후 홍릉을 옮기기 위해 조성을 시작했던 것이다. 그러나 고종 생전에 홍릉 천장은 실현되지 않았다. 고종 사후 명성황후가 남양주로 먼저 옮겨오고 곧이어 고종이 합장되었다. 고종은 자신의 능호도 갖지 못한 채 명성황후의 홍

← 홍릉에 서 있는 석비. 일제의 박해로 고종 승하 후 비각 안에 방치되다 1922년 능참봉 고영근에 의해 비로소 비문이 완성됐다. (사진 아주경제 DB)

릉 이름을 그대로 따랐다.

하지만 고종은 남양주 홍릉은 황제릉으로 꾸미고자 했다. 비록 1919년 국권을 상실한 식민지 시대에 조성되었지만 그 홍릉엔 고종의 꿈이 서려 있다. 대한제국의 자존감, 근대 독립 국가를 향한 열망이었다. 그러나 그 꿈은 좌절되었다.

남양주 홍릉에는 시종 절절한 사연으로 가득하다. 19세기 말~20세기 초의 지난했던 우리의 비극적 역사가 고스란히 담겨 있다. 홍릉에선 매년 1월 21일 고종의 제향을, 매년 10월 8일엔 명성황후의 제향을 거행한다. 요즘 고종 시대를 재평가해야 한다는 움직임이 일고 있다. 여전히 논쟁적이지만 고종 시대는 우리에게 많은 성찰을 제공한다. 남양주에서, 홍릉에서 그 지난했던 근대사의 속살을 만날 수 있다.[차]

08

순종 유릉과
대한제국 황실의 묘역

조선의 마지막, 27대 왕이자 대한제국의 마지막 황제 순종(1874년생, 재위 1907~1910)이 1926년 4월 25일 새벽 창덕궁 대조전에서 승하했다. 52세였다. 순종은 자녀가 없었다. 절손絶孫이었다.

고종과 명성황후 사이에서 태어난 순종은 이듬해인 1875년 세자로 책봉되었다. 1907년 고종이 일제의 강요에 의해 퇴위하게 되자 대한제국의 황제로 즉위했다. 동생인 영친왕英親王을 황태자로 책립했고, 거처를 덕수궁에서 창덕궁으로 옮겼다. 1907년이면 이미 조선의 국운이 다 기운 상태. 누란지위의 상황은 더욱 급박하게 돌아갔고 어찌 보면 순종이 할 수 있는 일은 거의 없었다. 즉위 후 불과 3년 만에 조선왕조와 대한제국의 멸망을 지켜보아야 했다.

순종은 마지막 순간 이런 유언을 남겼다.

일명(한 목숨)을 겨우 보존한 짐은 병합 인준의 사건을 파기하기 위하여 조직하노니, 지난날의 병합 인준은 강린(일본)이 역신의 무리(이완용 등)와 더불어 제멋대로 만들어 선포한 것이요, 내가 한 바가 아니다. 모두 나를 유폐하고 협제하여 나로 하여금 말할 수 없게 만들었으니, 고금에 어찌 이런 도리가 있으리오. 짐이 구차하게 산 지 17년이라. 종사(종묘사직)의 죄인이 되고 2천만 생민(국민)의 죄인이 되었으니 잠시라도 이를 잊을 수 없다······ 지금의 병이 위중하니 한마디 말을 않고 죽으면 짐은 죽어서도 눈을 감지 못할 것이다······. 이 조칙을 중외에 선포하여 병합이 내가 한 것이 아님을 백성들이 분명히 알게 되면 이전의 소위 병합 인준과 양국의 조칙은 스스로 파기되고 말 것이리라. 백성들이여, 노력하여 광복하라. 짐의 혼백이 어둠 속에서 여러분을 도우리라.

1910년 나라를 내주는 조약의 조칙에 순종 황제가 서명하지 않았고, 따라서 한일병합은 불법이라는 말이다. 마지막 황제의 유언은 처연하다. 한편으로 현실적인 무력감이 전해 오기도 한다. 순종의 유언은 90여 년이 지난 지금도 우리의 마음을 짓누른다.

6월 10일 장례 행렬 따라 터진 "대한독립 만세"

1926년 6월 10일, 순종의 장례식이 시작되었다. 발인 행렬이 창덕궁 돈화문을 나서 오전 8시 30분경 단성사 앞을 지날 때였다. 가로변 군중 사이에서 격문이 날아오르며 "대한독립만세!" 함성이 터져 나왔다. 학생 300여 명의 외침이었다. 관수교에서, 을지로에서, 훈련원에서, 흥인지문(동대문)에서, 동묘東廟에서, 신설동에서······. 장례 행렬을 따라 학생들의 외침이 계속 이어졌다. 순종의 유언이 이심전심 통했던 것일까. 순종 인산례因山禮를 기해 6·10 만세 운동은 이렇게 시작되었다.

다음 날 순종은 남양주 금곡의 유릉에 묻혔다. 아버지인 고종의 홍릉 바로 옆이다. 유릉엔 정후正后인 순명효황후 민씨가 며칠 전 자리를 잡

대한제국 황제의 정장을 입은 순종.

고 있었다. 순명효황후 민씨는 1904년 승하해 지금의 서울어린이대공원
자리에 묻혔다. 당시에 순종은 황태자였고 순명효황후도 황태자비였다.
따라서 순명효황후의 무덤을 유강원裕康園이라 이름 붙였다. 1907년 순종
이 황제에 등극하자 황후로 추존되고 유강원에서 유릉으로 이름을 바꾸
었다. 1926년 순종이 승하하자 남양주 홍릉 아버지 옆으로 장지가 결정
되었다. 6월 5일 순명효황후가 먼저 천릉되었고 6월 11일 순종이 이어 묻
힌 것이다. 능호를 별도로 정하지 않고 황후의 능호를 그대로 따랐다. 순
종의 계후繼后인 순정효황후 윤씨는 1966년 72세로 승하해 이곳에 함께
묻혔다. 유릉은 특이하게도 동봉삼실同封三室, 즉 3인 합장릉이다. 이런 경
우는 조선 왕릉 가운데 유릉이 유일하다.

유릉은 홍릉과 마찬가지로 황제릉이다. 기본적으로 조선 왕릉의 법
식을 계승하되 명나라의 황제릉의 특징을 가미했다. 그러다 보니 홍릉

과 전체적인 배치나 구조에서 비슷하다. 유릉에서 특히 눈여겨볼 것은 석물이다. 홍살문과 침전 사이의 참도參道에 좌우로 문인석, 무인석, 기린, 코끼리, 사자, 해태, 낙타, 말의 석물을 배치했다. 홍릉과 비슷한 듯하지만, 눈여겨보면 홍릉의 석물과 차이가 있다. 우선 동물 조각상인 석수石獸들의 다리 사이가 홍릉은 막혀 있지만 유릉은 뚫려 있다. 그리고 유릉의 석물이 홍릉에 비해 더욱 사실적이다. 석물 제작에 근대적인 조각 기법이 동원되었기 때문이다. 유릉의 조성과 석물 제작은 일제가 주도했다. 당시 일본의 대표적인 조각가 아이바 히코지로相羽彦次郎가 제작한 모형을 토대로 유릉의 석물을 만들었다. 그 모형은 서양식 조각 수법에 따른 것이다. 서양의 조각 기법을 받아들였기에 우리의 전통 조각보다 사실적이고 입체적일 수밖에 없었다. 하지만 우리의 전통 방식을 무시한 것이기도 하다.

그렇기에 문인석, 무인석의 얼굴을 보면 이목구비가 뚜렷하고 입체적이다. "얼굴의 표현에서 해부학적인 골격이 강조되어 서양의 석고 조각을 연상시킬 정도"라고 평가받는다. 한국인 얼굴이라기보다 다소 서양인 얼굴 같기도 하다. 그러나 얼굴 표현과 달리 인체의 비례는 사실적이지 않다.

일제는 유릉을 조성한 뒤인 1927년 침전 앞 석물을 만들기 시작해 1928년 마무리했다. 일제는 "조선의 예술품은 쇠멸하였고, 신생기가 도래하여 그 시대의 예술 작품을 남겨 후세에 전해야 한다"는 주장을 늘어놓았다. 조선의 전통 문화와 미술을 폄하하려는 식민 지배 이데올로기였다. 유릉의 석물에는 이렇게 일제의 침략 의도가 짙게 담겼다. 누군가는 "문인석의 얼굴은 무표정하고, 무인석의 얼굴은 겁에 질린 모습"이

유릉은 순종 황제와 첫 번째 황후 순명효황후 민씨, 두 번째 황후 순정효황후 윤씨 3인의 합장릉이다. 능 아래로 일자 모양의 침전寢殿이 내려다 보인다. (사진 아주경제 DB)

라고 말하기도 한다. 일제는 조선의, 대한제국의 위상을 깎아내리고 망국의 무능함을 강조하고자 한 것이다.

유릉 옆은 홍릉이다. 홍릉의 침전 옆으로 난 길로 돌아나가면 고즈넉한 산길이 나오고 그 길을 죽 따라가면 대한제국 황족들의 무덤이 나온다. 대한제국 황태자 영친왕英親王(1897~1970) 부부가 묻혀 있는 영원英園이 있다. 영친왕은 고종과 귀비 엄씨 사이에서 태어났다. 영원 바로 옆에는 영친왕의 둘째 아들로 대한제국의 마지막 황세손이었던 이구李玖(1931~2005)의 무덤 회인원懷仁園이 있다. 그 옆으로 더 깊숙하게 들어가면 의친왕義親王(1877~1955) 묘와 덕혜옹주德惠翁主(1912~1989) 묘가 나온다. 영

친왕과 의친왕은 순종과 이복형제인 셈이다. 의친왕은 고종과 귀인 장씨 사이에서 태어났고, 덕혜옹주는 고종과 귀인 양씨 사이에서 태어났다. 의친왕, 영친왕, 덕혜옹주는 모두 순종과 이복 남매다. 대한제국 황실의 인물들이 대부분 남양주 홍릉과 유릉의 능역陵域에 함께 묻혀 있는 셈이다. 옛 무덤은 그 격에 따라 호칭이 다르다. 능은 보통 왕과 왕비의 무덤에 붙이는 이름이다. 원園은 세자와 세자빈에 붙인다.

일본서 수모·병마 시달린 제국의 황손들

몰락한 왕조의 후예들이었기에 이들의 삶은 기구할 수밖에 없었다. 영친왕은 1907년 황태자로 책봉되었으나 그해 12월 일제에 의해 강제로 일본 유학을 떠나야 했다. 일제는 조선 왕족을 일본으로 흡수하기로 하고 1920년 영친왕을 일본 왕족인 나시모토 마사코梨本方子와 정략결혼시켰다. 사실상 인질이 된 것이다. 1926년 순종의 승하 이후 명목상 왕위 계승자가 되어 이왕李王이라 불렸다.

1945년 일본 패망과 한국의 광복으로 영친왕 부부는 일본 왕족의 자격을 잃고 재산을 몰수당했다. 광복 후 귀국을 원했지만 한국의 이승만 정권은 왕실의 부활 여론을 우려해 그를 거부했다. 한국에서도, 일본에서도 외면당한 영친왕. 1963년 대한민국 국적을 얻어 귀국했지만 병세가 악화되어 이미 그의 삶은 회복 불능으로 망가져 있었다.

고종이 나이 예순에 얻은 딸 덕혜옹주. 그 또한 열세 살의 어린 나이에 강제로 일본 유학을 떠나고 그곳에서 정략결혼을 해야 했으며 조선을 그리워하다 끝내 조현병과 실어증으로 고통받았다. 1962년에서야 조국에 돌아왔으나 그의 삶은 이미 망가졌고 끝내 1989년 창덕궁에서

← 유릉에는 우리의 토종 동물이 아닌 코키리 낙타가 석수로 등장한다. (사진 아주경제 DB)

77세로 삶을 마쳤다.

　마지막 황세손 이구李玖는 2005년 7월 일본 도쿄 도심의 한 호텔에서 타계했다. 그런데 그의 타계 소식이 서울에 전해진 것은 이틀 뒤였다. 아무도 몰랐던 것이다. 당시 부음을 가장 먼저 접한 전주 이씨 대동종약원의 한 관계자는 "일흔이 넘은 황세손이 호텔에서 객사한 채 발견됐다는 것이 놀랍고 안타까울 뿐"이라고 말하기도 했다.

　황태자였고, 황세손이었고, 옹주였지만 모두 몰락한 제국의 황손일 따름이었다. 일본에서 인질로 살았고, 숱한 수모와 번민 속에서 병마에 시달려야 했다. 독립운동을 하고 저항도 해 보았지만, 사실 그들이 할 수 있는 것은 없었다. 그들은 앞서거니 뒤서거나 세상을 떠나 남양주 금곡동에서 다시 만났다. 홍릉이나 유릉보다 오히려 영원, 회인원, 덕혜옹주묘, 의친왕 묘의 묘역에서 더 숙연해진다.

　2016년 영화 〈덕혜옹주〉가 개봉한 바 있다. 궁궐에서 마냥 예쁘게 뛰어 다니고 아버지 고종의 사랑을 듬뿍 받던 어린 소녀의 모습도 눈에 선하고, 조현병과 실어증에 걸린 덕혜옹주의 처참한 모습도 여전히 생생하다. 그 엄청난 간극에 관객들은 대부분 눈물을 훔쳤다. 〈덕혜옹주〉는 우리에게 이렇게 묻는다. "덕혜옹주를 아십니까? 마지막 황녀 덕혜옹주를 아십니까?" 이 모든 사건들이 불과 100년도 지나지 않은 우리의 역사다. 그 질문에 답해야 한다. 우리가 남양주 홍릉 유릉과 주변 능역을 찾아가야 하는 까닭이다.^㉟

← 서양식 조각 기법으로 제작된 유릉의 무인석. (사진 아주경제 DB)

09

풍운아 흥선대원군 묻힌
홍원

흥선대원군이 젊은 시절 한양 3대 기생이라 불리던 춘홍의 집에 드나들
다가 금군별장 이장렴과 술자리에 동석하게 됐다. 별것 아닌 일을 놓고
말싸움이 벌어졌는데, 이장렴이 흥선군에게 "나는 왕의 친병親兵을 거느
리는 종2품 무인으로서 기생집에서 술이나 마시는 종친을 공경할 일이
없소"라고 불경스럽게 말했다. 이에 흥선군이 "어찌 감히 왕실 종친한테
무례하게 구느냐"고 심하게 꾸짖자 이장렴이 흥선군의 뺨을 올려붙였다.

후일 대원군이 집정執政했을 때 이장렴이 인사 드리려고 운현궁으로
찾아왔다. 대원군은 그를 불러들여 안부 인사를 나누고 나서 "그대는 아
직도 내 뺨을 때릴 수 있느냐"고 물었다. 이 위기의 순간에 이장렴은 "그
때 일은 죄송하기 짝이 없으나 대원위 대감께서 그때처럼 말씀하신다
면 그럴 수밖에 없을 것 같습니다"라고 대답했다. 그러자 대원군은 "가
까운 시일 안에 춘홍이 집에 가자고 할 참이었는데 자네가 무서워서 못
가겠구나"라며 웃었다. 이장렴은 그 뒤 금위대장, 강화유수 등을 지내며
평생 대원군의 심복이 되었다.

윤효정이 1931년부터 〈동아일보〉에 연재한 《풍운한말비사風雲韓末秘
史》에 나오는 이야기로, 여러 버전으로 널리 알려졌다. 세도 정치 권력자

당대 최고의 초상화가 이한철이 그린 대원군
초상화는 5점의 복식이 모두 다르고 의관과
기물이 매우 화려하다. 수준 높은 묘사력과
화격畵格을 보여 주는 최상급의 걸작들이다.
2006년 보물 제1499호로 지정되었다.
(사진 서울역사박물관 소장)

들의 주목을 받지 않기 위해 파락호 행세를 하던 대원군의 위장僞裝과 대
범함, 사감에 연연하지 않고 인물을 중용하는 성격을 보여 주는 일화다.

남양주시 화도읍 창현리 마을을 지나 좁은 농로를 따라 올라가면
철제 문이 막아선다. 문은 자물쇠로 잠겨 있다. 문 옆으로 들어가 개망
초와 돼지감자, 칡이 무성한 산자락을 따라 500미터가량 올라가면 흥원
興園이 나타난다.

대원군 무덤 비석엔 일본인 글씨

흥원에는 '의미意美'라는 사람이 쓴 '국태공원소國太公園所' 비석이 서 있다.
국태공은 대원군을 높여 부르는 말이다. '의미'는 1898년 조선 거류 일본

인들이 세운 남산대신궁의 신직神職 미야케 오미였다. 찜찜하지만 이것도 역사의 자취다. 1907년 고종 황제의 생부인 대원군은 대원왕으로 추봉돼 묘가 아니라 원이 맞다. 경기도에서 세운 안내판은 '흥선대원군 묘'라고 표기돼 대원군에 대한 평가가 완결돼 있지 않음을 보여 준다.

흥원의 신도비 문인석, 무인석, 망주석에는 파주에서 6·25 전쟁 때 맞은 총탄 자국이 많다. 후손들이 대원군 묘역 일대를 경기도에 기부 채납하면서 경기도는 역사 공원 조성 계획을 세워놓고 있다.

흥원 옆에 조성된 납골묘에는 대원군의 증조부 낙천군, 조부 은신군(정조의 이복동생)과 장손 이준용, 손자 이문용, 증손과 고손 부부가 들어 있다. 가족 납골묘에서 숲을 헤치고 20미터가량 올라가면 궁중의 기단석으로 만든 계단 위에 고종의 형인 흥친왕 이재면의 묘가 나타난다.

대원군의 묘는 두 번 옮겨 다니다 남양주에 자리를 잡았다. 처음엔 1898년 운현궁의 별장 아소당我笑堂 뒤뜰에 묻혔다. 지금의 마포구 염리동 서울디자인고등학교 자리다. 고종은 1906년 흥원을 파주군 문산읍 운천리에 다시 조성했다. 1966년 파주 흥원 근처에 미군 군사 시설이 들어서자 후손들이 현재의 경기도 종산으로 옮겼다.

조선왕조에는 세 명의 대원군이 있었으나 두 명은 죽은 후에 추존됐다. 흥선군만 살아서 대원군이 돼 10년 동안 나이 어린 왕의 섭정을 했다. 그가 장남 이재면 대신에 차남 이재황을 왕(고종)으로 세운 것은 섭정을 맡아 세도 정치의 적폐를 청산하려는 의도였을 것이다.

잠재적 왕위 계승자로 지목 받던 이하전이 안동 김씨들에 의해 역모죄로 몰려 국문을 받고 사사賜死당한 사건이 이하응에겐 엄청난 충격이었다. 이하전은 너무 똑똑하고 기가 세서 독배를 마셨다. 세도가들에겐

조선 거류 일본인들이 세운 남산대신궁의 신직
미야케 오미가 쓴 '국태공원소' 비석.
(사진 아주경제 DB)

파주에 있을 때 6·25 전쟁을 맞아
총알 자국이 많이 난 흥선대원군
신도비. (사진 아주경제 DB)

나무꾼 강화도령(철종의 별명)처럼 세상 물정 모르는 왕이 필요했다. 이하
전은 살아생전에 철종을 찾아가 "조선이 전주 이씨의 나라입니까, 안동
김씨의 나라입니까"라고 했다는 일화가 전해진다. 대원군은 정권을 잡
자마자 이하전의 억울한 죽음을 신원해 줬다.

원園을 묘라고 잘못 표시도

흥선군 파락호 시절에 안동 김씨 애경사마다 얼굴을 디밀었다. 김병기 등
몇몇 안동 김씨들은 초라한 왕족에게 '상갓집 개喪家之狗'라는 별명을 붙
여 주었다. 그는 그 시절에도 세도가들을 모두 적으로 돌리지 않고 김병

학, 김병국과 연줄을 만들고 집권한 후 중용했다. 밖에서와 달리 일단 집안에 들어서면 둘째 아들 재황에게 엄하게 왕도王道를 가르쳤다. 왕실 최고 어른인 조 대비를 수시로 문안해 교류를 이어갔다. 철종이 죽으면 후계 지명권을 조 대비가 갖고 있었다. 철종은 원래 병약한 데다 주색을 좋아해 건강이 악화됐다. 후사도 없었다. 철종의 임종을 지켜본 조 대비는 재빨리 옥새를 챙겨 흥선군의 적자인 둘째 아들을 왕의 자리에 앉혔다.

조선 망국에는 대원군의 책임도 적지 않다. 일본이 메이지 유신을 통해 서구 문물을 도입하고 부국강병의 길로 갈 때, 조선은 빗장을 걸었다. 병인양요·신미양요의 승전고를 울리며 전국에 척화비를 세워 유림의 호응을 얻었으나 급변하는 국제 정세를 파악하지 못하고 망국의 길로 다가섰다.

경복궁 중건을 위해 매관매직을 했고 무리한 세금 부과로 원성을 샀다. 고종에게 권력을 물려준 뒤에는 며느리인 민 황후와 극단적으로 대립했다. 일본 낭인들에 의해 살해된 민 황후의 죽음에 그가 연루돼 있다.

고종이 22세가 되어도 섭정의 권력을 내놓지 않고 있다가 유학자 최익현의 상소를 계기로 밀려났다. 대원군은 그 뒤에도 1882년 임오군란 이후 한 달, 1895년 을미사변 이후 4개월가량 권력의 실세로 등장했다.

1882년 구식 군인들의 폭동인 임오군란으로 대원군이 재집권했지만 명성황후가 청나라에 도움을 청하면서 상황이 반전됐다. 청나라는 군대를 파견하고 대원군을 톈진天津으로 압송했다. 그는 톈진 보정부保定府에서 4년 동안 유폐 생활을 했다. 그러다 정황이 바뀌어 청나라 위안스카이가 러시아, 일본과 가까워진 명성황후를 견제하기 위해 대원군을 귀국시켰다.

대원군 묘 옆에는 선조와 후손들의 유골을 함께 모은 납골묘가 있다. (사진 아주경제 DB)

민 황후는 원래 대원군 부인의 사촌여동생이었다. 집안이 가난하고 아버지가 일찍 죽었다. 왕족으로서 외척 세도의 폐해를 뼈저리게 체험한 대원군은 부인의 사촌동생이자 천애고아 같은 민 황후를 며느리로 선택했다. 그런데 민 황후는 타고난 영특함과 통솔력으로 남편과 궁중을 장악하고 정치적 야욕과 힘을 드러내면서 시아버지와 대립했다. "귀신은 속여도 대원군은 못 속인다"는 유행어가 생길 정도로 지략이 뛰어난 그였지만 며느리 간택은 인생 최대의 실수였다.

1895년 조선 주재 일본 공사 미우라 고로三浦梧樓의 지휘 아래 일본군 수비대와 낭인패들이 경복궁을 침범해 명성황후를 살해한 을미사변이 일어났다. 대원군은 일본인들이 '여우 사냥'이라고 부른 이 천인공노할 만행을 암묵적으로 동의해 준 혐의가 있다. 미우라 공사가 제시한 을

미사변 관련 문서에 서명했고 경복궁에 들어가 "명성황후가 죽어 마땅하다"는 고유문告由文을 발표했다.

대원군은 일본을 싫어했지만 일본을 이용해 민 황후를 치는 이이제이以夷制夷 전략이었다. 민 황후가 청나라 군대를 동원해 대원군을 톈진에 4년 동안 감금했듯이, 대원군은 민 황후를 치는 데 일본군을 이용한 것이다. 대원군은 다시 섭정을 맡았고 장남 이재면은 친일 김홍집 내각에서 궁내부 대신이 됐지만 고종이 러시아 공사관으로 거처를 옮긴 아관파천으로 넉 달 만에 권력을 잃었다.

대원군에게는 긍정적으로 평가할 만한 업적도 많다. 왕가의 외척인 안동 김씨의 세도 정치를 혁파했다. 조세와 군역을 면제받는 특전을 누리면서 사색당파의 소굴로 변한 전국의 서원 650여 개 가운데 47개만 남겨 놓고 철폐했다. 세도 정치의 기반이었던 비변사를 폐지하고 의정부의 기능을 회복시켰다. 안동 김씨가 독직하던 요직에 4색을 골고루 등용했다. 문란해진 환곡 제도를 바로잡고 호戶 단위로 군포를 부과하는 호포법을 시행해 양반 사족의 신분적 특권을 배제했다. 통치 질서의 근간이 되는 법전을 정리해 국가의 기강을 확립했다.

대원군은 1850년 추사秋史 김정희金正喜와 교유를 시작해 1856년 추사가 세상을 떠날 때까지 예술적 인연을 이어갔다. 김영기는《조선미술사》에서 "석파石坡 이하응이 김정희의 완당阮堂체로 행서와 예서를 잘 쓴다"면서도 난 그림에 대해 "그림 자체보다는 대원군의 위상 때문에 유명해졌다"고 평가했다. 이하응의 석파란이 자기 세계를 갖춘 것은 1874년 권력에서 물러나 양주 직곡에서 은거하던 시절이었다.

그가 10년 섭정 후 물러나서 며느리와 추한 권력 다툼을 하지 않고

이하응의 난 그림 〈동심지란〉. (사진 ⓒ 간송미술문화재단)

서화의 세계에 침잠했더라면 어땠을까. 부질없는 상상을 해 본다. 일본, 러시아, 청나라 3국이 한반도에서 주도권을 놓고 경합할 때 대원군이 아들, 며느리와 사이가 좋고 소통이 잘됐더라면 명성황후의 참혹한 죽음이 없었을지도 모른다.

　홍선대원군의 일생은 극적 요소로 점철돼 소설, 영화, 드라마의 단골 소재가 됐다. 소설로는 김동인의 《운현궁의 봄》과 유주현의 《대원군》이 있다.澤

10

후궁들의 원園
순강원·휘경원

1689년 마침내 숙종은 희빈 장씨가 낳은 아들을 원자元子(훗날 경종)로 정했다. 그리고 나서 중전 인현왕후를 폐하여 서인庶人으로 강등하고 희빈 장씨를 왕비로 책립했다. 이로써 10여 년 이어오던 서인의 권력은 남인에게 넘어갔다. 바로 기사환국己巳換局이다.

　기사환국의 와중에 인현왕후와 함께 궁에서 쫓겨난 후궁이 있었다. 영빈 김씨(669~1735)였다. 그는 당대 명문가 안동 김씨 출신이었다. 김창국(청음 김상헌의 증손자)의 딸인 그는 1686년 17세에 숙종의 후궁으로 간택되어 궁에 들었다. 당시 남인과 가까웠던 희빈 장씨가 숙종의 총애를 받자 정치적으로 위협을 느낀 서인 계열 안동 김씨가 이를 견제하기 위해 김창국의 딸을 입궁시킨 것이었다. 영빈 김씨는 가문에 힘입어 내명부內命婦의 종1품 귀인貴人까지 올랐지만, 서인의 권력이 몰락하면서 영빈 김씨도 함께 내쳐졌다.

왕위 계승 놓고 생존과 문중 걸린 권력 싸움

5년 뒤인 1694년 갑술환국甲戌換局의 반전이 찾아왔다. 서인이 다시 집권하고 인현왕후 작위가 회복되었으며 왕비였던 장씨는 희빈으로 강등되

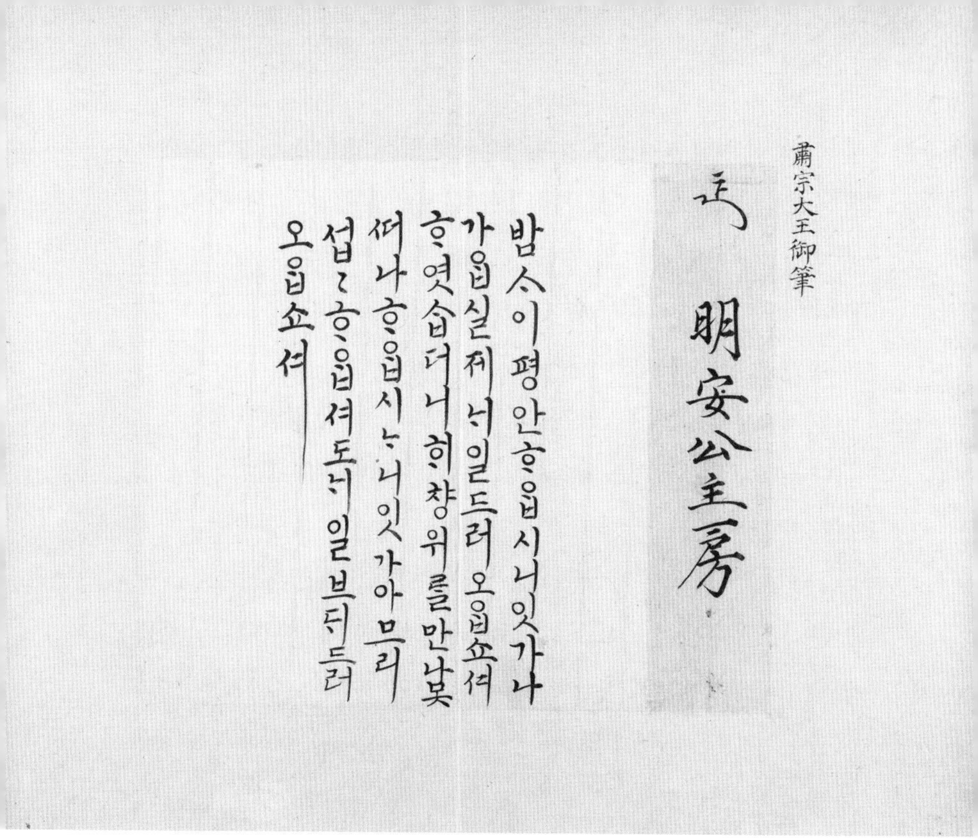

밤소이평안ᄒᆞᆸ시니잇가
가옵실제니일ᄃᆞ러오옵쇼셔
ᄒ엿ᄉᆞᆸ더니히챵위를만낫
ᄯᅥ나ᄒᆞᆸ시ᄂᆞ니잇가아므리
섭ᄉᆞᄒᆞᆸ녀도ᄂᆞ일브디드러
오옵쇼셔

숙종이 딸 명안공주 집에 간 어머니 명성왕후에게 보낸 한글 편지. "밤사이 평안하시옵니까.
나가실 때 '내일 들어오십시오' 하였더니 해창위(왕후의 사위)를 만나 못 떠나십니까. 아무리
섭섭해도 내일 부디 들어오시옵소서." 명성왕후는 장희빈을 궁에서 내쫓고 나서 3년 만에 죽었다.
숙종은 모후母后의 3년상을 치른 뒤에 장희빈을 궁에 다시 불러들였다.
(사진 오죽헌/시립박물관 소장)

었다. 영빈 김씨도 귀인으로 다시 돌아왔다. 그해 숙종이 무수리 출신 숙
빈 최씨 사이에서 연잉군(훗날 영조)을 낳았다. 그런데 연잉군은 어머니가
미천한 신분이었기에 명문가 출신 영빈 김씨 밑에서 지냈다. 연잉군은
영빈 김씨를 "어머니"라 불렀다.

1720년 희빈 장씨의 아들이 왕위에 올랐다. 경종이다. 영빈 김씨에게는 또 한 번 위기였다. 하지만 대비였던 인원왕후의 넉넉한 배려로 영빈 김씨는 위기를 넘겼다. 1724년 경종이 즉위 4년 만에 승하하고 연잉군이 영조로 즉위했다. 어린 시절 영빈 김씨를 어머니라 부르며 따랐던 영조였기에 영빈 김씨를 극진히 모셨다. 1735년 영빈 김씨가 66세로 세상을 떠나자 영조는 성대히 장례를 치렀다. 기사환국, 갑술환국의 틈바구니에서 왕비 후궁들은 왕실 여성으로서 저마다 처절한 삶의 고통을 겪어야 했다.

남양주에는 여러 명의 후궁들이 묻혀 있다. 임해군과 광해군을 낳았던 선조의 후궁 공빈 김씨(1553~1577), 선조의 총애를 받았던 후궁 인빈 김씨(1555~1613), 숙종의 후궁이자 영조의 양어머니였던 영빈 김씨, 정조의 후궁이자 순조의 생모였던 수빈 박씨(1770~1823), 대한제국 고종 황제의 후궁 세 사람······.

조선 시대 왕비의 임무 가운데 가장 중요한 것은 후계자 생산이었다. 적장자嫡長子 승계 원칙을 지켜야 했기 때문이다. 그것이 국정 운영에 있어서도 가장 안정적이었다. 하지만 현실은 그렇지 않았다. 27명의 임금 가운데 적장자 출신으로 왕위에 오른 경우는 7명(문종, 단종, 연산군, 인종, 현종, 숙종, 순종)에 불과하다. 나머지는 후궁이 낳은 아들 또는 방계傍系 출신이 왕위에 올랐다는 말이다.

조선 왕실에서 태어난 자녀는 모두 273명. 이 가운데 왕비가 낳은 자녀는 93명, 후궁이 낳은 자녀는 180명이었다. 후궁이 낳은 자녀가 훨씬 많았다. 특히 조선 후기에 이르러서는 출산 자체가 급감했으며 헌종 이후엔 왕위 계승자가 아예 태어나지 않아 방계 후손이 왕위를 이어야 했다.

대한제국 황실의 여성들. 앞줄 맨 왼쪽이 고종의 후궁인 엄 귀비, 왼쪽에서 두 번째가 의친왕비.
오른쪽에 궁녀 3명이 보인다. (사진 국립고궁박물관 소장)

후궁은 출신 성분과 입궁 과정에 따라 간택 후궁과 승은承恩 후궁으로 나뉜다. 간택 후궁은 왕비가 자녀를 낳지 못할 때 자녀 생산을 목적으로 사대부의 딸을 입궁시킨 경우를 말한다. 간택 후궁은 왕비가 승하하면 왕비가 될 수 있다. 남양주에 잠들어 있는 영빈 김씨, 공빈 김씨, 수빈 박씨가 모두 간택 후궁이다. 승은 후궁은 궁녀가 왕의 자녀를 생산함으로써 품계를 받은 후궁을 말한다. 승은 후궁은 왕비가 될 수 없었다.

조선 초기에는 임금 한 명이 평균 7~8명 후궁을 두었다. 그러나 후기로 넘어가면서 평균 3명 정도로 줄었다. 숙종부터 철종까지 왕위를 계승할 후사를 얻기 위해 궁에 들어온 양반가 출신의 간택 후궁은 모두 5명이었다. 숙종의 후궁인 영빈 김씨, 정조의 후궁인 원빈 홍씨, 수빈 박씨, 화빈 박씨, 헌종의 후궁인 경빈 김씨. 하지만 이 가운데 왕위 계승자를 생산한 간택 후궁은 순조의 생모인 수빈 박씨가 유일하다. 그 정도로 조선 왕실은 왕위 계승을 위한 후계자를 생산하는 데 난항을 겪었다.

"마마 왕자이옵니다"에 웃는 후궁들

조선 시대 모든 왕실 여성이 그러했지만, 그 가운데 후궁들은 특히나 고단한 삶을 살아야 했다. 늘 긴장의 연속이었고 정치적 외풍에서 자유로울 수 없었다. 물론 대다수의 후궁들은 이름 없이 생을 마쳤지만, 기록으로 전해 오는 후궁들의 삶은 때론 처절하고 때론 투쟁적이었다.

왕비가 아들을 낳지 못해 후계자가 정해지지 않은 상황에서 후궁이 아들을 낳으면 상황이 복잡해진다. 여기에 후궁에 대한 임금의 사랑이 극진하다면, 후궁이 자신이 낳은 아들을 후계자로 만들려고 욕심을 낸다면, 상황이 돌변해 예상치 못한 권력 투쟁이 벌어지고 만다. 인현왕후가 폐위되고 희빈 장씨가 왕후가 된 경우가 대표적이었다. 그 소용돌이에 휘말렸던 영빈 김씨도 예외가 아니었다. 두 차례의 환국으로 피바람이 몰아쳤지만, 어쨌든 왕위 계승에서 후궁이 중요한 역할을 한 것은 부정할 수 없는 역사적 사실이었다. 이는 궁중 여성들의 단순한 사랑싸움이 아님을 보여 준다. 자신과 그 자녀의 생존은 물론이고 자신을 비호하는 정치 세력과 문중의 운명이 걸려 있는 싸움이었다.

남양주 진접읍 순강원順康園은 인빈 김씨의 무덤이다. 인빈 김씨는 선조의 자식을 가장 많이 낳은 후궁이다. 모두 왕자 넷과 옹주 다섯을 낳았다. 인빈 김씨는 광해군 생모인 공빈 김씨와 사이가 좋지 않았다고 한다. 애초 공빈 김씨가 선조의 총애를 받았으나 공빈 김씨가 죽은 뒤 인빈 김씨가 선조의 사랑을 독차지했다. 인빈 김씨는 이를 배경으로 권세

진접읍 순강원엔 선조의 후궁이자 인조의 할머니인 인빈 김씨가 잠들어 있다. 왕이나 대군 무덤의 문인석이나 무인석과 달리 후궁의 무덤 앞에 서 있는 동자석 한 쌍이 귀엽다. (사진 아주경제 DB)

까지 누리고 정치에 개입했다. 그리고 적절히 활용해 둘째 신성군을 세자로 만들려고 했다. 그러나 임진왜란 때 신성군이 의주로 피란을 가다 목숨을 잃으면서 그 꿈을 이루지 못했다. 인빈 김씨는 또 광해군과의 관계를 전략적으로 설정해 여러 위기를 넘겼다.

광해군 때인 1613년 인빈 김씨는 59세로 세상을 떠났고 그 후 1623년 셋째 아들 정원군의 아들인 능양군이 인조반정을 통해 왕위에 등극했다. 이어 1632년엔 정원군이 원종으로 추존되면서 인빈 김씨는 드디어 왕의 사친私親이 되었다. 왕이 되기를 고대했던 아들 신성군이

1592년 숨을 거둔 지 30년 만이다.

　남양주 진접읍 휘경원徽慶園은 수빈 박씨의 무덤이다. 정조는 후사를 잇기 위해 수빈 박씨를 후궁으로 간택했다. 수빈 박씨는 1790년 고대하던 아들을 낳았다. 그 덕분에 수빈 박씨는 정조의 특별한 총애를 받았다. 정조는 아들 이공을 효의왕후의 아들로 삼아 원자로 정했다.

　후궁의 자식이 왕이 되는 건 정치적 갈등과 투쟁의 불씨가 될 수 있다. 무수히 많았던 피비린내를 수빈 박씨가 모를 리 없었다. 자칫하다간 자신과 아들 모두 다친다는 것을, 친정의 문중이 폐족으로 몰락할 수 있다는 것을 익히 잘 알고 있었다. 그래서 수빈 박씨는 현명한 처신으로 그 파란과 풍파를 잘 헤쳐나갔다. "원자(순조)를 낳은 후에도 왕비인 효의왕후를 신중히 섬겼고, 정조 사후에 궁중 어른인 대왕대비 정순왕후 김씨와 혜경궁 홍씨와 왕대비 효의왕후 김씨에게 하루 세 차례 문안 드렸고, 아랫사람을 인자하면서도 위엄 있게 이끌었고, 늘 검소했으며 말이 적었다"고 한다. 그래서 어진 현빈이라는 칭송을 들었고 품격 있게 생을 마감했다. 남양주 휘경원에선 수빈 박씨의 절제와 겸양의 미덕을 생각하게 된다.

　인빈 김씨와 수빈 박씨의 신위는 현재 서울 청와대 옆 칠궁七宮에 모셔져 있다. 칠궁은 조선 시대 왕이나 왕으로 추존된 인물을 낳은 후궁 7명의 신위를 모신 사당이다. 인빈 김씨, 수빈 박씨를 비롯해 희빈 장씨, 숙종의 후궁이자 영조의 생모인 숙빈 최씨, 영조 후궁으로 효장세자를 낳은 정빈 이씨, 영조 후궁이자 사도세자 생모인 영빈 이씨暎嬪 李氏, 고종 후궁이자 영친왕 생모인 순헌황귀비 엄씨의 신위를 모셔 놓았다.

대한제국 후궁들은 기록 찾기도 어려워

남양주 홍유릉洪裕陵 오른쪽 담장을 끼고 오르는 고즈넉한 길. 조금 올라가면 바로 오른편으로 쇠창살 문이 하나 있다. 개방하는 공간은 아니지만 그 너머로 쭉 들어가면 차례차례 5개의 봉분이 나온다. 모두 대한제국 황실 여성들의 무덤이다. 고종의 후궁이었던 광화당 귀인 이씨(1885~1967), 귀인 장씨, 삼축당 김씨(1890~1970). 광화당 귀인 이씨는 1888년 궁녀가 되었고, 1906년 고종의 후궁이 되었다. 귀인 장씨는 1877년 궁인의 신분일 때 고종의 아들 의친왕을 낳았다. 삼축당 김씨는 1898년 궁녀가 되었고 1911년 고종의 후궁(특별 상궁)이 되었으나 자식을 낳지 못했다. 그러나 후궁들에 대한 더 이상의 기록이나 흔적은 별로 남아 있지 않다. 고종의 아들 의친왕의 첫 번째 후실인 수관당 정씨, 두 번째 후실인 수인당 김씨의 무덤도 근처에 있다.

이들의 무덤은 지극히 평범하다. 멸망해 가는 제국, 그 황망한 시절에 후궁의 삶을 누가 제대로 돌볼 수 있었을까. 우리조차도 조선 시대 후궁들에 비해 대한제국의 후궁들에 대해선 관심이 적은 게 사실이다. 이래저래 왕실 여성 특히 후궁들의 무덤은 찾는 이를 쓸쓸하게 한다.[19]

2부

조선을 일군 남양주 사람들

11

조선 천문학의 최고봉
이순지

세종은 늘 천문에 관심이 많았다. 그리곤 조선의 역상曆象이 정확하지 않음을 걱정했다. 어느 날, 세종이 관료 초년병인 청년 이순지李純之(1406~1465)에게 물었다. "한양의 북극출지北極出地가 얼마인가?" 이순지가 답했다. "38도 강強이옵니다."

세종은 이 대답이 미덥지 않았다. 그런데 얼마 후 중국에서 온 사신이 세종에게 역서를 바치자 세종은 그 사신에게 똑같이 물었다. 중국 사신은 "38도 강"이라 답했다. 세종이 기뻐하고 이순지에게 의상儀象을 교정하게 하니 지금의 간의簡儀, 규표圭表, 태평太平, 현주懸珠, 앙부일구仰釜日晷, 보루각報漏閣, 흠경각欽敬閣 모두 이순지가 세종의 명을 받아 이룬 것이다.

《조선왕조실록》〈세조실록〉에 나오는 내용이다. 이순지가 세상을 떠난 다음 날의 기록이다. 여기서 북극출지는 북극이 땅에서 얼마나 솟아올랐는지를 가리키는 말이다. 지금으로 치면 북위北緯를 가리킨다. 그런데 왜 38도일까. 지금 서울은 북위 37.5도 아닌가. 17세기 서양식 각도 계산법이 도입되기 전까지 동양에서는 원둘레를 360도가 아니라 365와 1/4도로 정하고 있었다. 이것을 기준으로 이순지가 한양의 북극출지를 계산한 것이다. 이 값을 360도로 환산해 보면 지금 값과 거의 흡사하다.

자격루는 원래 세종의 명에 따라 이순지의 과학 이론을 토대로 장영실이 제작했다.
세종 시대의 자격루는 사라지고 중종 때 만든 것의 일부 부품만 전해 왔으나 남문현 건국대학교
명예교수의 끈질긴 노력으로 2017년 세종 당시의 자격루를 복원하는 데 성공했다.
디지털 자동 물시계라고 할 수 있다. (사진 국립고궁박물관 소장)

이순지의 계산은 놀라울 정도로 정확한 것이었다.

독자적인 천문역법을 만들다

조선의 자주적 천문역법天文曆法을 갈망했던 세종에게 이순지의 등장은
가뭄의 단비였다. 그때 세종과의 만남은 이순지가 조선 최고의 천문학자
로 다시 태어나는 순간이었다. 세종은 이순지의 재능을 신뢰하게 되었고
1431년경부터 그에게 천문학 연구를 맡기기 시작했다. 하늘의 움직임과
시간의 흐름은 매우 중대한 정보가 아닐 수 없다. 이것을 이해하고 예측

한다는 것은 아무나 할 수 없는 일이었다. 예로부터 동양에서는 황제의 나라 중국이 천문역법을 독점하려고 했다. 제후국의 독자적인 천문역법은 허용하지 않았다. 우리는 삼국 시대부터 중국의 역법에 의존했고 조선에서도 독자적인 천문역법서를 갖는다는 것은 어려운 일이었다.

그러나 세종은 한반도의 독자적인 천문역법을 갖고 싶었다. 조선의 천체와 조선의 시간을 제대로 파악할 때, 백성들의 삶이 윤택해질 수 있다는 신념에서였다. 세종의 애민정신이었다. 이순지는 경기도 양성(지금의 안성시 양성면) 출신이다. 1427년 문과에 급제했고 이후 세종의 전폭적인 신뢰를 얻어 서운관書雲觀의 판사判事와 동부승지同副承旨를 지냈다. 문종과 단종 때는 예조와 호조의 참판 벼슬을 지냈고 세조 때에는 한성부윤漢城府尹(지금의 서울시장)을 지냈다.

천문역법에 관한 그의 업적은 가히 눈부시다고 말하기에 부족함이 없다. 많은 과학사학자들은 1442년 이순지와 김담金淡(1416~1464) 등이 천문학서《칠정산七政算》을 편찬한 것을 세종대 천문학·역산학曆算學의 정점으로 꼽는다. 여기서 '칠정'이란 해와 달 그리고 수성, 금성, 화성, 목성, 토성의 5개 행성을 가리킨다. 칠정산은 일곱 개의 움직이는 별을 계산한다는 뜻이다.《칠정산》의 편찬자는 이순지와 김담이었다.《칠정산 내편》은 1281년 원나라에서 만든《수시력授時曆》을 한양의 위치에 맞게 재구성한 것이다.《칠정산 외편》은 아라비아 역법을 번역한 중국의《회회력回回曆》을 바탕으로 조선의 천문 상황에 맞게 정리한 것이다. 이순지는 행성들의 운동을 계산하는 방식을 치밀하고 구체적으로 설명함으로써 일식과 월식 등을 정확하게 예측할 수 있도록 했다. 과학사학자들은 이를 두고 "이로써 조선은 세계에서 세 번째로 독립적인 역법의 수준에

이순지와 김담이 1442년 편찬한 천문학 이론서《칠정산》. 해, 달, 수성, 금성, 화성, 목성, 토성의 움직임을 계산하는 방식을 설명해 놓았다.
(사진 서울대학교 규장각 소장)

도달했다"고 평가한다.

이순지는 천문학 개론서인《천문유초天文類抄》를 편찬했다. 별자리를 해설하고 일월성신日月星辰에 관한 이론, 점성占星에 관한 이론을 정리해 수록한 책이다. 1445년 세종의 명을 받아《제가역상집諸家曆象集》을 편찬했다.《제가역상집》은 세종 때 만든 천문 기구들에 대한 이론들을 모아서 정리한 것이다.

1458년 세조의 명을 받아 일식과 월식을 간편하게 계산하는 법을 소개한《교식추보법交食推步法》을 편찬했다. 세종 때 정리했던 일식·월식 계산법을 외우기 쉽게 노랫말로 바꾸고 여기에 사용법을 덧붙였다. 여기서 교식交食은 일식과 월식을 통칭하는 말이다. 추보推步는 천상天象과 역법을 계산하는 것으로, 옛사람들이 해와 달의 움직임을 사람의 걸음걸이와 같다고 여긴 데서 만들어 낸 말이다.

이순지는《제가역상집》에 편찬 동기를 이렇게 적었다. "제왕의 정치

조선 시대 해시계인 앙부일구. (사진 국립고궁박물관 소장)

는 역법과 천문으로 때를 맞추는 것보다 중요한 것이 없는데, 우리나라 일관日官들이 그 방법에 소홀하게 된 지가 오래다. 1433년 가을에 우리 전하께서 거룩하신 생각으로 모든 의상과 귀루晷漏의 기계며, 천문과 역법의 책은 연구하지 않은 것이 없어서 모두 극히 정묘하고 치밀하셨다." 이순지는 자주적 천문역법에 대한 세종의 열정과 혜안을 제대로 간파했고 세종은 그런 이순지를 끝까지 신뢰했다.

천재 천문학자를 발탁한 세종

1436년 이순지의 어머니가 세상을 떠났다. 이순지는 유교적 예법에 따라 벼슬에서 물러나 3년상을 치러야 했다. 이때 자신을 대신할 사람으로 젊은 학자 김담을 추천했다. 그런데 세종은 1년 만에 그를 불러들였다. 김담도 뛰어났지만 세종은 이순지가 필요했던 것이다. 세종은 "내가 간의대簡儀臺에 얼마나 열심인지 알고 있지 않은가?"라며 상중의 이순지를 불러 간의대 일을 계속 맡겼다. 이순지에 대한 세종의 무한 신뢰를 보여 주는 대목이 아닐 수 없다. 간의대는 1434년 세종이 경복궁 경회루 북쪽에 세운 천문관측대로, 이 간의대를 토대로 다양한 천문 관측 기기를 제작했다.

세조 때인 1462년, 사방지舍方知 스캔들로 조선 땅이 떠들썩했다. 사방지는 남녀 양성兩性을 함께 갖춘 노비였다. 사방지는 어릴 때부터 여자 옷을 입고 40대까지 사대부 집을 출입하다 수상한 일이 반복되면서 사헌부에 잡혀갔다. 사헌부에서 조사해 보니 사방지는 남자와 여성의 생식기를 함께 갖고 있었다. 그런데 이 스캔들에 이순지의 딸이 연루되었다. 일찍 과부가 된 이순지의 딸이 사방지와 10년 가까이 내연이었음이 드러난 것이다. 대신들은 이순지의 사퇴를 요구했고 세조는 마지못해 이순지를 파직했다.

하지만 세조는 이순지를 열흘 만에 복직시키고 대신 이순지에게 사방지를 처리하도록 맡겼다. 그러나 3년 뒤 이순지가 죽고 나자 딸과 사방지의 관계가 지속되었다는 사실이 밝혀졌다. 이순지가 딸이 연루된 사건을 제대로 처리하지 않았던 것이다. 이순지에게는 안타까운 일이 아닐 수 없다.

이것이 그의 과학자로서의 명성에 흠을 내지는 못한다. 오히려 세조의 신뢰를 보여 주는 반증이기도 하다. 사방지 스캔들 이듬해인 1463년 세조는 "이런 일(지리서 편찬)은 이순지처럼 정교하게 할 사람이 없다…… 음양이나 지리 같은 일은 반드시 이순지와 의논하겠다"고 말할 정도였다. 이순지는 세종 시대부터 문종, 단종, 세조 시대에 이르기까지 과학자로서 열정적인 삶을 살았다. 조선 시대에 이런 과학자가 있었다는 것은 우리의 행운이다.

남양주시 화도읍 차산리에 있는 이순지 부부 합장묘. 소박하고 단출하지만
과학에 대한 홀대는 아닌지 하는 느낌도 든다. (사진 이광표)

우리가 매일 사용하는 1만 원권 지폐엔 다양한 문화재가 디자인되
어 있다. 앞면엔 세종의 초상과 〈용비어천가〉, 일월오봉병日月五峯屛이, 뒷
면엔 혼천시계渾天時計에 들어있는 혼천의渾天儀, 천상열차분야지도天象列
次分野之圖, 천체 망원경이 표현되어 있다. 예전 1만 원권의 기억을 떠올려
보자. 앞면에는 세종의 초상과 자격루(일부 부품)가, 뒷면엔 보루각이 설치
되었던 경복궁 경회루가 디자인되어 있었다. 1만 원권 디자인의 공통점
은 조선 시대 천문과학 발명품이 대거 등장한다는 점이다. 이는 세종 시
대 과학의 성취를 웅변한다.

세종대왕 하면 인문을 생각하고 인문 하면 과학이 배제된 인문만을 생각하기 쉽다. 그래서 자칫 문약함으로 오해하기도 한다. 그러나 세종 시대는 그렇지 않았다. 15세기 세종 시대는 한국 역사상 가장 두드러진 과학의 시대였다. 그 과학의 시대를 맨 앞에서 이끌었던 인물은 단연 이순지였다. 동시대에 함께 활동했던 과학자로는 이천李蕆(1376~1451), 장영실蔣英實(1390?~?)이 있다. 이천은 천문 기기 개발과 운영을 총괄했고, 장영실은 실무 제작을 맡았다. 이순지는 이론 연구에 매진해 그 토대를 닦았다. 이순지가 없었더라면 다양한 천문 기기를 제대로 만들어 내기 어려웠을 것이다.

이순지는 세종 때는 물론이고 조선 시대 최고의 천문학자였다. 1465년 삶을 마감한 그는 현재 남양주 화도읍 차산리에 묻혀 있다. 그의 무덤은 경기도 문화재 54호로 지정되었지만 지금의 모습은 다소 소박하다. 소박함을 탓하려는 것이 아니라, 우리가 좀 소홀한 것 아닌가 하는 생각을 지울 수 없다. 시대를 앞서 갔던 그의 과학 정신을 기억할 수 있는 방안을 고민했으면 좋겠다.[約]

12

명나라 황제 후궁으로
두 누이를 보낸 한확

약소국이 강대국에 여성을 진상하는 공녀貢女 제도가 우리나라에 처음
들어온 것은 고려 충렬왕 때다. 몽골은 패전국의 여성을 전리품으로 챙
겨 공신과 병사들에게 나누어주고 사기를 올리는 전술을 사용했다. 딸
을 공녀로 보내지 않으려고 어린 나이에 시집보내는 조혼 제도가 이때
부터 생겨났다.

원나라 순제順帝의 기황후奇皇后는 고려 공녀 출신이었다. 원나라를
몽골 지방으로 내쫓고 건국한 명나라는 처음엔 공녀를 요구하지 않았으
나 고려 공민왕 때 부활돼 조선까지 지속됐다. 명나라는 1408년(태종 8)
부터 1521년(중종 16)까지 거의 10여 차례 환관과 공녀를 요구했다. 명나
라가 망하고 청나라가 들어서면서 공녀 진상이 폐지됐다.

다산 생가에서 멀지 않은 남양주시 조안면 능내리陵內里에는 봉분이
직방형直方形으로 조성된 특이한 무덤이 있다. 조선 초기 묘제이겠지만
다른 곳에서는 찾아볼 수 없다. 묘소 앞에는 수령이 수백 년 된 향나무
가 서 있다. 능내라는 지명도 그 무덤이 왕릉처럼 화려하고 커서 생겼다
고 전해진다.

무덤의 주인공 한확韓確은 조선 초기에 두 누이를 중국 황제의 후궁

봉분이 직방형으로 조성된 남양주 능내리 한확의 묘. (사진 아주경제 DB)

으로 보낸 덕에 태종, 세종, 세조 연간에 걸쳐 조선과 중국의 외교적 난
제를 해결하는 데 공을 세웠다. 명나라 3대 황제 성조成祖(영락제)는 정비
인 인효황후가 죽자 평생 새 황후를 맞지 않았다. 한확의 누나 여비麗妃
는 미모에 총명함과 덕성까지 갖춰 성조의 총애를 받았고 황후가 없는
궁중에서 상당한 영향력을 행사했다. 그녀가 태종이 곤경에 빠질 뻔한
일을 막은 내용이 〈세종실록〉에 남아 있다.

세조의 '왕위 찬탈'을 '승계'로 바꿔 명나라 승인 받아와

1417년(태종 17) 공녀로 선발된 한씨, 황씨는 중국 사신 황엄, 남동생 한확,

조선에서 온 후궁 여비를 총애한 명나라 황제
영락제(성조) 초상. (사진 베이징 텐탄 소장)

황씨의 형부 김덕장, 두 공녀에 각기 딸린 시녀 6명, 환관 2명과 함께 베이징으로 떠났다. 가는 길에 많은 구경꾼들이 나와 눈물을 흘렸다.

그런데 베이징 가는 길에서 황씨가 원인 모를 복통을 앓았다. 수행하는 의원이 여러 가지 약을 써도 아무런 효험이 없어 밤마다 몸종이 배를 문지르게 했다. 그러다가 어느 날 밤 황씨의 몸에서 나무토막을 가죽으로 싼 부인용 성인용품이 나왔다. 몸종이 측간에 버렸으나 시녀들 사이에 소문이 났다(《세종실록》).

나중에 이 같은 소문을 전해들은 황제 성조가 처녀가 아님을 따져 문자 황씨는 "일찍이 형부 김덕장의 이웃에 사는 관노官奴와 간통했다"고 자백했다. 황제가 화가 나서 조선의 태종을 문책하는 칙서를 작성하려 들었다. 그러자 한씨가 "황씨는 사삿집에 있는 여자인데, 우리 임금이 숫처녀인지 아닌지, 그것을 어떻게 알겠습니까"라고 애걸했다. 황제가 이를 듣고 고개를 끄덕거리며 한씨에게 황씨를 벌주라고 하자 한씨가 황씨의 뺨을 때리는 선에서 처벌이 끝났다.

한확은 누나를 자금성에 데려다주고 성조에게서 말 6필, 금 50냥쭝, 백은 600냥쭝, 비단 등을 선물로 받아 돌아왔다. 그가 태종에게 황금 25냥쭝과 백은 100냥쭝 등을 바치자 태종은 금 25냥쭝과 백은 50냥쭝은 돌려주었다.

1424년 성조가 죽자 황제를 모시던 궁인 30여 명이 순장을 당했다. 순장 대상에 한씨도 포함됐다. 순장 날 궁인들에게 음식을 먹이고 마루에 끌어올리니 곡성이 진동했다. 순장 집행 직전에 성조의 장남인 인종(명 4대 황제)이 들어와 고별하는 자리에서 한씨는 "늙은 유모(김흑)를 본국으로 돌려보내 주시옵소서"라고 말해 승낙을 받아냈다.

인종이 떠난 뒤 마루 위에 작은 걸상을 놓고 순장자들이 그 위에 올라서자 목에 올가미를 씌운 뒤 걸상을 빼냈다. 한씨가 죽음을 앞두고 유모 김흑에게 "낭娘아 나는 간다. 낭아 나는 간다"라고 했는데 말을 미처 마치기도 전에 걸상이 빠졌다. 인종이 귀국을 약속했음에도 명나라는 김흑이 궁궐에서 보고들은 사실을 조선에 알릴 우려가 있다며 돌려보내지 않았다. 김흑은 11년 만인 세종 때 귀국해 한씨의 애절한 이야기를 전했다.

황제 죽자 순장당해

몸이 약한 인종은 등극 8개월 만에 병사하고 선종이 보위에 오르자 명나라에서 이번엔 한확의 막내 누이동생 한계란韓桂蘭을 후궁으로 간택했다. 언니는 할아버지의 후궁, 동생은 손자의 후궁으로 간택된 것이다.

한계란을 후궁으로 두었던 선덕제(선종)
초상. (사진 베이징 톈탄)

한확이 앓아 누운 누이에게 약을 주자 "누이 하나를 팔아서 부귀가 이미 극진한데 무엇을 위해 약을 쓰려 하오"라며 오빠에게 대들었다. 막내 동생 한씨는 장래 시집갈 때 쓰려고 마련해둔 제 침구寢具를 칼로 찢고 소중히 간직했던 재물을 모두 친척들에게 나누어주었다. 그러나 베이징에 들어간 동생 한씨는 선덕제가 죽었을 때 순장을 당하지 않고 그 후 4대의 황제를 섬기면서 명나라 황궁에서 56년을 살다가 1483년(조선 성종 14) 73세를 일기로 눈을 감았다.

명나라 호부상서戶部尙書 유우劉羽가 쓴 한계란의 묘지명墓誌銘에는 다음과 같이 기록돼 있다.

말을 함부로 하지 않고 행동이 떳떳하며 성품이 착하여 여러 사람과 화목했다. 궁중 대소사의 법도에 관해 부인에게 묻는 경우가 많았는데 복잡한 궁궐 법식을 하나하나 기억했다가 가르쳐주었다. 그래서 후궁을 비롯한 궁녀들이 여스승女師이라고 부르며 존경했다(《성종실록》).

중국 황제의 명으로 한계란의 가족과 친척들은 명나라에 정사, 부사로 들어가 고가의 선물을 받아와 부를 쌓았다. 한계란은 성종의 아버지인 도원군(한계란의 조카사위)을 덕종으로 추존하는 것을 비롯해 조선의 내정과 외교에도 영향을 미쳤다.

한확은 중국 사신이 올 때마다 영접하고 황제의 부름을 받고 명나라 조정에 들어간 것도 여러 차례였다. 성조는 한확을 불러 광록시소경光祿寺少卿이라는 벼슬을 제수除授했다. 한확은 중국 황제가 내려 주는 벼슬을 받은 후에 조선에서도 경기도관찰사, 병조판서, 이조판서 같은 고위 관직을 지냈다. 세조는 중국 황실에 대한 한확의 영향력을 높이 사 한확의 막내딸을 세자 도원군의 처(후일 인수대비)로 맞았다. 도원군은 일찍 죽었으나 도원군의 둘째 아들이 제9대 임금 성종이 됐다.

한확의 막내 딸 인수대비仁粹大妃(소혜왕후)는 중국의 《열녀전列女傳》, 《소학小學》, 《여교女教》, 《명감明鑑》에서 부녀자들의 훈육에 요긴한 대목을 뽑아서 《내훈內訓》을 만들었다. 당시에 번역한 내훈의 한글본은 조선 초기 우리말의 연구를 위한 소중한 자료가 되었다.

세종과 세조의 왕위 계승을 인정하는 성조 황제의 고명誥命을 받아 온 것도 한확이었다. 태종이 세종에게 선위하고 사신을 보내어 고명을 청하니 성조는 한확을 정사로, 유천을 부사로 불러 고명을 주었다. 이때

어머니 인수대비의 요청으로 성종이 세운 외할아버지 한확의 신도비. 대리석의 풍화를
막기 위해 후손들이 훗날 비각을 만들었다. (사진 아주경제 DB)

성조는 한확을 아들 인종의 사위로 삼으려 했으나 한확은 노모가 집에서 기다린다며 중국 황제의 사위가 될 기회를 사양했다.

한확은 조선과 중국서 총애 받고 출세가도

조선은 신년하례와 황제의 생일 때마다 금은 그릇과 인삼, 세포 등을 예물로 바치느라 부담이 과중했다. 세종 때는 예조참판 하연과 광록시소경 한확을 보내 금은의 면제를 요청했다. 조선 사신들이 북경에 도착하자 황제는 매일 한확을 불러 조선에 사신으로 자주 갔던 황엄과 함께 식사 자리를 마련했다. 성조의 총애를 받는 누나 여비 덕분에 한확 일행은 금은 공물의 면제를 윤허 받고 귀국했다.

이렇게 나라에 공이 크니 한확이 실수를 저질러도 세종은 눈감아주었다. 사가에 나가 있던 궁궐 시녀와 한확이 정을 통하다 들켜 신고가 들어왔다. 사헌부가 논죄를 청했으나 세종은 "이 사람은 내가 죄 줄 수 없는 사람"이라며 용서했다.

단종 때 실권을 장악한 수양대군은 좌찬성 한확을 우의정으로 삼고자 했으나 그는 "도원군이 내 사위인데, 오늘날 수양대군이 권간權奸을 베어 없애고 수상首相이 되어 정치를 보좌하는 마당에 내가 사돈집으로서 삼공(영의정, 좌의정, 우의정)이 되면 여론이 나쁠 것"이라며 받지 않았다. 한확은 계유정난癸酉靖難 때 사돈인 세조의 편에 가담해 정난공신이 됐다. 그는 왕위를 찬탈한 세조의 명을 받고 사은사 겸 주청사로 북경에 가 세조의 왕위 찬탈을 단종이 양위讓位한 것이라고 둘러대 황제의 고명을 받아냈다.

한확은 1456년 명나라로부터 세조의 왕위 승계를 승인받는 낭보를 갖고 돌아오다 병을 얻어 중국 땅 랴오닝성 사하포에서 56세를 일기로 별세했다. 세조는 도승지 한명회를 보내 시신을 운구했다. 한확은 1470년(성종 1) 세조 묘에 배향됐다.

　한확의 막내딸로 세조의 큰며느리였던 인수대비가 부친의 묘소에 신도비가 서 있지 않음을 안타까워하자 아들 성종이 외할아버지의 신도비를 세우면서 중국에서 수입한 대리석을 사용했다. 우참찬 어세겸魚世謙이 비문을 짓고, 글씨는 이조판서를 지낸 임사홍이 썼다.澤

13

연산군 몰아낸
박원종

1506년(연산군 12) 반정군이 한양도성으로 밀고 들어오자 궁궐을 지키던
군사들과 시종, 환관들은 바깥 동정을 살핀다는 핑계로 차차 흩어져 수
챗구멍으로 달아나기에 바빴다. 황망한 나머지 더러는 실족해 뒷간에
빠지는 자도 있었다. 반정군이 창덕궁 근처에 도착했을 때는 도성 안 사
람들이 나와 거리를 메우고 환호를 보냈다. 반정은 '옳지 못한 임금을 폐
위하고 새 임금을 세워 나라를 바로잡는다'는 뜻인데 거사가 성공하면
반정이고 실패하면 역모가 됐다.

　반정군이 궁궐에 진입한 후 박원종은 정현왕후(연산군의 생모 윤씨가 폐
비된 후에 들어온 성종의 계비)를 알현하고 "임금이 도리를 잃어 정치가 혼란
하고 민생이 도탄에 빠졌다"며 진성군(중종·정현왕후의 아들)을 왕으로 추
대하는 교지를 받아냈다. 중종은 박원종 누이의 사위였다. 박원종은 대
비의 교지를 들고 연산군의 침전으로 가 "옥새를 내놓으라"고 소리쳤다.
연산군은 벌벌 떨면서도 옥새를 틀어쥐고 버텼다. 박원종은 반정군에게
"임금을 끌어내라"고 명령했고 칼을 뽑아든 군사들이 연산군을 위협해
옥새를 빼앗았다.

　경기도 남양주시 와부읍 도곡리 금대산 자락에는 성종, 연산군, 중

→ 박원종 묘 옆에 서 있는 문인석. 왕릉의 문인석보다 장대하다. 부인 묘가 뒤에 있는
상하분이다. (사진 아주경제 DB)

종 대에 걸쳐 굵고 짧은 삶을 살다간 평성부원군 박원종(1467~1510)의 묘소가 있다. 대리석 신도비는 마모가 상당히 진행돼 글씨가 육안으로 잘 보이지 않지만 비석의 머리에 새겨진 용 두 마리는 살아 있는 듯 정교하다. 신도비의 비문은 당대 최고의 문장가인 신용개申用漑가 짓고 썼다. 작은 글씨체가 예쁘다. 박원종 묘의 문인석은 왕릉의 문인석보다 더 크고 허리띠의 무늬도 선명하다. 부인 묘가 남편의 뒤에 있는 상하분上下墳이다.

연산군 시대에 승승장구

박원종은 병조판서를 했던 박중선의 외아들로 서울에서 태어났다. 박중선의 신도비도 아들 묘역에서 조금 떨어진 왼쪽에 있다. 박원종의 할아버지인 박거소는 심온의 사위로 세종과는 동서지간이었다. 박원종은 대대로 왕가에 딸을 출가시키는 무인 집안에서 금수저를 물고 태어난 외동아들이었다. 원종의 첫째 누이는 월산대군의 부인이었고, 다섯째는 장경왕후(중종비)를 낳았으며, 일곱째는 제안대군齊安大君의 부인이었다.

활쏘기와 말타기의 실력이 출중해 성종 17년에 선전관으로 있을 때 무과에 급제해 왕을 측근에서 모셨다. 월산대군은 아들이 없어 처남인 박원종을 친동생처럼 사랑했다. 성종은 월산대군이 일찍 죽은 것을 안타까워해 대간들이 반대하는데도 박원종을 젊은 나이에 승지로 발탁했다.

박원종은 연산군 시대에도 승승장구했다. 연산군은 어릴 때 잔병치레가 잦아 백부인 월산대군의 사저(현재의 덕수궁)에 가서 자주 요양을 했다. 박원종의 큰누나였던 박씨는 연산군의 숙모였다. 연산군은 왕이 되자 박씨가 세자를 맡아 기르게 하고 세자가 커서 궁으로 돌아올 때 박씨도 같이 들어오게 했다.

바른말 하다 연산군 눈 밖에 나

잘나가던 박원종은 1506년 경기관찰사로 나갔다가 연산군의 미움을 받아 삭직削職됐다. 박원종이 연산군의 눈 밖에 난 것은 사냥을 좋아하는 연산군이 금표禁標를 세우고 백성을 어렵게 하는 일을 간했기 때문이다. 〈연산군일기〉(연산 12년 2월 26일)에 따르면 박원종이 "사냥 몰이꾼을 개성에서 뽑아 왔고 역들의 말들도 많이 왔는데, 중국 사신이 오는 게 박두하였으니 어찌하오리까"하고 아뢰자 연산군이 "중국 사신이 온다고 그만둔다면 이보다 더 급한 일이 있을 경우에는 또 그만둘 것인가"라며 화를 냈다. 연산군은 왕명의 출납을 맡아보던 정원政院에 전교하기를 "전에 송질이 감사를 할 때는 사냥을 위한 금표에 관해 아무 말이 없었는데 요사이 원종은 금표 세운 것이 들어갔다 나왔다느니, 새 길을 내자느니 같은 일로 와서 아뢰더니 지금 또 사신 이야기를 하니 옳지 못하다"고 심기가 불편함

연산군이 사냥과 유흥을 즐기는 곳에 일반의 출입을 엄금한 금표비. 비문에는 이 금표 안으로 들어오는 사람은 왕명을 어긴 것으로 보아 처벌할 것이라는 내용이 적혀 있다.
(사진 문화재청)

을 드러냈다. 연산군은 사냥 마니아여서 도성 밖 30리에 금표를 세우고 민가를 철거해 사냥터로 만들어 백성들의 원망이 하늘을 찔렀다.

《조선왕조실록》〈연산군일기〉의 마지막 기사(1506년. 연산 12년 9월 2일)는 연산군에 대한 기소장과 같다. 그의 악행은 동서고금의 폭군열전에 집어넣기에 아무런 모자람이 없다. 연산군의 아버지 성종은 연산군을 못마땅하게 여기면서도 생모(폐비 윤씨로 사사됨) 없이 자란 것을 불쌍히 여기는 마음에 차마 세자를 폐하지 못했다. 연산군은 왕위에 오르자 언로言路를 막고 날로 음란방탕이 심해지면서 광포한 고문과 살상을 일삼았다. 채홍사採紅使들이 전국 팔도에서 자태가 고운 여자들을 찾아내 운평 흥청이라는 명칭의 궁궐 기녀로 선발했다. 심지어는 궁중의 연회에 종친이나 신하의 아내를 참석시켜 밤을 새워 추문이 파다할 정도였다. 학정을 비방하는 한글 투서가 출현하자 '언문구결諺文口訣'이 붙은 책을 불태우고 한글 사용을 금지했다.

박원종은 왕에게 바른말을 하다 파직된 전 이조참판 성희안과 한 마을에 살았다. 그들은 만나면 늘 "나라의 법도가 무너지고 백성이 도탄에 빠져 종묘사직이 전복될 위기에 처했는데 대신들은 왕의 말을 받들기에만 바쁘다. 우리가 성종의 두터운 은혜를 입었는데 차마 앉아서 보고만 있어야 하겠는가"라고 탄식했다. 이들은 반정 거사에 군자감軍資監 부정副正 신윤무와 인망이 높던 이조판서 유선정 등을 끌어들였다. 신윤무가 "왕의 좌우에 있는 측근들까지 마음이 떠나 사직이 장차 다른 사람의 손에 넘어갈 것"이라고 말하자 박원종이 거사를 결정했다고 〈연산군일기〉는 기록했다.

근정전에서 중종이 백관의 하례를 받고 전왕을 폐위해 연산군으로 강봉降封하고 강화도 교동으로 유배했다. 연산군은 그해 유배지에서 죽었다. 반정군의 군사들은 군기시軍器寺 앞에서 연산군의 후궁 장녹수, 전숙원, 백견의 목을 잘랐다. 장녹수와 전숙원은 벼슬을 팔며 남의 재물을 빼앗고 종친이나 경대부들에게도 함부로 모욕을 줄 정도였다.

영화와 드라마에 자주 등장한 장녹수는 본래 제안대군의 여종으로 연산군의 후궁으로 입궐하기 전에 제안대군의 남자종에게 시집가 자식 하나를 두었다. 뒤에 가무를 익혀 이름을 떨쳤고 용모가 뛰어나 연산군에 발탁되어 총애를 받아 무수한 금은보화와 노비 전택田宅을 하사받았

박원종의 저택과 활터가 있었던 도곡3리. 궁마을이라는 비석이 서 있다. (사진 아주경제 DB)

다. 연산군은 장녹수의 치마폭에 빠져 상 주고 벌 주는 것이 모두 그녀의 입에서 나왔다. 도성 사람들이 앞을 다투어 목이 잘린 장녹수와 후궁들에게 기왓장과 돌멩이를 던지면서 "일국의 고혈이 여기서 탕진됐다"고 소리쳤는데 잠깐 사이에 돌무더기를 이루었다(《연산군일기》).

박원종의 맏누이(월산대군의 부인)는 천하절색으로 연산군과 간통하며 늘 궁중에 머물렀다고 〈중종실록〉의 "박원종 졸기卒記"(중종 5년 4월 17일)에 기록돼 있다. 박원종은 이를 분히 여겨 누나에게 "왜 참고 사는가. 약을 마시고 죽으라"고 말한 적도 있다. 연산군은 박씨에게 자주 고가의 물품을 하사했다. 연산 12년 7월 20일 〈연산군일기〉의 기사는 박씨의 죽음을 전하면서 "사람들이 왕에게 총애를 받아 잉태하자 약을 먹고 죽었다고 말했다"고 적고 있다. 박원종이 반정에 적극 가담한 데는 누나를 농락해 집안과 자신에 불명예를 안겨 준 연산군에 대한 복수 심리도 작용한 것 같다.

박원종의 저택이 있었던 남양주시 와부읍 도곡리는 일명 '궁말'이라고 불린다. 예봉산 자락 어룡마을 개천 변에 식당을 증축할 때 다수의 청자와 석재들이 나왔다고 한다. 광해군 시대를 산 문인 허균의 시문집 《성소부부고惺所覆瓿藁》 "도산陶山 박씨의 산장기山莊記" 편에 박원종 저택의 호화스런 옛 자취를 더듬는 글이 나온다.

서울 동대문에서 40리 떨어진 도산에 박원종의 고손자 몽필이 살고 있다. (광해군 1) 성묘를 갔다가 그의 집에 묵게 되었는데 후하게 대접했다. 몽필은 "두루 10리 안이 모두 조상의 세업世業입니다. 태평 시절에는 인가 수백 가구가 다 노비였죠"라고 말했다. 그를 따라 집 뒤 언덕을 올랐

박원종의 아들 박운의 묘표에 있는
삼족오三足烏는 날렵하고 세 발이
선명하다. (사진 김주미)

는데 옛날의 연못과 누대는 흩어졌으며 가시덤불이 우거져 무너진 담과
깨진 주춧돌이 쓸쓸한 안개와 야생 덩굴 사이에 남아 있었다.

허균은 박원종에 대해 백성들을 도탄에서 벗어나게 한 업적이 종묘
사직에 영향을 미쳤고 부귀영화는 그런 노력의 보답이었다고 호의적으
로 논평했다. 박원종의 묘지명에는 공은 신장이 육척(1척은 30.3cm)이고
풍채가 당당했다고 쓰여 있다.

조선조에서 무과 출신으로 영의정이 된 사람은 박원종과 이시애의
난을 평정한 이준 두 사람뿐이다. 그러다 보니 문신들 중에 그를 좋아하
지 않은 사람들이 많았다. 〈중종실록〉의 사관은 박원종 졸기에 다음과
같이 적었다.

뇌물이 사방에서 모여들고 남에게 주는 것도 지나쳤다. 남에게 이기기를
좋아하여 임금 앞에서도 말과 얼굴빛에 표시가 났다. 연산의 궁궐에서
나온 이름난 창기娼妓들을 많이 차지해 여종으로 삼고 별실을 지어 살게

했으며 거처와 음식이 분수에 넘쳐나 사람들이 그르게 여기었다.

박원종은 43세를 일기로 죽은 뒤 중종 묘정에 배향配享되었다. 중종은 박원종에 무열武烈이라는 시호를 내렸다. 중종은 뒤에 무열보다 더 격이 높은 충열忠烈로 시호를 고쳐 내렸다.

박원종의 묘 앞에는 서자인 박운의 묘가 있다. 박원종은 정실正室 파평 윤씨와의 사이에서 자식을 두지 못했다가 두 번째로 맞은 창녕 성씨로부터 박운을 얻었다. 조선 시대 양반가에선 적자가 없으면 보통 양자를 들였는데 박원종은 재산과 가계를 서자에게 물려주었다. 박운은 막대한 재산을 물려받아 82세까지 장수했다.澤

14

기묘사화의 정적
김식과 홍경주

1519년(중종 14) 11월 15일 밤, 경복궁 편전에서 중종의 갑작스런 하명이 떨어졌다. 놀라운 내용이었다.

승정원에 숙직하던 승지 윤자임尹自任·공서린孔瑞麟, 주서 안정安珽, 한림 이구李構, 홍문관에 숙직하던 응교 기준奇遵, 부수찬 심달원沈達源 모두를 의금부 옥에 가두고 우참찬 이자李耔, 형조판서 김정金淨, 대사헌 조광조 趙光祖, 부제학 김구金絿, 대사성 김식金湜, 도승지 유인숙柳仁淑, 좌부승지 박세희朴世熹, 우부승지 홍언필洪彦弼, 동부승지 박훈朴薰을 잡아 가두라.

기묘사화己卯士禍의 첫 장면이다. 심야의 기습이었고 정국에 파란이 일었다. 불과 얼마 전까지만 해도 전폭적으로 신뢰했던 개혁 사림 조광 조와 김식 등을 가차 없이 쳐 버리는 순간이었다. 영의정 정광필鄭光弼 등이 "벌이 과한 데다 절차가 비합리적"이라고 반대했지만 중종은 뜻을 굽히지 않았다.

중종은 "조광조, 김정, 김식, 김구 등은 서로 붕당을 맺고서 저희에 게 붙는 자는 천거하고 저희와 뜻이 다른 자는 배척하였으며 끼리끼리

의지하여 권력의 자리를 차지하고, 후진을 유인하여 궤격詭激이 버릇이 되게 함으로써 국론과 조정을 날로 어지럽혔다"고 죄목을 밝혔다. 신진 사림들이 당파를 만들어 상대를 배척하고 권력을 독점함으로써 국정을 어지럽혔다는 것이다.

남곤南袞, 홍경주洪景舟 등의 훈구파勳舊派에 의해 조광조, 김식 등 신진 사류新進士類들이 숙청된 기묘사화는 이렇게 시작됐다. 그 결과, 홍경주, 남곤 등 훈구파는 승리했고 패배자 조광조와 김식 등은 목숨까지 내놓아야 했다.

개혁의 꿈이 사라지다

조선 시대 여러 차례의 사화와 환국이 있었지만 기묘사화만큼이나 순식간에 대반전이 이뤄진 경우도 드물다. 중종이 사림 숙청에 적극 개입했는지, 아니면 소극적이었는지를 두고 논란이 있지만, 어쨌든 중종은 신진 사림들을 가차 없이 숙청했다. 1515년부터 4년에 걸쳐 조광조 등 사림과 함께 거침없이 개혁 정치를 펼쳐온 중종이었는데, 이 같은 변심은 과연 어디서 온 것일까. 중종이 내세운 신진 사류 축출 명분은 한마디로 과도한 당파성과 급진성이었다. 중종 역시 어느 순간부터 신진 사림의 과격한 개혁이 부담스러웠던 것이다. 1506년 반정으로 왕위에 오른 중종은 1515년 무렵부터 명망 있는 신진 사림파를 등용했다. 중종의 지지를 얻은 조광조와 신진 사림들은 성리학적 이상 정치를 강력하게 추구했다. 중종에게 철인哲人 왕도 정치 이론을 가르치며 "군자와 소인을 분별하여 군자를 중용하고 소인을 멀리해야 한다"고 강조했다. 그런데 이상적이고 원칙적이다 보니 신진 사림들은 과격하고 급진적이었다. 자신들과 뜻이 다르

1506년 홍경주가 정국공신으로 책록됐을 때 하사받은 공신상功臣像을 18~19세기에 모사한
것으로 보인다. (사진 경기도박물관 소장)

기묘사화로 인해 이상주의적 개혁의 꿈을 이루지 못한 채 38세의 나이에 스스로 목숨을 끊은 김식의 묘표. 남양주 삼패동에 있다.
(사진 아주경제 DB)

면 소인으로 지목하며 철저하게 배척했다. 그들에게는 자신의 도학 사상만이 선善이었다. 훈구파는 소인배요 개혁 대상이었다. 갈등이 생길 수밖에 없었다.

갈등의 정점은 현량과賢良科와 위훈 삭제僞勳削除 사건이었다. 현량과는 그 절차가 매우 독특했다. 성품, 기국器局(도량), 재능, 학식, 행실과 행적, 지조, 생활 태도와 현실 대응 의식 등 7가지 항목을 종합하여 인재를 천거해 선발하는 방식이었다. 시가와 문장, 즉 사장詞章 중심의 기존 과거 시험의 한계를 극복하겠다는 취지였다. 현량과는 1519년 4월 한 차례 시행되어 김식 등 28명이 선발되었다. 그런데 합격자는 거의 모두 사림이었고 이들은 삼사(사헌부, 사간원, 홍문관) 등의 요직으로 나아갔다. 개혁도 개혁이지만 신진 사림들이 현량과를 독식한다는 비판이 나올 수밖에 없었다.

사림들은 삼사에 대거 진출했다. 훈구파의 경계심은 날로 커져 갔다. 급진적인 개혁에 중종마저 불안감을 느끼며 조광조와 신진 사류들을 경계하게 되었다. 몇 달 뒤 사림들은 이러한 분위기에 불을 질렀다. 이른바 위훈 삭제 사건이다. 사림 중심의 삼사는 1519년 10월 말 중종에게 정국靖國 공신의 공훈을 삭탈할 것을 요청했다. 중종반정 공신 117명 가운데 76명은 뚜렷한 공로도 없이 공훈을 받았으니 이들을 공신에서 삭제해 작위를 삭탈하고 전답과 노비를 모두 회수해야 한다는 것이었다. 그것은 훈구파와 핵심 홍경주에 대한 선전 포고나 마찬가지였다. 중종과 대신들은 반대했지만 사림파 삼사는 집요한 주장 끝에 11월 11일 중종의 윤허를 받아냈다. 사림들의 개혁 행보는 승승장구였다.

위협을 느낀 홍경주와 훈구파가 가만있을 리 만무했다. 반전의 토대를 위한 음모가 기획되었고 그 가운데 하나가 이른바 주초위왕走肖爲王 사건이다. 당시 홍경주의 딸은 중종의 총애를 받았던 후궁 희빈 홍씨였다. 훈구파는 이런 이점을 적극 활용해 희빈 홍씨를 끌어들여 중종과 조광조를 이간질했다. 또한 궁중 동산의 나뭇잎에 꿀로 '주초위왕'의 4자를 쓴 뒤, 이것을 벌레가 갉아먹어 글자 모양이 나타나도록 한 뒤 그 잎을 왕에게 보여 주었다. 走와 肖를 합치면 趙자가 된다. 조씨, 즉 조광조가 왕이 된다는 뜻이었다. 조광조에 대한 중종의 믿음이 심히 흔들렸다.

결국, 위훈 삭제 불과 나흘 뒤인 11월 15일 밤, 전격적으로 기묘사화가 일어났다. 중종은 밀지를 내리고 야음을 틈타 홍경주, 남곤 등 주요 대신을 비밀스럽게 경복궁으로 불러들였고, 조광조, 김식 등 사림의 핵

남양주 진건읍에 있는 홍경주 사당 도열사. (사진 아주경제 DB)

심 인물들을 전격 체포했다. 사림파는 일거에 숙청되었다. 조광조는 화
순으로 유배를 갔고 한 달 뒤인 12월 사약을 받았다. 불과 4년 동안의 관
직 생활이었다. 왕도 정치를 향한 개혁의 꿈을 이루지 못한 채 37세의 젊
은 나이로 삶을 마감했다. 김식, 김정, 김구, 윤자임, 기준, 박세희, 박훈은
외딴 섬이나 변방에 안치되었다.

'죽은 자'와 '죽인 자'가 함께 묻힌 곳

남양주에 가면 홍경주(?~1521)와 김식(1482~1520)의 묘가 있다. 기묘사화
를 일으켜 권력을 다시 장악한 홍경주, 그에 밀려 숙청당한 김식. 이들은

모두 남양주 땅 양지 바른 곳에 묻혀 있다. 두 사람의 묘소는 승용차로 불과 20분 거리.

연산군 시절 관직에 나아간 홍경주는 연산군의 폭정에 맞서 중종반정에 가담해 정국공신 1등에 올랐다. 중종이 즉위하면서 도승지가 되었고 이듬해에는 이과李顆의 난을 다스린 공로로 정난공신定難功臣 2등에 올랐다. 이에 힘입어 병조판서, 대사헌, 좌찬찬 등의 요직을 지냈다. 훈구파 공신으로 출세가도를 달리던 그는 사림파 언관들의 공격으로 위기에 직면하기도 했다. 하지만 절치부심 끝에 기묘사화를 이끌어 권력 탈환에 성공했고 다시 좌찬성을 거쳐 이조판서에 올랐다.

홍경주의 묘는 남양주시 진건읍에 있다. 묘로 올라가는 길엔 그를 기리기 위한 사당 도열사度烈祠가 있고 거기 홍경주 신도비도 함께 서 있다. 도열사 담장을 끼고 오른쪽으로 난 길을 쭉 따라 올라가면 정상에 그의 무덤이 나온다. 홍경주 묘 앞에는 중종의 후궁 희빈 홍씨가 낳은 봉성군의 무덤이 있다.

김식의 최후는 비극적이다. 성리학 공부에 매진하면서 벼슬과 거리를 두고자 했던 김식은 37세 때인 1519년 4월 현량과에서 장원으로 급제하면서 조정에 본격적으로 발을 디뎠다. 당시 현량과 급제자 28명 가운데 유일하게 7가지 천거 항목에서 모두 완벽한 평가를 받았다고 한다. 그는 순식간에 곧바로 정3품 홍문관 직제학을 거쳐 대사성에 올라 동갑내기 조광조 등과 함께 개혁 정치를 이끌었다.

그러나 불과 7개월이었다. 기묘사화로 실각하고 절도안치絶島安置의 유배형을 받았다. 절도안치는 육지에서 멀리 떨어진 섬으로 유배되는 것이다. 하지만 영의정 정광필 등의 도움으로 목숨만은 건졌고 경상도 선

청풍 김씨 문의공파 묘역 계보도. 동심원처럼 구획화한 뒤 한가운데에 김식 이름을 새겨 넣고
둥글게 돌아가면서 후대의 이름을 기록했다. (사진 아주경제 DB)

산으로 유배되었다. 그러나 이듬해 섬으로 이배된다는 소식을 전해 듣
곤 거창으로 몸을 숨겼다가 시 한 편을 남기고 스스로 목숨을 끊었다.
그가 남긴 절명시는 이렇다.

해는 저물어 하늘은 어두운데	日暮天含黑
산은 텅 비고 절은 구름 속에 있네	山空寺入雲
임금과 신하의 천년 의리는	君臣千載義
어느 외로운 무덤에 있는가	何處有孤墳

김식의 무덤은 남양주 삼패동 청풍 김씨 문의공파 묘역에 있다. 한 강이 내려다 보이는 곳, 능선 한쪽에 묘지가 있다. 그의 무덤 초입엔 돌에 새겨 놓은 계보도가 있는데 그 모습이 특이하고 인상적이다. 동심원처럼 원들을 그린 뒤 한가운데 김식의 이름이 있고 그 주변으로 장남, 차남, 3남, 4남, 5남의 이름이 돌아가면서 새겨져 있다. 또 그 주변으로 다음 대의 이름들이 계속 돌아가면서 새겨져 있는 모습이다. 언뜻 보면 옛 천문도 같다. 다시 눈여겨보니, 둥근 세상의 한가운데에 김식이 있다. 그는 세상의 중심이고 새로운 방향의 시발점이다. 사림의 개혁 정신, 도덕적 이상주의를 다시 한 번 웅변하는 것 같다.

기묘사화로 현량과는 폐지되었고 공신에서 삭탈된 훈구파들은 모두 복훈되어 재산을 되찾았다. 사림파의 개혁을 평가하는 방식은 저마다 다를 것이다. 이황과 이이는 "조광조 등 신진사류들이 개혁을 너무 서두르다 일을 그르쳤다"고 했다. 그럼에도 이때 희생된 사람들을 두고 후대 사람들은 기묘명현己卯名賢이라 부른다. 그들의 현실 개혁은 실패했지만 그들이 추구했던 도덕적 이상주의의 가치는 제대로 기억해야 한다는 의미다.[勺]

15

임진왜란 협상의 달인
이덕형

한음 이덕형은 임진왜란 때 명나라에서 원병을 데려오고 전쟁 중에 일본과 외교 담판을 벌인 명재상이자 뛰어난 시인이었다. 그가 한문으로 남긴 시들은 수백 년이 흐른 지금도 잔잔한 감흥을 준다. 한음 이덕형이 열네 살 때 포천 외가에 다니러 간 일이 있었는데 당시 안변 군수로 있던 양사언 형제의 집이 이웃에 있어 그들과 문장을 주고받았다.

양사언은 대동승大同丞(평양 찰방)을 거쳐 삼등, 함흥, 평창, 강릉, 회양, 안변, 철원 등 여덟 고을의 수령을 지내 직업이 '고을 수령'이라는 말을 들었다. "태산이 높다 하되 하늘 아래 뫼이로다"라는 시조를 비롯해 〈미인별곡美人別曲〉, 〈남정가南征歌〉 같은 가사 문학을 남겼다. 해서와 초서를 잘 써 석봉 한호, 추사 김정희와 더불어 조선 3대 명필로 꼽힌다.

여생 보낸 '대아당' 사라진 자리엔 은행나무 두 그루

글씨와 문장에 모두 능했던 양사언이 한음의 글 짓는 솜씨를 보고 "너는 나의 상대가 아니라 스승이로구나"라고 감탄했다. 그는 한음이 지은 시를 영평의 우두연(지금의 금수정)이라는 골짜기 바위에 새겨놓게 하였다. 아쉽게도 이 바위는 6·25 전쟁 때 포격으로 유실됐다고 한다.

넓은 들엔 저녁빛 엷게 깔리는데	野潤暮光薄
맑은 물엔 산 그림자 가득해라	水明山影多
녹음 속엔 흰 연기 일고	綠陰白烟起
아름다운 풀밭 사이로 두세 채 집이로세	芳草兩三家

한음의 시 중에서 대중의 사랑을 가장 많이 받는 것은 인사차 찾아 온 수종사水鐘寺 주지 덕인 스님에게 준 시다. 운길산과 사제촌莎堤村(지금 의 조안면 송촌리)을 둘러싼 겨울 풍광을 담은 수묵화 같다.

| 운길산 스님이 사립문을 두드리네 | 僧從西崦扣柴關 |
| 앞 개울 얼어붙고 온 산은 백설인데 | 凍合前溪雪滿山 |

이덕형의 묘소 옆에 있는 돌. 제를 올리고 축문을 불태우는 자리다. (사진 아주경제 DB)

만첩 청산은 두 강을 두르고   萬疊靑螺雙練帶

늘그막에 나누어 차지하고 한가롭게 보내네   不妨分占暮年閑

두 강은 두물머리에서 만나는 북한강과 남한강을 일컫는다. 용진 나루터 일대는 팔당댐 건설로 호수로 변했으나 원래는 걸어서 건널 정도였으며 주위가 온통 아름다운 백사장으로 덮여 있었다고 한다.

운길산 수종사에서 북한강 쪽으로 내려가다 보면 한음이 살던 대아당大雅堂 터를 만나게 된다. 1605년에 지은 대아당은 사라졌고 수령 400년의 은행나무 두 그루와 하마석下馬石이 남아 있다.

한음은 1605년 운길산 아래 용진龍津 사제촌에 별서別墅를 지어 아버지를 모시고 여생을 보냈다. 대아당에 읍수정挹秀亭과 이로정怡老亭이라는 두 개의 정자를 지었다. 읍수는 주위의 빼어난 경치를 가져온다는 뜻이고 이로는 벼슬에서 물러나 만년을 즐긴다는 의미다.

만년에 동갑내기 한음과 지기가 된 무관 박인로는 대아당에 머물면서 〈사제곡莎堤曲〉을 지었다. 주변의 아름다운 자연과 한음의 삶을 칭송한 국문가사다. 사제는 조안면 진중리에 있던 북한강 제방인데 을축년(1925) 대홍수로 무너지고 수로가 바뀌어 지금은 모습을 찾아볼 수 없다.

용진 나루터 바로 맞은편이 어머니 묘소. 한음은 배를 타고 강을 건너 성묘를 했다. 한음은 중국에 사신으로 가서도 "아득한 천리에서 용진의 달을, 한 해에 두 곳에서 나누어 보겠네"라는 시를 읊을 정도로 이곳의 경치를 사랑했다. 한음은 죽은 뒤 자신의 묫자리도 아버지·어머니 묘 아래로 잡았다. 한음 묘소에 올라서면 북한강 건너 대아당 터가 보인다. 한음의 묘에서는 다른 곳에서 보기 힘든 상자 같은 돌이 눈길을 끈

← 이덕형이 살던 대아당 터에 남아 있는 하마석과 은행나무 두 그루. (사진 아주경제 DB)

다. 묘제墓制에 해박한 이우덕 전주 이씨 대동종약원 이사는 "태조와 신덕왕후, 이퇴계 묘소에도 그런 돌상자가 있다. 제사를 지내고 축문을 불태우는 돌"이라고 설명했다. 한음 묘소에서 아랫마을 쪽으로 내려오면 신도비가 서 있다. 임진왜란 때 일제가 개울 속에 처박아 넣은 것을 해방 후 후손들이 파내 비각 안에 모셨다.

한음은 조선 역사에서 가장 이른 나이인 30세에 대제학을 지냈다. 그 후 병조판서와 이조판서를 역임하고 37세에 우의정에 올라 정승 반열에 들어섰다. 영의정을 두 차례 지냈다. 한음이 고속 승진을 거듭한 것은 임진왜란이라는 미증유의 국란을 맞아 목숨을 돌보지 않고 일했고 상하가 두루 존경하는 학식과 인품을 지녔기 때문이다.

임진왜란이 일어나기 4년 전인 1588년 일본의 사신으로 승려 현소玄蘇와 대마도주島主의 아들 평의지平義智가 조선을 찾아왔다. 한음은 동래에 내려가 일본 사신들을 접견했다. 그 이듬해인 1589년에는 현소와 평의지가 서울에 와 일본 답방을 요구했다. 조정은 일본 사신 평의지를 따라 정사 황윤길, 부사 김성일을 보냈다. 돌아와서 서인 황윤길은 일본 침략을 예견한 보고를 했으나 동인 김성일은 "침략할 가능성이 없다"고 말했다.

그로부터 2년 뒤인 1592년 일본은 20만 대군을 몰고 쳐들어왔다. 조정은 급한 대로 이덕형과 좌의정 유성룡의 건의를 받아 광해군을 세자로 책봉했다. 조선에 진주한 고니시 유키나가小西行長는 도요토미 히데요시豊臣秀吉의 공문을 주면서 역관 응순을 통해 "조선이 강화講和할 뜻이 있으면 이덕형을 충주로 보내라"는 전갈을 보내왔다.

이에 이덕형은 "진군 속도를 늦춰보겠다"며 한양을 떠나 용인에 도

한음의 초상은 1590년 궁중화가 이신흠이 처음 그렸다. 1846년 궁중화가 이한철이 이신흠의
그림을 바탕으로 전신과 반신의 모사본을 제작했다. 이한철의 모사본은 원래 한음의 재실인
쌍송재雙松齋에 있었으나 지금은 경기도박물관에 위탁 보관하고 있다. (사진 경기도박물관 소장)

착해 역관 경응순을 적진으로 보냈으나 일본군은 역관을 죽이고 봉서만 보내왔다. 그는 할 수 없이 한양으로 돌아왔지만 선조는 이미 피란길에 오른 후였다. 그는 죽을 고비를 여러 번 넘기며 스무 날 만에 평양에 닿았다. 그런데 또 현소와 평조신平調信이 만나자는 연락을 보냈다. 대동강에서 단신으로 배를 타고 만나 현소와 담판을 벌였다. 현소는 "우리는 명나라로 들어가는 길을 빌리려고 하는데 길을 빌려주어 중원으로 들어가게 한다면 아무런 일이 없을 것"이라고 말했다. 한음은 일본의 교란술에 넘어가지 않고 "귀국이 중국을 침범하려고 했다면 어찌 바다를 통해 절강浙江으로 가지 않고 조선으로 왔습니까"라고 응수했다. 절강은 상하이 밑에 있는 지역이다. 가도입명假道入明의 기만성을 명쾌하게 논파한 질문이었다.

명나라에 눈물로 원병 호소

오성 이항복은 한음보다 다섯 살 위였다. 두 사람이 처음 만난 것은 선조 11년에 치러진 사마시 시험장에서였다. 오성과 한음의 교유는 동화책에 나오지만 어린 시절부터 사귀었다는 것은 후대에 지어낸 이야기다. 이항복이 적은 묘지명에는 "한음이 대동강을 건너 내 처소에서 수일 동안 이불을 같이 덮고 자며 명에 구원병을 요청해야 한다는 데 의견의 일치를 보았다. 날이 샐 무렵 둘이 조정에 들어가 말하자 대신들은 처음엔 난색을 보였으나 한음이 굳게 쟁론하니 조정의 의논이 결정됐다"고 적고 있다.

한음과 오성은 '우리 힘만으로는 일본을 대적할 수 없다'고 판단했다. 한음은 밤낮없이 200리를 달려 명나라 랴오둥(요동)에 도착해 여섯

일제는 임진왜란 극복의 내용을 담은 이덕형 신도비의 비문이 마음에 들지 않았던지 개울에 처박았으나 광복 후에 다시 세워 비각 안에 보존하고 있다. (사진 아주경제 DB)

차례나 글을 올려 원병을 호소했다. 랴오둥 도사都使가 감동해 재량으로 병력 5000명을 차출했다. 그러나 명군은 평양성을 공격하다 참패했다. 그러자 명의 이여송 제독이 5만 명에 이르는 대군을 이끌고 조선에 들어왔다. 이여송의 대군은 1593년 평양성을 탈환했다.

이여송은 평양의 승전에 우쭐해 무리한 진격을 하다 급습당해 많은 사상자를 낸 뒤에는 평양으로 후퇴해 성 밖으로 나올 생각을 안 했다. 이여송은 평양성 술자리에서 한음에게 〈적벽도赤壁圖〉 한 폭을 보여 주었다. 적벽 대전은 양쯔강 적벽(츠비)에서 오나라 장군 주유周瑜가 조조曹

操의 대군을 격파한 전투다. 한음은 〈적벽도〉를 보고 시 한 수를 지어 이
여송에게 평양성에서 나와 진격할 것을 종용했다.

바둑은 승패가 분명해야 하고	勝敗分明一局碁
군인은 전쟁터에서 우물쭈물하지 않는 법	兵家最忌是遲疑
지금 적벽싸움 같은 공을 못 세웠으니	須知赤壁無前績
장군은 지금 당장 결단을 내려야 할 때라오	只在將軍斫案時

일본군은 1593년 행주에서 권율 장군에게 대패하자 한양을 버리고
남쪽으로 달아났다. 도요토미 히데요시가 죽은 뒤 일본군이 퇴각하면
서 이여송의 후임으로 온 유정劉綎 제독이 적장 고니시 유키나가에게 도
망갈 기회를 주려 하자 이덕형은 통제사 이순신에게 정보를 주어 노량
해전을 대승으로 이끌었다. 이 전투에서 이순신이 전사했다.

선조가 장남 임해군을 제치고 차남 광해군을 왕으로 정한 것에 명
나라가 이의를 제기하며 책봉을 허락하지 않자 광해군은 이호민을 베이
징에 보냈으나 책봉을 받아오지 못했다. 광해군은 "한음이 젊고 재주와
슬기가 있다"며 이덕형을 파견했다. 한음은 베이징에 5개월간 머무르면
서 각부의 재상과 관원들을 만나고 정성껏 글을 올려 마침내 황제의 책
봉을 받아냈다.

선조의 적자인 영창대군의 존재에 불안을 느끼던 광해군은 1613년
영창대군의 모친인 인목대비의 아버지 김제남에 사약을 내렸다. 영창대
군은 강화도로 유배됐다가 이이첨의 지시를 받은 강화부사 정항에 의해
살해되었다. 한음은 영창대군의 처형과 인목대비 폐모廢母를 반대하며

이덕형 묘소에서 북한강 너머 사제촌의 대아당이 바라다보인다. (사진 아주경제 DB)

대북大北과 대립했다. 대북이 한음을 극형에 처해야 한다고 집중 공격했으나 광해군은 삭탈관직하는 데 그쳤다.

한음은 그 후 침식도 제대로 못하고 찬술만 마시다가 광해군 5년 10월에 세상을 떠났다. 광해군은 몹시 슬퍼하며 관직을 회복시켜 주고 현직 예에 따라 장례를 치러 주었다. 그가 죽었을 때 조문을 간 이원은 《저정집樗亭集》에서 "종로에서부터 남대문까지 군졸과 시민이 길을 메우고 울부짖었다"고 적었다. 행장을 쓴 이준은 "입각한 지 거의 20년이 되었지만 집에는 아무런 저축이 없었다. 녹봉을 받을 때마다 다급한 사람들에게 나누어주었다"고 한음의 청렴함과 배려심을 칭송했다.

김장생은 《사계어록沙溪語錄》에서 "한음은 치우침이 없고 당이 없는 동서남북 사람"이라고 평했다. 한음과 오성은 당파도 달랐다. 한음은 남인이고 오성은 서인이었다. 한음의 신도비명을 쓴 조경은 임진왜란을 극복할 수 있었던 것은 '3이李'의 공로라고 새겼다. '3이'는 이원익, 이항복, 이덕형을 말한다.※

16

청나라에 맞선 척화파 김상헌과
안동 김씨 선산

1636년(인조 14) 12월 청 태종은 청과 몽골의 연합군 12만 명을 직접 이끌고 얼어붙은 압록강을 건너왔다. 베이징의 명과 전쟁을 벌이기 전에 후방의 조선을 기죽이려는 전략이었다. 청군의 선봉대는 임경업 장군이 지키던 백마산성을 우회해 밤낮을 달려 선양瀋陽을 떠난 지 10여 일 만에 서울에 육박했다. 이른바 병자호란이다.

청군이 개성을 지난 뒤에야 조정은 비로소 피란 짐을 꾸렸다. 종묘 사직의 신주와 함께 원손元孫, 둘째·셋째 아들과 궁중의 여인들을 먼저 강화도로 보내놓고 우물쭈물하는 사이에 청군이 홍제원弘濟院(지금의 서대문구 홍제동)에 다다랐다. 인조는 밤에 숭례문을 빠져나와 허겁지겁 강화도를 향해 떠났으나 청군의 진격이 빨라 길이 막혔다. 이조판서 최명길이 홍제원의 청군 진영에 가서 술과 고기를 먹이며 출병의 이유를 묻고 시간을 지연시키는 사이에 인조는 세자와 백관을 대동하고 남한산성으로 방향을 틀었다. 예조판서 청음清陰 김상헌金尚憲은 북풍한설이 휘몰아치는 가운데 왕의 가마를 호종扈從하고 산성으로 들어갔다.

최명길이 쓴 항복 문서 찢으며 통곡

청군에 포위된 산성에서는 주화론主和論과 척화론斥和論이 격하게 대립했다. 김상헌은 임진왜란에서 조선을 구해 준 명나라의 재조지은再造之恩을 망각해선 안 된다며 청나라에 끝까지 맞서 싸우자는 척화론에 앞장섰다. 그는 최명길이 쓴 항복 문서를 보고 통곡을 하면서 찢어 버렸다. 산성에서 한 달 보름을 버티던 인조가 청 태종에 세 번 무릎을 꿇고 아홉 번 머리를 조아리는 치욕적인 항복 의식을 치르고 전쟁이 끝났다. 김상헌은 청나라 선양으로 끌려가 6년 동안 감옥살이를 했다. 그가 청에 끌려가면서 지은 시조가《청구영언》에 실려 있다.

> 가노라 삼각산아 다시보자 한강수야
> 고국산천을 떠나고자 하랴마는
> 시절이 하수상하니 올동말동 하여라

김상헌과 달리 주화론자였던 최명길은 현실주의자였다. 망해 가는 명나라와의 의리를 지키다가 청나라의 말발굽과 칼날에 나라가 유린되는 상황은 막아야 한다는 생각이었다. 나중에 최명길도 명과 밀통해 반청 행위를 했다는 이유로 청나라에 끌려가 2년간 억류 생활을 했다. 김상헌이 갇혀 있던 바로 옆방이었다.《연려실기술》에는 선양 감옥에서 둘이 나누었다는 한시가 기록돼 있다. 김상헌은 "두 대에 걸쳐 나눈 교분 다시 찾아서, 평생의 의심 모두 풀어 버렸네"라고 했다. 최명길은 "그대 마음 굳은 바위 같아서 끝까지 바뀌지 않거니와, 나의 도道는 둥근 고리 같아서 일에 따라 변한다네"라고 답했다.

《청음집淸陰集》에는 인조가 선양에 갇혀 있는 김상헌에게 보낸 위로 편지의 내용이 들어 있다. 1645년 청음은 선양에서 볼모 생활을 마치고 소현세자와 함께 귀국했지만 인조와의 관계가 원만하지 못하여 벼슬을 단념하고 석실石室에 은거했다.

청에서 옥살이 후 벼슬 안 하고 은거

청음의 묘는 남양주시 와부읍 신新안동 김씨 선산에 있다. 안동 김씨는 본관은 같으나 시조를 달리하는 신안동 김씨와 구안동 김씨 두 가문이 있다. 신안동 김씨는 한양에 올라와 장동壯洞에 살았다고 해서 장동 김씨라고도 불린다.

신안동 김씨의 와부읍 선산을 둘러보면 조선 시대에 그 문벌이 어떠했는지를 가히 짐작할 수 있다. 선산 맨 아래에는 신연神淵이라고 불리는

천하명당이라는 신안동 김씨 선산 앞에 있는 신연. (사진 유대길)

작은 연못이 있다. 실용적으로 보면 선산에서 흘러나오는 지하수를 담아 배수 기능을 하지만 후손의 복을 기원하는 의미도 지닌다. 옥호저수형玉壺貯水形(옥병에 문을 담은 모양)의 이 명당은 풍수지리를 공부하는 사람들이 꼭 들르는 코스다.

연못에서 선산을 바라보고 왼쪽에 입향조入鄕祖 김번의 묘가 있다. 김번은 평양서윤을 지내 그의 후손들을 서윤공파라고 부른다. 집안에 내려오는 전설에 따르면 원래 이곳은 김번의 부인인 남양 홍씨의 친정 땅이었는데, 풍수지리로 방앗간 지혈이었다고 한다. 김번의 큰아버지인 학조대사가 조카며느리인 남양 홍씨에게 방앗간 지혈에는 곡식과 물이 절로 모이니 남편이 죽으면 무덤을 이곳에 쓰라고 권유했다는 것이다.

이 선산에는 사후에 영의정으로 추증된 김극효와 김광찬의 묘도 있다. 김극효는 김상용·김상헌 형제의 아버지로, 신안동 김씨 서윤공파의 중시조中始祖로 일컬어진다. 직계 후손에서 대제학이 6명, 재상(영의정, 좌의정, 우의정) 15명, 왕비 3명, 후궁 1명, 부마도위 2명을 배출했다. 김광찬의 양부가 상헌이다.

권력은 불과 같아서 불가근불가원不可近不可遠이다. 불에서 너무 멀면 얼어죽고 너무 가까우면 타죽는다. 안동 김씨들도 사색당쟁과 사화에 얽혀 많은 사람들이 희생됐다. 김상헌의 손자로 영의정을 지낸 김수항은 사약을 받고 죽으면서 후손들에게 벼슬하지 말라는 유언을 남겼지만 후대로 내려가면서 지켜지지 않고 세도 정치의 정점을 찍었다.

김상헌의 묘표에는 "유명조선 문정공 청음 김선생 상헌지묘有明朝鮮 文正公 淸陰 金先生 尙憲之墓"라고 쓰여 있다. '유명조선'은 그 의미를 새겨보면 조선이 자주 독립 국가가 아니라는 참으로 부끄러운 말이다. 당시의 시대상인 사대주의를 반영한다. 유有는 명明의 외로움을 덜어 주는 발어사發語詞이면서 '아주 크다'는 의미를 지녔다. 조선은 대국인 명의 제후국이라는 뜻이다. 명나라는 1644년에 망해 청나라가 들어섰고, 김상헌은 1652년에 죽었는데 '유청有淸 조선'이라고 쓰지 않았다. 명나라는 없어졌지만 조선은 오랑캐 청나라가 아니라 성리학의 모국인 명나라의 사상적·이념적 정통성을 이어받았다는 의미다.

그의 묘 앞에는 그의 유언시가 비석에 새겨져 있는데, 명·청 교체기에 그의 변치 않는 절의節義를 담고 있다.

> 지성至誠은 금석에다 맹세하였고
>
> 대의大義는 일월에다 매달았다네
>
> (중략)
>
> 옛 도에 합하기를 바랐건마는
>
> 오늘날에 도리어 어긋났구나
>
> 아아 백대 세월 흐른 뒤에는
>
> 사람들이 나의 마음 알아주리라

형 김상용은 강화도 지키다 순절

청음의 아홉 살 위 형 김상용(1561~1637)은 병자호란 때 강화도를 지키다 성이 함락되면서 청군이 물밀듯이 밀려오자 남문루南門樓에 쌓여 있던 화약에 불을 지르고 자폭했다. 김상용의 묘는 시신이 없어 옷자락을 가져와 묻은 유복遺服 묘다. 사후에 영의정으로 추증됐다. 안동 김씨 분산으로 가는 길목에 있는 그의 묘 옆에는 함께 폭사한 손자 김수전의 묘

청음 김상헌의 묘표는 명나라가 망한 뒤에 세워졌지만 '유명조선'의 문정공이라며 여전히
명나라를 섬기고 있다. (사진 유대길)

석실서원이 철폐될 때 안동 김씨 선산으로 옮겨온 석물들. 도연명의 절의를 상징하는 '취석醉石'은 우암 송시열의 글씨다. (사진 유대길)

가 있다.

김상헌이 죽은 후에 큰형인 김상용과 함께 제사하는 석실사石室祠를 세웠고 2년 후에 석실서원이 된다. 김상용·상헌 형제의 도덕과 충절을 기리기 위해 세워진 석실서원은 청음과 두 형제와 함께 김수항·김창집·김창협·김창흡·김원행·김이안·김조순 등 주로 안동 김씨들이 배향됐다. 신안동 김씨의 세거지世居地는 세 곳이다. 경북 안동시 풍산읍 소산리는 본관이고, 한양의 장의동(현재 종로구 청운동)은 권력의 중추일 때 살던 동네이고, 석실은 정신을 이어가는 교육 기관이 있던 곳이다.

김원행의 제자 가운데 홍대용은 박지원·박제가와 교분을 쌓으며 북학北學으로 나아가 실학으로 이어졌다. 김조순(1765~1832)은 딸이 순조

석실서원 터에서는 한강이 바라다 보인다. 붉은 벽의 기와집 건물은 양주 조씨의 재실 영모재.
(사진 유대길)

의 왕비가 되면서 안동 김씨 60년 세도의 문을 열었다. 그의 아들 김좌
근은 영의정을 세 번이나 지내며 권력의 절정에 다다랐다. 안동 김씨 세
도가 한창일 때는 마차꾼들이 장의동을 지날 때 시끄러운 소리가 날까
봐 마차를 들고 갔다는 말이 나올 정도였다.

　　안동 김씨의 세도 정치하에서 낮은 포복을 했던 대원군은 1869년
서원철폐령을 내리면서 석실서원을 없애 버렸다. 고종은 민비와 자신이
묻힐 못자리로 금곡의 양주 조씨 선영을 점찍고, 양주 조씨들에게는 석
실서원 터를 내주어 선산을 옮기게 했다. 고려 말 조선 초의 문신인 조말
생의 묘도 이런 연유로 이곳에 왔다.

대원군 때 철폐된 석실서원 터임을 알리는 표지석. (사진 유대길)

석실마을 입구에는 석실서원 터임을 알리는 표지석이 들어 있다. 옛날에 석실서원이 헐리면서 나온 벽돌, 주춧돌, 기왓장이 이 동네 집들의 건축 자재로 쓰였다고 김형섭 학예사는 말했다. 석실서원의 모습은 겸재 謙齋 정선鄭歚의 그림을 통해 후세에 전해진다.

석실서원에 있는 기념물들은 서원이 철폐된 후 신안동 김씨 선산 김수증의 묘 아래로 옮겨졌다. 취석醉石은 도연명의 고사에서 유래됐다. 도연명은 술에 취하면 바위 위에서 잠이 들었는데, 마을 사람들이 그 비석을 취석이라고 불렀다고 한다. 세속에 물들지 않는 도연명의 절의를 상징한다. 석실서원 묘정비문은 송시열이 지었고 김상헌의 큰손자인 김수증이 썼다. 김수증은 예서와 동국진체東國眞體를 잘 써 명필이라는 칭송을 들었다.

석실마을 앞으로 흐르는 한강을 석실서원 시대의 사람들은 미호漢湖라고 불렀다. 건너편 미사리에서 강물의 흐름이 느려지면서 모래와 자갈이 퇴적해 평탄한 지형을 이루었다. 미사리가 물흐름을 막아 유속이 느려지고 강폭은 넓어진다. 석실서원에 배향된 김원행은 아호를 미호라고 지었고 후손들이 펴낸 문집의 이름도《미호집》이다. 석실서원 터에서 바라보는 미호는 신안동 김씨들의 성시盛時나 지금이나 변함없이 잔잔한 호수 같은 강이다.澤

17

진경 문화의 요람
석실서원

선원 김상용(1561~1637)과 청음 김상헌(1570~1652) 형제는 여전히 조선 시대 절의와 명분의 상징이다. 김상용은 병자호란 때 강화도에서 도성이 청나라 군대에 함락당하자 스스로 목숨을 끊었다. 김상헌은 남한산성에서 항복에 반대해 결사항전을 주장하다 청나라에 끌려가 옥고를 치러야 했다.

김상헌은 말년에 남양주 와부의 석실촌에서 기거했다. 당시 조선에선 청음 가문에 대한 존숭의 분위기가 높았다. 김상헌이 세상을 떠나자 유림들은 김상용·김상헌 형제의 충절과 지조를 기리기 위해 서원을 창건해야 한다고 건의했고 이에 힘입어 1656년 석실서원이 창건되었다. 석실서원은 석실촌에서 좀 떨어진 한강에 세워졌다. 이어 1663년 석실사石室祠라는 편액을 하사받고 사액賜額서원으로 승격되었다. 1697년엔 김수항, 민정중, 이단상이 배향되었고 이후 김창집, 김창협, 김창흡, 김원행, 김이안, 김조순이 추가로 배향되었다.

대표적인 서인노론계 서원이었던 석실서원은 1868년 흥선대원군의 서원철폐령으로 훼철되었다. 단순히 문을 닫은 것이 아니라 건물들이 완전히 파괴되었다. 석실서원이 있었던 곳은 남양주시 수석동 한강변의 미음촌漢陰村. 지금은 양주 조씨 사당인 영모재 뒤편에 석실서원 터였음을 알리는 표석만 덩그러니 세워져 있을 뿐이다. 현장에 가도 석실서원을 제대로 기억할 수 없는 상황이다.

다행스럽게도 겸재 정선(1676~1759)이 석실서원을 그림으로 남겨 놓았다. 겸재는 조선 후기 진경산수화眞景山水畵를 개척한 인물. 중국풍의 산수, 관념 속의 산수가 아니라 실제 우리나라의 산수를 직접 보고 그렸기에 진경산수화라는 이름이 붙었다. 겸재는 우리 산수를 우리 시각으로 바라보고 우리 방식으로 그려낸 창조적 화가였다. 그의 진경산수화는 조선 시대 사람들이 그림을 보는 시각을 확 바꿔 놓았다. 나아가 우리 국토를 보는 눈, 세상을 보는 눈을 새롭게 만들어 주었다. 겸재를 통해 조선의 화단은 비로소 진정 조선다운 산수화를 그리게 되었다. 그래서 겸재를 두고 '조선의 화성畵聖'이라 칭한다.

겸재 정선의 진경산수화 꽃핀 한강변 석실서원

겸재 정선이 석실서원의 모습을 그린 것은 안동 김씨, 즉 청음 가문과 깊은 교유가 있었고 또 청음 가문의 열정적인 후원이 있었기에 가능했다. 겸재는 한양의 북악산(당시 이름은 백악산) 자락, 그러니까 지금의 서울 종로구 청운동에서 태어났다. 경복고등학교 교정에는 그가 태어난 곳임을 알려 주는 기념비가 서 있다. 겸재는 51세에 인왕곡(지금의 서울 종로구 옥인동)으로 이사했고 이곳에서 살다 83세에 세상을 떠났다. 겸재는 하양(대구 근처 경산 지역), 청하(경북 포항 지역), 양천(서울 강서구 양천구 지역) 등 지방의 현감을 하느라 몇 차례 서울을 떠나 살았던 적이 있지만 대부분의 시간을 서울 북악산과 인왕산 밑에서 살았다.

이 무렵 북악산·인왕산 자락은 안동 김씨 청음 가문의 세거지였다. 또한 사천槎川 이병연 李秉淵, 관아재觀我齋 조영석趙榮祏 등 당대 최고의 시인묵객들이 이곳을 거점 삼아 문화예술을 논하고 공유하고 있었다. 그 공유에 중요한 역할을 한 사람들로 안동 김씨 6창六昌을 빼놓을 수 없다. 이들은 청음 김상헌의 증손이자 김수항의 여섯 아들로, 김창집金昌集, 김창협, 김창흡, 김창업金昌業, 김창즙金昌緝, 김창립金昌立을 가리킨다. 겸재는 37세가 되던 1713년 스승으로 모시던 김창협의 추천을 받아 시험을 보지 않고 벼슬에 나아갔다. 겸재는 김창협뿐만 아니라 김창흡의 영향도 많이 받았다.

김창협은 44세 때인 1695년부터 한양의 북악산, 인왕산 자락인 장동을 떠나 남양주 한강변 미호에 터를 잡았다. 석실서원에서 가까운 곳이다. 그는 이곳에 모래밭이 세 개 있다고 하여 삼주三洲라 이름 붙이곤 여기 삼산각三山閣을 짓고 살았다. 석실서원에서 강학을 펼치자 곳곳에서 인재들이 몰려들었다. 석실서원에서 많은 제자를 길러냈으며 거기 이병연, 정선, 조영석도 포함되었다. 당시 겸재는 19세였고, 그때부터 석실서원을 드나들기 시작했다. 한양에서 배를 타고 한강 물길을 거슬러 남양주를 오갔을 것이다. 이렇게 김창협, 김창흡 대에 이르면 한양의 북악산, 인왕산 자락에서 생활하던 추종 세력들이 석실서원에 본격적으로 드나들기 시작했다.

겸재는 이런 분위기 속에서 83세까지 활발한 창작 활동을 벌였다. 그중에서도 가장 대표적인 것은 역시 우리 국토를 직접 답사하고 그린 진경산수화가 아닐 수 없다. 정선이 관심을 둔 우리 산천은 한두 곳이 아니었다. 자신이 살았던 북악산 인왕산 일대는 물론이고 한양 근교의 명

승, 금강산, 동해안의 관동팔경 등 전국 곳곳을 훑었다.

겸재는 65세 때인 1741년 《경교명승첩京郊名勝帖》을 그렸다. 한양과 주변 풍경을 그린 화첩이다. 상하 두 권으로 되어 있으며 수록 작품은 총 33점. 여기 한강 주변을 그린 작품들이 포함되어 있다. 배를 타고 한강 주변의 경치를 세밀하게 관찰하고 그린 작품들이다. 이들을 보면, 지금의 지명과 일치하는 그림도 있다. 서울 강남구 압구정동을 그린 〈압구정狎鷗亭〉, 광진구 한강변을 그린 〈광진廣津〉, 송파구의 한강변을 그린 〈송파진松坡津〉 등이다. 현재 간송미술관이 《경교명승첩》을 소장하고 있다.

신新안동 김씨 김창협, 김창흡 후원 받은 겸재

《경교명승첩》에는 〈미호渼湖〉라는 제목의 그림 두 점이 있다. 하나는 석실서원과 주변을 그린 것이고 다른 하나는 김창협이 짓고 살았던 삼산각과 주변을 그린 것이다. 미호는 석실서원과 미사리 일대의 한강이 호수처럼 보인다고 해서 붙은 이름이다. 예로부터 한강에서도 경치가 빼어난 곳으로 정평이 났다.

〈미호-석실서원도〉를 보면, 한강에서 바라본 석실서원과 주변 풍경을 사실적으로 그렸다. 화면 왼쪽으로, 강변 언덕 위 기와집이 몇 채 보이는데 이것이 석실서원이다. 그 오른쪽 아래의 초가는 서원을 지키고 관리하거나 허드렛일을 하는 사람들이 사는 집으로 추정된다. 초가들 주변으로는 목책이 쳐져 있다. 당시 석실서원에는 원생이 20명, 일하는 사람 50명 정도였다는 기록이 남아 있다. 기와집 석실서원 오른쪽으로 그러니까 전체 화면의 한가운데에는 큼지막한 기와집이 있다. 이것이 청음 가문의 별서別墅일 것으로 추정한다. 물가 쪽으로 바위들이 몇 개 있

← 겸재 정선이 1741년 그린 〈미호-석실서원도〉. 《경교명승첩》에 수록되어 있다.
한강에서 바라본 석실서원을 사실적으로 표현했다. 그림 맨 왼쪽의 기와집이 석실서원.
(사진 ⓒ 간송미술문화재단)

고 그 앞 백사장 쪽으로 배 한 척이 평화롭게 떠있다.

겸재는 그 명성에 걸맞게 석실서원과 주변 풍광을 최대한 생생하게 그렸다. 집 한 채 목책 하나까지 말이다. 오랫동안 석실서원과 미호 일대를 드나들었음을 알 수 있다. 이 그림은 따라서 석실서원의 위치, 건물 규모 등을 추정하는 데 도움이 될 것이다. 그림은 전체적으로 밝고 연한 초록빛 톤이다. 분위기와 색채로 보아 생동감 넘치는 이른 봄 같아 보인다. 최완수 간송미술관 한국미술연구소장은 "이들(이병연, 정선 등)이 석실 서원과 삼산각을 얼마나 자주 드나들며 진경 문화 배양에 주력했겠는가 하는 사실을 미루어 짐작할 수 있다. 겸재가 이곳을 소재로 손금 보듯이 세세히 그려낼 수 있었던 이유도 알 만한 일이다"라고 평가했다.

석실서원의 의미를 두고 평가는 다양하다. 충절의 상징 공간으로 조선의 자부심을 고양했다는 평가도 있고, 조선중화주의 철학의 토대를 구축했다는 평가도 있다. 조선 후기 노론계 서원으로 당쟁의 한 축이 되고 급기야 안동 김씨 세도 정치의 뿌리가 되었다고 비판하는 이도 있다. 다양한 평가는 어쩌면 당연한 일이다. 그런데 여기서 빠뜨리지 말아야 할 것이 있다. 바로 진경 문화의 산실이었다는 점이다.

석실서원은 남양주와 한양의 북악 인왕을 한강의 물줄기로 연결하면서 조선의 진경 문화를 만들어 냈다. 또한 1745년부터 김원행이 석실의 강학에 가세하면서 학문의 포용성과 개방성이 확산되었고 동시에 북학 사상의 잉태에도 영향을 미쳤다.

조선 후기 위대한 문화의 물줄기는 이렇게 남양주에서 시작되었다. 그렇기에 진경 문화의 산실이었음을 웅변하고 그 가치와 미래를 논해야 한다. 하지만 현장은 쓸쓸하다. 유구遺構 흔적은 하나도 없이 사라졌고

← 겸재 정선이 1741년 그린 〈미호-삼수삼산각〉.《경교명승첩》에 수록되어 있다. 그림 가운데 기와집이 김창협이 살았던 삼산각 건물. (사진 ⓒ 간송미술문화재단)

경복고등학교 자리에 있는 정선 생가터 기념비. (사진 이광표)

표석 하나만 쓸쓸히 서 있을 뿐 주변은 옹색하고 어수선하다. 절경이었
던 바로 앞 한강의 미호도 제방 공사로 인해 옛 분위기를 잃어버리고 말
았다. 겸재 정선의 그림이 남아 있으니 이와 함께 석실서원의 흔적을 기
억할 수 있어야 한다. 이제 석실서원의 흔적을 시각적으로 재구성할 필
요가 있다. 덜렁 서 있는 표석 하나만으론 곤란하다. 그건 조선 진경 문
화에 대한 예의가 아니다.[*]

18

풍양 조씨 시조 묘와
견성암

신라 천년이 기울고 후삼국이 쟁패를 벌이던 시기에 '바우'라는 현자가 천마산 석굴에서 수양에 정진하고 있었다. 후일 고려를 세운 왕건이 소문을 듣고 찾아가 국가 경륜을 논의했다. 왕건은 출중한 지혜를 갖춘 그를 장군으로 임명하고 남정南征에 동참시켰다. '맹孟'이라는 이름도 하사했다.

조맹은 고려가 건국된 뒤 통합삼한벽상개국공신統合三韓壁上開國功臣이라는 호를 받았고 관직이 조선의 영의정에 해당하는 문하시중門下侍中에 이르렀다. 후손인 풍양 조씨들은 그를 시조로 받들고 있다. 그의 묘소는 남양주시 진건읍 송능리에 있다. 풍양 조씨들이 묘소 입구에 세운 개수비改修碑에는 천마산의 한 줄기가 서남쪽으로 멀리 삼각산과 도봉산을 바라보며 달려가다가 천작天作으로 이루어진 명당이라고 쓰여 있다.

남양주의 옛 이름은 풍양현이었다. 풍양豐壤은 기름진 땅이라는 의미다. 예로부터 이 지역은 서울 근교 퇴계원 북쪽의 넓은 평야에 자리하고 있어 농작물 생산이 풍부했다.

조맹이 묻힌 천작의 명당을 탐내는 사람이 많았다. 600년이 지나 조맹 묘에서 위쪽으로 서른 걸음 떨어진 자리에 조선 왕실의 권력이 밀고 들어왔다. 이 바람에 조맹의 묘는 광해군 대에 봉분이 없는 평장平葬이 되었다가 인조반정으로 광해군이 폐주가 된 후에야 복원되는 곡절을 겪었다.

석굴서 수양하던 현자, 책사가 되다

선조 10년 임해군·광해군 두 아들을 낳은 공빈 김씨가 세상을 떴다. 정비(의인왕후)는 왕자를 낳기 위해 전국 각지의 사찰에서 불공을 드렸지만 소생이 없었다. 공빈 김씨에 줄을 댄 측근들은 대통을 이어받을 명당을 서울 근교에서 찾았다.

왕실에서 쓰이는 각종 물품을 관장하던 제용감정濟用監正 정창서가 공빈 김씨의 묘산墓山을 찾다가 조맹 묘가 있던 산기슭에 발길이 닿았다. 풍수지리에 밝은 지관들이 소개했을 것이다. 정창서는 조맹의 묘에서 표석이 땅에 떨어져 있는 것을 확인하고 탈이 두려웠던지 선조에게 그 사실을 아뢰었다. 공빈 김씨의 묘가 조성된 뒤 조정에서 조맹 묘의 봉분을 없애 평장으로 바꾸어야 한다는 의논이 생겼다. 선조는 "조맹은 내게 외가 쪽으로 조상이 되는 분"이라며 봉분을 그대로 놔두라고 명했다.

이 뒤로 공빈 김씨와 조맹의 묘소는 별 탈 없이 지내다 선조가 재위 41년 만에 승하하고 공빈 김씨의 둘째 아들인 광해군이 왕이 되면서 분란이 생겼다. 광해군이 어머니 공빈 김씨를 왕후로 추존하고 묘소를 성릉成陵으로 승격하려 하자 '후궁 출신인 공빈 김씨는 왕후가 될 수 없다'고 반대하는 상소가 올라왔다. 이 상소문에 '천한 첩'의 뜻을 지닌 유편사석有扁斯石이라는 고사성어가 들어 있었다. 《조선왕조실록》에 따르면 광해군은 상소문을 읽다가 집어던지고 "여염의 서민도 성공하여 명성을

고려 개국공신 조맹의 묘는 조선의 선조 광해군 대에 이르러 명당을 탐낸 왕실 권력에 의해
수난을 겪었다. (사진 남양주시청)

조맹의 묘표에는 6·25 전쟁 때 생긴
탄흔이 여러 곳에 남아 있다.
(사진 남양주시청)

선조의 후궁 공빈 김씨의 묘소. 광해군은 즉위한 뒤 후궁인 모친을 왕후로,
이 무덤을 성릉으로 추존했다. (사진 남양주시청)

얻으면 모두 현창하려는 생각을 갖는다"며 모친의 왕후 추숭과 묘의 승
격을 강행했다.

성릉 주변의 묘소들이 모두 이장할 운명에 처했는데 조맹의 묘소도
포함이 됐다. 광해군은 조맹의 후손들이 있는지 먼저 알아보게 하고 상
지관相地官과 더불어 대신들이 논의하도록 했다. 영의정 이덕형의 건의에
따라 묘소를 파내지 않고 봉분과 석물만 없애는 쪽으로 결론이 났다.

선조는 공빈 김씨가 죽은 뒤 인빈 김씨한테로 애정이 쏠려 줄줄이 아들 넷과 딸 다섯을 두었다. 인빈 김씨의 셋째 아들이 정원군이다. 정원군의 첫째 아들이 능양군(인조)이고, 셋째 아들 능창군은 광해군 때 역모 사건에 연루돼 죽었다. 정원군은 술만 마시다 화병으로 세상을 떴다. 막냇동생의 죽음으로 한을 품은 능양군은 반정을 일으켜 광해군을 몰아내고 임금이 됐다. 왕위를 놓고 피붙이들끼리 물고 물리고, 죽고 죽이는 권력의 풍파에 따라 고려의 개국공신 조맹의 묘는 모습이 바뀌었다.

인조반정으로 광해군이 폐주廢主가 되면서 공성왕후(추존)는 다시 빈으로, 성릉은 성묘로 격하됐다. 풍양 조씨는 인조반정을 주도한 서인 쪽이었고 후손 조속趙涑과 조흡趙潝이 반정에 공을 세웠다. 인조반정 후 부호군 조수이 등은 봉분도 없고 표석도 사라진 시조의 분묘를 복구하게 해달라고 상소를 올려 인조가 받아들였다.

19세기 조선에서는 순조부터 헌종 철종에 이르기까지 나이 어린 국왕이 즉위하면서 안동 김씨와 풍양 조씨 두 외척들이 정치권력을 번갈아 장악하는 세도 정치 시대가 열렸다. 강화도령 철종은 열아홉 살이었음에도 왕으로서 수업이 돼 있지 않아 안동 김씨인 순원왕후(순조의 정비)가 수렴청정을 하게 된다. 1851년(철종 2)에는 김문근金汶根의 딸을 철종의 왕비로 책봉해 안동 김씨 세도 정치의 절정기를 구축했다.

1857년(철종 8) 순원왕후가 창덕궁에서 세상을 떠나고 '조 대비'로 널리 알려진 신정왕후가 대왕대비가 되었다. 풍양 조씨인 조 대비는 효명세자(익종 추존)의 왕후이고 헌종의 어머니다. 조 대비의 아버지는 풍은부원군豊恩府院君 조만영趙萬永이다. 증조부 조엄趙曮은 대마도에 통신사로 갔다가 구황 작물 고구마를 조선에 들여왔다.

1863년 철종이 재위 13년 만에 후사 없이 승하하자 조 대비는 왕실 최고 어른으로서 왕위 계승자를 결정할 권한을 갖게 됐다. 조 대비는 흥선군 이하응의 차남 명복命福을 남편인 익종의 양자로 들여 왕위를 계승하도록 했다. 조대비가 대원군과 손잡고 안동 김씨 60년 세도 정치를 종식시킨 것이다. 고종은 즉위 당시 열두 살이었기 때문에 신정왕후가 수렴청정을 했지만 얼마 지나지 않아 흥선대원군에게 전권을 넘겨주고 물러났다.

고려 중엽(1200년경)에 후손들이 시조를 기리기 위해 천마산 암굴 앞에 견성암見聖庵이라는 사찰을 세웠으나 설립 시기에 대한 정확한 기록은 없다. 〈견성암우화루기見聖庵雨花樓記〉에 따르면 "고려 초에 시중이었던 조맹이 동굴에 은거하면서 약사여래의 광명을 친히 보아 원불願佛로 삼아 왕건을 보좌하고 개국 공신으로 책봉되었다. 견성見聖이라는 명칭은 여기서 나왔으며, 후손이 원당을 세워 약사여래를 공양하게 되었다"고 한다.

이 절에는 가뭄이 들어도 마르지 않는 독정獨井이라는 샘이 있는데 조맹이 수도 중에 홀로 이 물을 마셨다고 한다. 절 아래 사하촌의 이름도 독정 마을이다. 조맹이 도를 닦던 석굴에는 1975년에 세운 동상이 있다. 산신각에 봉안된 영정을 토대로 제작됐다.

견성암 중수에 조 대비가 거금 시주

견성암은 경기 북부 지역의 35개 전통 사찰 중 유일하게 어느 종파에도 속하지 않는 사찰이다. 견성암은 약사여래를 모신 약사전이 주법당이다. 석가여래를 모신 대웅전은 부속 건물처럼 작다. 조맹이 약사여래불을

조 대비는 풍양 조씨의 원찰인 견성암의
약사전을 지금의 모습으로 개수할 때 거금을
시주했다. 조선 말기에 제작된 이 초상화의
주인공이 조 대비일 것으로 추정하는
학자들이 있다. (개인 소장)

친견했다는 불교계의 전설과 관련이 있는 것으로 보인다. 약사전에 걸린
견성암 현판의 글씨가 빼어난데 붓을 잡은 이의 이름을 알 수 없는 것이
아쉬웠다.

약사여래 왼쪽에는 산신령, 오른쪽에는 지장보살을 모셨다. 가파른
계단을 올라가면 언덕에 산신각이 따로 있지만 몸이 불편한 사람들을
위해 견성암 주지였던 비구니 김지원 스님이 약사전에도 산령을 배석시
켰다고 한다.

견성암으로 오르는 길에는 풍양 조씨 합동 제단 앞에 상해 임시정
부의 내무부장과 재무총장을 역임한 독립운동가 조완구의 공덕비가 서

조맹이 수도하던 석굴 안에 있는 조맹 동상. (사진 남양주시청)

있다. 조선 후기 우의정을 지냈고 명필로 이름을 날린 조상우의 신도비와 묘소도 있다. 실학의 선구자로 일컬어지는 조익, 18세기 대표적인 문장가로 칭송받은 조귀명, 영조대 탕평의 이론가로 평가받는 조현명 등도 풍양 조씨를 빛낸 인물들이다.

일주문을 지나면 철쭉과 홍매화가 길 양쪽으로 늘어서 손님을 맞는다. 4, 5월이면 겹벚꽃 다섯 그루가 만개해 장관을 이룬다. 견성암은 꽃 피는 봄철에 가봐야 진면목을 볼 수 있다. 할미꽃 작약 꽃잔디 금낭화 수선화 목단 불두화…… 아담한 대웅전 앞에는 겹철쭉이 흐드러지게 피어 있다. 절 마당은 활짝 벌어진 겹홍매화로 환하다. 김지원 스님이

남양주에 있는 전통 사찰 중에 견성암은 유일하게 어느 종파에도 속하지 않은 풍양 조씨의 원찰이다. (사진 남양주시청)

40년 가까이 호미를 들고 꽃밭을 지성으로 가꾸었다. 올 3월 작고한 김지원 스님은 《솔바람 향기》 등 시집을 다섯 권 펴냈다. 시집에는 간간이 스님의 꽃 삽화가 들어 있는데 솜씨가 범상치 않다. 절에서 만난 사람들은 "김지원 스님이 안 계셔 꽃박람회 같은 절의 모습이 유지될지 모르겠다"며 걱정했다.

대웅전 앞 작은 연못에서는 무당개구리들의 짝짓기가 한창이었다. 주차장으로 내려오는 길에서 작고 새까만 살모사를 만났다. 자연의 신비가 살아 숨쉬는 도량이다.澤

19

독립운동의 큰 별
신흥무관학교 설립자 이석영

학교는 산속에 있었는데 열여덟 개의 교실이 산허리를 따라서 줄지어 있었다. 열여덟부터 서른 살까지 100명 가까운 학생들이 새벽 4시에 기상해 총기 훈련을 받고 군사 전술을 공부하며 저녁 9시에 취침했다. 게릴라 전술과 한국의 지형을 깊이 공부했고 산을 재빨리 올라갈 수 있는 능력이 중요시되었다. 훈련은 힘들었지만 즐거웠고 봄이면 산이 대단히 아름다웠다…… 희망으로 가슴이 부풀어 올랐으며 기대로 눈이 빛났다. 자유를 위해서라면 무슨 일인들 못 할쏘냐.

님 웨일스가 쓴 《아리랑》의 주인공 김산(본명 장지락)은 신흥무관학교 시절을 이렇게 가슴 벅찬 서사시로 회상했다.

'무장독립군의 산실' 신흥무관학교는 1911년 조선과 국경을 접한 만주 땅 서간도 추가가鄒家街에서 중국인의 허름한 옥수수 창고를 빌려 개교식을 가졌다. 고종 때 이조판서를 지낸 이유승의 아들 6형제 중 둘째인 이석영李石榮이 교주校主였고 셋째 이철영이 교장이었다. 이석영은 학교 살림만 꾸린 것이 아니라 대소가大小家의 식량까지 챙겼다. 우당 이회영의 부인 이은숙의 《서간도시종기西間島始終記》에 따르면 자신의 집에 신

전 재산을 쏟아부어 서간도에
신흥무관학교를 세운 이석영의 초상.
(사진 우당기념관)

홍학교 학생 6명이 함께 기거했는데, 양식이 떨어지면 둘째 시숙(석영)이
강냉이 두 자루를 보내 주었다고 한다.

전 재산 출연해 독립운동 기지 건설

독립 전쟁 사상 최대의 전과인 청산리 전투의 승리는 신흥무관학교가 없
었으면 불가능했을 것이다. 1920년 10월 엿새 동안 벌어진 청산리 전투에
서 독립군은 일본군 1200명을 사살하는 승전고를 울렸다. 김좌진의 북로
군정서에는 사관 양성소가 있었는데, 신흥무관학교는 김좌진의 요청으
로 교관들을 파견해 청산리 대첩의 주역들을 훈련시켰다. 서간도 지역의
무장 독립군 서로군정서, 만주 지역의 대한통의부·정의부·신민부·국민
부 같은 무장 독립운동 단체에도 신흥무관학교 출신들이 참여했다. 의열

단 투쟁으로 거듭 일제를 경악하게 한 김원봉을 비롯해 상하이 임시정부 산하 광복군 지대장들의 다수가 신흥무관학교 졸업생들이다.

이유승의 다섯째 아들인 우당 이회영은 1910년 일제가 한반도를 강점하자 신민회 조사단의 일원으로 서간도 독립운동 기지 건설을 위해 남만주 일대를 시찰하고 돌아왔다. 이회영은 귀국한 얼마 후 형제들과 모임을 가졌다. 6형제는 명문거족의 후예로서 일제의 노예로 사느니 만주로 건너가서 독립운동 기지를 건설하자는 합의를 보았다.

이들 6형제가 1910년 나라가 망하자 독립운동을 위해 가족과 노비 40여 명을 데리고 만주로 떠난 것은 전무후무한 것이었다. 수많은 권문세가들이 일제로부터 작위와 은사금을 받고 망국을 현실로 받아들이며 친일파가 되어 갈 때였다.

어떤 일이든 뜻이 아무리 고귀해도 재정이 뒷받침되지 않으면 이뤄지기 어렵다. 이회영 형제는 가산을 정리해 40만 원을 마련했다. 일제가 눈치채지 못하게 하면서 급하게 처리하느라 시세보다 헐한 값에 팔아야 했다. 1910년에 설립된 민족계 3대 은행(천일, 한성, 한일)의 납입 자본금이 32만 5000원이었으니 40만 원은 은행 3개를 건립하고도 남을 거금이었다. 당시 쌀 한 섬이 3원 정도였는데 2000년대 쌀값으로 쳐도 600억 원은 족히 된다. 신민회에서 갹출하기로 한 자금이 105인 사건으로 막힘에 따라 무장 독립운동 기지 건설에 이석영의 재산 매각 대금이 절대적인 비중을 차지했다.

청산리·봉오동 전투 주역 길러

석영은 동생 우당 이회영을 신뢰했다. 우당이 아들과 조카 5명을 삭발시

종로구 필운동 배화여고 뒤뜰 큰 바위에 남아 있는 이유원의 암각문. 9대조 이항복의 집터 필운대弼雲臺를 방문한 소회를 시로 썼다. (사진 서울역사박물관)

켜 신식학교에 입학시키자, 석영은 처음엔 나무랐으나 나중에 우당의 말을 듣고 친구들에게도 자녀를 신식학교에 입교시키라고 권했다(《서간도시종기》).

이석영은 고종 때 영의정을 지낸 귤산橘山 이유원李裕元(1814~1888)의 양자로 들어가 거부巨富를 상속받았다. 귤산은 별장이 있는 가오실(남양주시 화도읍)에서 서울까지 왕래하는 80리 길이 모두 자기 밭두렁이라 다른 사람 땅을 밟지 않고 다녔다(황현, 《매천야록梅泉野錄》). 이유원은 별시 문과에 합격한 친아들이 병으로 사망해 그 아들의 양자를 들였으나 과부 며느리와 추문이 생겨 파양罷養했다. 그 뒤 이유승의 아들 이석영을 새 양자로 입적했다(윤효정, 《풍운한말비사》). 이유승과 이유원은 모두 선조 때 영의정을 지낸 이항복의 후손으로 한 집안의 12촌간이었다. 이석영은 1885년 서른 살에 국가적 경사가 있을 때 실시하는 증광시 문과에 합격했다. 급제한 후 수찬修撰, 승지承旨, 비서원승秘書院丞 같은 직책을 거쳐 종2품까지 올랐다. 《매천야록》에는 이유원이 석영의 자질을 보고 욕심이 나 양자로 빼앗아갔다고 기록되어 있다. 이유원은 막대한 재산이 양자 석영을 통해 신흥무관학교의 설립과 운영에 쓰임으로써 독립운동사에 이름을 남기게 됐다.

수동면 송천리에는 귤산의 수장壽藏 묘가 있다. (수장은 살아 있을 때 미리 만들어 놓은 무덤을 말한다.) 서예박물관 같은 분위기가 난다. 묘표는 귤산이 직접 쓴 예서隸書체 글씨다. 왕족과 관료들이 많이 살았던 북촌에서는 귤산의 예서를 당대 최고로 평가했다. 묘비의 후기는 이석영이 썼다. 그의 무덤 위에 있는 조부 이석규의 묘비도 귤산의 글씨다. 이유원의 수장비는 김흥근·김병학·김좌근 등 안동 김씨와 남병철·조두순 등 당대의 권문세가 8명의 글씨를 담고 있어 철종·고종 연간에 부와 권력의 관계를 보여 준다.

추사 김정희는 "사람들이 후한後漢의 예법隸法을 익숙히 보았으나 서경체西京體를 터득한 사람은 매우 드물다"며 귤산의 예서를 높이 평가했다. 귤산은 문집 《임하필기林下筆記》에 "추사평예秋史評隸(추사가 예서를 평하다)"라는 제목을 달아 이를 소개했다. 그러나 귤산은 《임하필기》에서 한국 서예의 정통을 기술하면서 김생, 양사언, 한석봉, 윤순, 이광사를 거론하고 "윤동철은 동방에서 예서를 쓴 최초의 인물이며 그 이후에는 맥을 이을 자가 없다"고 했다. 예서를 잘 썼던 추사를 빠뜨린 이유가 궁금

이유원이 예서체로 직접 쓴 자신의 묘표. (사진 아주경제 DB)

하다. 귤산은 〈씨름도〉 같은 그림도 남겼다.

　　서울대학교 규장각에 보존돼 있는 《귤산문고橘山文稿 9》에는 수장 공사비 내역이 깨알같이 적혀 있다. 각자공刻字工 공임으로 19냥 6전 5푼이 들었다. 총 공사비는 6152냥 6전 3푼이었다. 당시의 화폐 단위는 1냥兩＝

천마산 자락의 보광사는 이유원의 원찰이었다. 이 절에 있는 200년 수령의 반송은
이유원이 절을 중건할 무렵에 심은 것으로 추정된다. (사진 아주경제 DB)

10전錢＝100푼分이었다. 선조로부터 물려받은 재산도 많지만 이유원은
이렇게 꼼꼼하게 관리를 해서 거부를 수성守成한 것이다.

 귤산은 안동 김씨 세도가 한창이던 철종 때는 요직을 맡았으나 대원
군이 집권하면서 수원유수로 밀려났다. 그러다 대원군이 실각하고 고종
이 집권하면서 불사조처럼 살아나 영의정에 올랐다. 1875년 세자(순종) 책
봉 주청사로 청나라에 갔다 온 뒤 인천의 개항을 주장했고 1882년 전권
대신으로 제물포 조약에 조인해 조선의 문호를 열어놓았다.

 천마산 기슭의 보광사는 1000여 년의 역사를 지닌 고찰이지만 숱한
전란 속에서 온전하게 유지되지 못했다. 1851년(철종 2) 귤산이 절을 중건
하고 고승 화담경화를 모셔와 자신의 원찰로 삼았다. 절에는 수령 200년

화도읍 가오실 마을 앞에 서 있는 바위에 이유원이 쓴 '가오복지'라는 암각문이 있다.
(사진 아주경제 DB)

으로 추정되는 높이 5미터의 반송이 있다. 귤산이 절을 중건할 무렵에 심은 것으로 보인다. 화도읍 가곡리 입구의 '가오복지嘉梧福地,' 보광사 계곡의 '귤산橘山'이라는 암각문巖刻文도 그의 작품이다.

　석영은 신흥무관학교에 전 재산을 다 쏟아 붓고 일제가 만주를 점령하자 톈진, 베이징, 상하이 등을 떠돌며 끼니를 걱정하는 신세가 됐다. 석영은 말년에 병이 들어 막냇동생 호영을 따라 국내로 들어왔다가 다시 중국으로 나가 두부 비지로 연명했다. 1934년 79세를 일기로 세상을 떴다.

　석영은 두 아들을 두었으나 손이 끊겼다. 큰아들 규준은 밀정들을 처단하는 다물단 단장으로 활동하다가 1927년 일제의 사주를 받은 일당의 함정에 걸려 스좌장石家庄에서 행방불명됐다. 차남 규서는 나이가 어려 물정 모르고 행적이 불투명한 사람들과 어울렸던 것 같다. 숙부 우당이 집에 와서 아버지 석영에게 다롄大連으로 간다고 말하는 것을 듣고 누설한 것이 일제 밀정에게 전달됐다. 우당의 손자인 이종찬 전 국정원장은 "그 바람에 우당이 일경에 체포돼 순국했다. 후에 우당의 동지들이 이들을 몽땅 처단하였다. 그 과정에서 규서와 연배가 비슷한 숙부 규창이 원망을 듣게 되었다"고 말했다. 1930년대 상하이에서 죽고 죽이는 혁명 상황의 일단면이었다.

2020년은 독립 전쟁 100주년을 맞는 해다. 봉오동 전투와 청산리 전투가 가장 대표적인 독립 전쟁이다. 그 전투에 가담한 간부는 대부분 신흥무관학교 출신이어서 국군의 모태를 신흥무관학교에서 찾아야 한다는 견해가 나온다. 북한은 조선인민군 창건일을 김일성이 안도현安圖縣에서 항일 무장 군사 조직을 만든 1932년 4월 25일로 잡고 있다.

우리도 남북의 정통성 경쟁을 고려한다면 독립 전쟁에 의미를 부여하는 일이 필요하다. 놀랍게도 우리 국군은 창설 이후 초대 육군참모총장부터 19대까지 일제의 관동군 출신이 맡았다. 국군의 명예를 위해서도 신흥무관학교의 역사에서 뿌리를 찾을 필요가 있다.

남양주시는 홍유릉 앞을 흉물스럽게 가렸던 낡은 예식장을 매입해 이 고장이 배출한 자랑스러운 독립운동가 이석영을 기념하는 광장을 만든다. 예식장 자리에 이석영광장을 조성하고 지하에는 역사체험관을 만들어 2020년 8월에 개관한다. 일제에 국권을 빼앗긴 고종·순종의 황제릉에서 비애와 연민을 느꼈을 관람객들이 이석영광장을 찾아 잊혀진 역사를 배우고 민족 정기를 바로 세울 수 있기를 기대한다.澤

623년 만에 누명 벗은
고려 장군 변안열

고려의 국운이 기울던 1389년(공양왕 원년) 10월, 이성계는 생일을 자축하는 연회를 마련했다. 이 자리엔 이방원이 배석했고, 정몽주와 변안열邊安烈(1334~1390)을 초대했다. 아버지 이성계와 함께 역성易姓혁명을 꿈꾸던 이방원은 〈하여가何如歌〉로 두 사람의 마음을 떠보았다.

　　이런들 어떠하리 저런들 어떠하리

　　만수산 드렁칡이 얽혀진들 어떠하리

　　우리도 이같이 얽혀 백년까지 누리리라.

　　그러자 정몽주가 〈단심가丹心歌〉로 응수했다.

　　이 몸이 죽고 죽어 일백 번 고쳐 죽어

　　백골이 진토塵土되어 넋이라도 있고 없고

　　님 향한 일편단심이야 가실 줄이 있으랴.

이어 변안열이 〈불굴가不屈歌〉로 강도를 높였다.

내 가슴 구멍 뚫고 새끼줄로 길게 꿰어

앞뒤로 끌고 당겨 갈리고 찢길망정 너희들 하는 대로 내 사양치 않으리라

내 임금 빼앗는데 나는 굽힐 수 없다.

대은大隱 변안열. 그는 중국 원나라 선양瀋陽 출신이다. 1351년 원의
무과에 장원급제한 뒤 선양에 가 있던 공민왕과 노국공주를 시종侍從하
여 고려로 들어왔다. 고려에 온 후 원주 원씨와 혼인하고 원주를 관향貫
鄕으로 받아 원주 변씨邊氏의 시조가 되었다.

변안열은 용맹한 무장으로 이름을 날렸다. 1362년 홍건적이 개경까
지 쳐들어오자 안우와 함께 홍건적을 격퇴하고 개경을 수복해 1등 공훈
을 세웠다. 1374년엔 최영과 함께 탐라(제주)의 왜구를 정벌하고 1376년
엔 부령에서 왜구를 크게 격파하는 등 수차례 공을 세웠다. 1380년엔 이
성계와 함께 출정하여 황산에서 왜구를 물리치는 대첩을 거두었다. 계
속되는 승전에 힘입어 변안열은 원천부원군原川府院君에 봉해지고 지위가
판삼사사判三司事, 영삼사사領三司社에 이르렀다.

고려 말 1등 공신, 역모 반대했다 처형당하다

변안열은 1388년 이성계와 요동정벌에 나섰다가 위화도에서 회군했다.
회군 이후, 이성계의 군사적·정치적 힘이 급성장하자 변안열은 이를 견
제하기 시작했다. 고려를 지켜야겠다는 생각에서였다. 당시 변안열의 사
병私兵이 2만 명에 달했다고 한다. 변안열의 2만 사병은 이성계를 견제할
수 있는 현실적인 수단이었고 이성계로서는 제거해야 할 대상이었다.

1389년 결국 일이 터졌다. 이성계 생일 연회에서 이방원은 변안열의

남양주 진건읍에 위치한 변안열 부부묘와 묘역 전경. (사진 이광표)

속내를 짚어 보려고 했다. 그런데 변안열은 〈불굴가〉를 통해 역성혁명 반대의 뜻을 명확하게 드러냈다. 변안열은 곧바로 우왕의 복위를 모의한 김저의 옥사에 연루되어 관직을 삭탈 당했고 한양에 유배된 뒤 이듬해인 1390년 처형되었다.

변안열은 고려 말 이성계와 쌍벽을 이뤘던 명장이다. 그러나 이성계의 역성혁명에 반대하다 끝내 화를 당해 순절했다. 그것은 절개를 지킨 죽음이었다. 그리고 2년 뒤. 포은 정몽주, 목은 이색, 야은 길재 등 고려 3은三隱이 모두 변안열을 기렸다. 정몽주의 제문祭文 가운데 이런 문구가 있다. "늠름하기가 추상秋霜 같음은 공의 충렬忠烈이요, 열렬하기가 백일白日 같음은 공의 의절義節이었습니다. 이 밤을 소리 내어 크게 울건대 어느 날이든 감히 잊겠습니까." 이색은 제문에서 이렇게 읊었다. "강산과 더불어 사라지지 않고 없어지지 않는 것은 공의 충렬이 아니면 무엇이 있겠습니까." 그리고 길재의 마음 또한 마찬가지였다. "모든 관료들이

16세기에 제작한 변안열 묘표비. 앞면에는 달에서 방아를 찧는 토끼,
뒷면에는 세 발 달린 까마귀(삼족오)를 새겨놓았다. (사진 이광표)

산처럼 우러러 보았으나 하루아침에 와열瓦裂되었으니, 슬프고 애통함을 따를 데가 없습니다."

하지만 변안열은 《고려사》에 간신으로 기록되었다. 절개를 지키다 살해당했던 정몽주가 충신으로 추앙받은 것과는 상황이 너무 다르다. 《고려사》는 조선 초에 편찬되었다. 승자의 시각으로 구성하다 보니 이성계와 맞섰던 변안열을 의도적으로 왜곡한 것이다. 이로 인해 변안열의 충정은 역사의 저편으로 잊혀갔고 간신의 오명을 뒤집어써야 했다.

기개·비장미 넘치는 시조 〈불굴가〉

변안열은 남양주 진건읍에 묻혀 있다. 순절 후 경기도 양주 주엽산에 묻혔으나 광릉과 가깝다고 해서 1468년 현재의 위치로 이장되었다. 바로 변안열 묘역(경기도 문화재자료 116호)이다. 변안열 묘는 부인 묘와 쌍분으로 되어 있고, 주변 곳곳에 후손들의 무덤도 함께 조성되어 있다.

묘역은 널찍하고 탁 트여 있다. 대은 시조 묘표비, 신도비, 공적비 등 다양한 기념물을 만날 수 있다. 여기서 특히 인상적인 것은 〈불굴가〉의 내용과 의미를 설명한 석비와 〈불굴가〉를 발굴하고 선양한 황일영을 추모하는 '패강 황일영 선생 학술비'다.

〈불굴가〉를 읽어 보면 충절과 기개, 비장함이 넘친다. 그런데 이 〈불굴가〉가 세상에 알려진 것은 그리 오래되지 않았다. 고전문학자 황일영이 1968년 원주 변씨 집안에 전해 오는 세보世譜 속에서 변안열의 행적과 한문으로 기록된 〈불굴가〉를 발견함으로써 세상에 모습을 드러냈다. 원문은 "穴吾之胸洞如斗 貫以藁索長又長 前牽後引磨且戛 任汝之爲吾不辭 有慾奪吾主 此事吾不屈(혈오지흉통여두 관이고삭장우장 전견후인마차알 임여지위오불사

유욕탈오주 차사오불굴"로 되어 있다. 황일영은 시가집 《청구영언靑丘永言》에
도 우리말로 풀어 쓴 〈불굴가〉가 수록되어 있음을 추가로 확인했다.

〈불굴가〉의 작자를 두고 이론을 제기하는 이도 있다. 하지만 당시의
길재, 이방번 등의 제문에 '불굴지가不屈之歌,' '불굴유가不屈遺歌' 등의 표현
으로 〈불굴가〉를 직접 거론했다는 점으로 미루어 변안열의 작품이라는
견해가 지배적이다. 다만 1389년 이성계 연회에 변안열이 참석했는지를
두고 의문을 표하는 경우는 있다. 그럼에도 〈불굴가〉의 존재 의미와 변
안열의 충절에는 변함이 없다.

후손 노력 끝에 호국 인물 선정

〈불굴가〉의 발견은 변안열에 대한 기존의 왜곡된 시각을 교정하는 데
큰 역할을 했다. 누군가는 〈불굴가〉를 두고 "500년 동안 역사의 음지에
가려 있던 절절한 노래"라고 평한다. 변안열의 〈불굴가〉는 정몽주의 〈단
심가〉와 함께 고려 말 충정을 상징하는 절창의 하나다. 황일영은 "〈단심
가〉와 〈불굴가〉는 문무 충절가의 쌍벽"으로 규정하고 "〈단심가〉에는 문
반文班의 곡진하고도 매운 뜻이 깃들어 있고 〈불굴가〉에는 무반武班의 씩
씩하고 흔들림 없는 송죽 같은 절개가 깃들어 있다"고 평한다. 〈단심가〉
가 간절하고 지극하다면 〈불굴가〉는 더 강단이 있고 극적이라는 말이다.
〈불굴가〉에는 비장미와 숭고미가 잘 담겨 있어 읽는 이에게 진한 감동을
준다. 그런데도 〈단심가〉가 널리 인구에 회자되어온 것과 달리 〈불굴가〉
는 아직도 대중에게 낯선 편이다. 세상에 알려진 역사가 짧기 때문이다.

그동안 후손들이 남양주의 변안열 묘역을 가꾸고 그의 정신을 기
렸는데 대중에게 알려지기 시작한 것은 역시 〈불굴가〉 덕분이다. 이에

변안열 묘역에는 후손들이 〈불굴가〉를 새긴 석비를 세워놓았다. (사진 이광표)

힘입어 다양한 연구와 숭앙 작업이 진행되고 있다. 2000년엔 국립민속박물관에서 '오백 년의 침묵 그리고 환생: 원주 변씨 출토유물 기증전'이 열렸다. 변안열과 관련된 유물이 아니라 후손들의 유물이었지만 이를 통해 원주 변씨 시조인 변안열의 존재를 상기시키는 계기가 되었다. 2013년 4월 국방부 전쟁기념사업회는 변안열을 호국 인물로 선정했다. 이것은 억울하게 간신의 누명을 썼던 변안열에 대한 일종의 신원伸寃이었다. 무려 623년 만의 일이다. 이어 이듬해 5월엔 '이달의 호국 인물' 로 선정되었고 서울 전쟁기념관에서 변안열을 추모하는 현양 행사가 거행되었다.

시조문학계에서는 〈불굴가〉를 우리나라 사설 시조의 효시로 평가한다. 그래서 한국시조협회는 2014년부터 대은시조문학상을 제정해 운영하고 있으며 동시에 매년 변안열 묘역에서 대은문학제를 개최하고 있다.

원나라에서 고려로 건너와 원주 변씨를 창시하고, 홍건적과 왜구 등을 물리치는 데 일생을 바친 호국 무인 변안열. 그는 진정한 고려 충절이 아닐 수 없다. 그래서 포은 정몽주, 목은 이색, 야은 길재에 대한 변안열을 더해 "고려 4은四隱"이라고 부르는 이도 있다.[約]

3부

다산 정약용의 삶과 흔적

다산 정약용 생가 여유당
'조심하는 집'

1800년 6월, 정조(1776~1800 재위)가 승하했다. 이는 다산 정약용에게 청천벽력이었다. 슬픔이고 분노이고 또 두려움이었다. 19세기가 시작하던 첫해, 무수히 많은 개혁 프로그램을 남겨둔 채 개혁 군주가 세상을 떠난 것이다.

순조가 어린 나이에 즉위하자 대비 김씨의 수렴청정이 시작되었다. 대비 김씨는 영조의 계비인 정순왕후였다. 권력은 당연히 대비 김씨의 외척을 중심으로 한 노론 벽파老論僻派에게 넘어갔다. 정치는 격랑 속으로 빠져들 것이고 개혁은 후퇴할 것이 분명했다. 노론 벽파와 경주 김씨 정순왕후 세력은 정약용을 제거하려 할 것이다. 천주교와의 연루를 내세워 자신을 죽이려 할 것이라는 사실을 정약용은 이미 오래전부터 너무나 잘 알고 있었다. 언젠가는 이런 순간이 올 것이라고 생각했다.

정치 외풍 막아 주던 군주 잃어

정약용의 나이 서른여덟. 정조가 승하하고 그해 겨울 정약용은 남양주 조안면 능내리로 낙향했다. 능내리의 당시 이름은 마현馬峴(마재마을)이었다. 낙향을 두고 고민을 하고 말고 할 일도 아니었고, 머뭇거리고 말고 할 일도 아니었다. 한양에서 정치에 발을 들여놓고 있는 한 자신에게 죽음의 그림자가 드리울 것이 뻔한 상황이었기 때문이다. 다시는 한양 땅을 찾지 않으리라, 죽을 때까지 고향땅을 지키겠노라 다짐을 하고 또 했다.

그 무렵 정약용은 자신의 남양주 생가에 당호堂號를 붙였다. 당호는 건물의 이름을 가리킨다. 옛 사람들은 자신의 집이나 거주 공간에 멋지고 의미 있는 이름을 붙였다. 정약용이 지은 당호는 여유당與猶堂이다. 〈여유당기與猶堂記〉에 그 내력을 써놓았다.

나의 병은 내가 잘 안다. 나는 용감하지만 무모하고 선善을 좋아하지만 잘 가려서 하질 못하며 마음이 끌리는 대로 곧장 나아가 의심할 줄도 두려워할 줄도 모른다. 그만둘 수 있는 일이지만 마음에 기쁨을 느끼면 그만두질 않는다. 하고 싶지 않은 일이라도 그만두기가 꺼림칙하고 산뜻하지 않으면 그만두질 못한다.

그래서 어려서는 이단으로 치달리면서도 의심하질 않았고 장성해서는 과거 공부에 빠져 돌아보질 않았으며 서른이 지나서는 지난 일을 깊이 후회하면서도 두려워하지 않았다. 그런 까닭에 선을 몹시 좋아했지만 비방을 유독 많이 받았다. 아아 이 또한 운명인가? 성품 탓이나 내가 어찌 감히 운명을 말하겠는가?

《노자》에는 "머뭇머뭇하노라與, 겨울 시내 건너듯. 조심조심하노라猶, 사방을 두려워하듯"이라는 말이 있다. 아아, 이 구절은 내 병을 치료하는 약이 아니겠는가? 대개 겨울 시내를 건너려는 자는 추위가 뼈를 에듯 하므로 그야말로 부득이하지 않으면 건너지 않는다. 사방을 두려워하는 자는 엿보는 시선을 염려할 것이기 때문에 그야말로 부득이한 일일지라도 하

↑ 여유당 전경.
(사진 남양주시립박물관)

→ 다산이 지은 당호
'여유당'의 편액.
(사진 아주경제 DB)

지 않는다.

　여기서 '여與'는 머뭇거린다는 뜻이고 '유猶'는 조심조심한다는 뜻이다. 원래 여는 머뭇거림이 많은 동물의 이름이고, 유는 두려움이 많은 동물의 이름이라고 한다. 여유당은 그래서 머뭇거리고 조심하는 집이라는 뜻이 된다. 18세기 말~19세기 초, 조선의 정치 상황을 상징적으로 보여주는 말이다. 〈여유당기〉에는 이런 대목도 있다.

다른 사람에게 편지를 보내 경전에 나타난 예禮의 차이를 논해 볼까 하다가도 생각해 보니 하지 않아도 무방한 일이다. 하지 않아도 무방한 일은 부득이한 일이 아니다. 부득이한 일이 아니므로 그만둔다. 조정 관리의 시비를 논하는 상소문을 써서 올려 볼까 하다가도 가만히 생각해 보니 이는 남모르게 해야 하는 일이다. 남모르게 하려는 일은 마음에 큰 두려움을 느끼는 일이다. 마음에 큰 두려움을 느끼는 일은 그만둔다. ……내가 이런 이치를 터득한 지 6, 7년이 되었다. 그 생각을 써서 거처하는 집에 현판으로 올리려다 잠시 생각해 보고는 그만두었다. 이제 소내(마재마을)로 돌아와 비로소 문 위에 여유당이라 써 붙이고 이름 지은 뜻을 기록하여 아이들에게 보여 준다.

정약용은 논쟁 하나, 상소 하나에도 신중하고자 했다. 당쟁의 와중에서 정약용은 남인南人, 특히 시파時派였기에 조심해야만 했다. 반대파의 위협을 늘 염두에 두어야 했다. 정조가 살아 있는 동안은 그래도 정조가 막아 주었지만, 이제 그 방패가 사라졌다. 그래서 더욱 여유與猶로 살고자 했다. 겸손함과 동시에 생존의 지혜가 여유당이라는 당호에 집약되어 있다.

정조 승하 이듬해 귀양

정약용은 결혼하고 서울로 떠나던 15세 때까지 남양주 여유당에서 살았다. 여유당은 깨끗하고 단정한 데다 주변 풍광 또한 빼어나다. 지금은 이 마재마을의 정약용 생가 일대를 '다산 문화의 거리'라고 부른다. 거리 초입에는 정약용의 수많은 저술을 상징하는 조형물을 세워 놓았다. 그 옆

에 정약용 박물관 역할을 하는 다산문화관이 있고 정약용이 만든 거중
기를 복원해 놓았다.

다산 생가 사랑채에 여유당 편액이 걸려 있다. 사랑채를 돌아 들어
가면 안채가 나온다. 여유당 건물은 정약용의 삶만큼이나 담백하다. 화
려하거나 사치스럽지 않다. 다산이라는 사람이 저랬구나 하는 생각이
절로 든다. 여유당은 다산을 닮았고 다산은 여유당을 닮았다.

여유당은 한강변에 있다. 정약용은 이곳의 한강과 함께 성장했다.
그래서인지 자신의 이름을 열수洌水라 부르기도 했다. 열수는 한강의 다
른 이름이다. 정약용이 한강을, 한강물의 흐름을 얼마나 중시했는지 알
수 있는 대목이다.

정약용의 예상대로 이듬해 1801년 시련이 닥쳐왔다. 그리곤 경상도

여유당 바로 뒤 언덕에 있는 다산 부부의 합장묘. (사진 유대길)

포항 장기를 거쳐 전남 강진으로 유배를 가야 했다. 18년 유배 생활을 마치고 1818년 고향 남양주로 돌아온 정약용은 여유당에서 18년을 더 살았다.

정약용은 1822년 회갑을 맞아 자신의 묘지명을 미리 써두었다. 〈자찬묘지명自撰墓誌銘〉이다. 뿐만 아니라 가족과 주변 사람들의 묘지명을 많이 지었다. 이는 삶과 죽음에 대한 성찰이 있었기에 가능한 일이다. 정약용은 6남 3녀의 자식 가운데 4남 2녀를 어린 나이에 떠나보냈다. 정조를 보내드리고 형 정약종, 매형 이승훈李承薰, 외사촌 윤지충尹持忠, 조카사위 황사영黃嗣永 등이 참형을 당했다. 형 정약전마저 유배지 흑산도에서 끝내 생을 마쳤다. 그렇기에 정약용은 삶 속에서 늘 죽음을 생각하지 않을 수 없었다. 그의 자찬묘지명은 "이것은 열수洌水 약용의 무덤이다. 자는 미용美庸, 호는 사암俟菴이다…… 약용은 어려서 매우 영리했고 자라서는 학문을 좋아했다"로 시작한다. 중간에 이런 대목도 있다.

약용의 사람됨은 착한 일을 즐거하고 옛것을 좋아하며 과감히 실천하고 행동했다. 마침내 이 때문에 화를 당하였으니 운명이다…… 평생에 죄가 하도 많아 마음속에 원망과 후회가 가득 쌓였다…… 마침내 긴요치 않은 일을 씻어 버린 뒤 밤낮으로 자기성찰에 힘써 하늘이 내려 주신 본성을 회복해 지금부터 죽을 때까지 어그러짐이 없길 바란다.

직접 쓴 묘지명

정약용의 〈자찬묘지명〉에는 삶에 대한 자부심, 정조에 대한 그리움이 짙게 묻어난다. 천주교로 박해를 받은 것의 부당함과 그 억울함도 드러냈다. 그러나 정약용은 자신의 이런 호소가 당대에 받아들여질 것이라고는 생각하지 않았다. 대신 자신의 글과 생각이 살아남아 역사를 증언하리라고 믿었다. 지금 나의 억울함을 해결하려는 집착이라기보다는 지금의 현실을 받아들이되 앞날을 기약하는 현명함과 대범함이라고 할까.

1836년 2월, 정약용은 결혼한 지 60년을 맞았다. 회혼일回婚日을 사흘 앞두고 결혼 생활을 돌아보며 시를 썼다.

결혼 생활 60년 잠깐 흘러가고
복숭아나무 무성한 봄빛은 신혼 때와 같구나
생이별이나 사별 모두 사람을 쉬 늙게 하지만
슬픔은 짧고 기쁨은 오래가니 임금의 은혜에 감사하노라.

사흘 뒤 정약용은 회혼례를 열었다. 그런데 그날 숨을 거두었다. 그의 나이 74세였다. 14세 때 한 살 연상의 풍산 홍씨를 아내로 맞았던 정약용. 친지와 제자들이 모인 가운데 회혼일에 세상을 떠나다니, 운명 같다는 생각이 든다. 정약용이 세상을 떠나고 2년 뒤, 부인 홍씨도 여유당에서 생을 마쳤다. 그리곤 집 뒤편 언덕에서 남편 정약용과 합장되었다.

여유당 건물 바로 뒤로 언덕 오르막길이 있다. 계단을 올라가면 정약용 부부의 무덤이 나온다. 오르는 길목에 자찬묘지명을 소개한 안내판이 있다. 무덤 앞에 서면 여유당이 내려다보인다. 여유당 건물은 뒤태도 반듯하다. 저 멀리 한강이 눈에 들어온다. 한강의 흐름은 예나 지금이나 마찬가지로 장엄하고 도도하다. 거기 정약용의 삶과 철학이 함께 흐르는 것 같다.[*]

22

정약용과 형제들,
천주학을 만나다

"그렇다면 영혼은 불멸하다는 말이군요."

"그렇지. 천주님은 사람에게 생혼과 각혼을 영혼과 함께 주셨고 거기에
다가 영혼 불멸의 축복까지 주셨네."

"영혼이 불멸하다면 오늘 저녁 형수님께서는 제상을 받으셨군요."

"그래서 나도 누님을 뵈오러 이렇게 오지 않았는가."

소설가 황인경이 《소설 목민심서》에서 정약용과 천주교의 첫 만남을 묘
사한 대목이다. 1784년 4월 어느 날, 남양주 마재마을 가까운 한강 두미
협斗尾峽(지금의 팔당댐 근처). 이곳을 지나던 배에서 정약전·정약용 형제가
사돈 이벽으로부터 천주교에 관한 이야기를 듣고 있었다.

　서학西學, 즉 천주교와의 만남은 정약용의 삶에 있어 가장 운명적인
순간 가운데 하나다. 그 후 정약전·정약종·정약용 형제는 한양의 명례
방(지금의 서울 명동)으로 자리를 옮겨 이벽, 이승훈, 권일신權日身 등과 천주
교에 대해 지속적으로 토론했다. 이듬해인 1785년 이들은 역관譯官 김범
우金範禹의 집에서 이벽으로부터 천주교 교설을 듣다가 발각되었다.

　이른바 '추조적발사건秋曹摘發事件.' 추조秋曹, 즉 형조刑曹에서 천주교

1784년 명례방에서 있었던 천주교 모임. 이 자리에는 정약전·정약종·정약용 형제가 모두 참석했다. 푸른 두루마기를 입은 사람이 이벽. (그림 김태/명동성당 소장)

도들의 비밀 신앙 집회를 적발한 사건이다. 1784년 베이징에서 천주교에 입교하고 귀국한 이승훈이 이벽, 권일신 등 10여 명과 김범우의 집에서 정기적으로 집회를 가져오다 1785년 봄 도박을 단속하기 위해 순라 돌던 포졸들에게 적발된 것이다. 이 사건을 통해 조정에서는 천주교의 존재를 처음으로 확인하게 되었다. 정약용에게도, 19세기 조선의 역사에서도 매우 중요한 사건이 아닐 수 없었다.

그런데 정약용은 벼슬길에 오른 뒤 서학과 거리를 두었다. 그가 천주교에 거리를 둔 결정적인 계기는 진산사건珍山事件이었다. 추조적발사건이

전동성당 앞 윤지충 상.
한국에서 아름다운
서양식 건물로 손꼽히는
전동성당은 윤지충이
참형을 당한 자리에
세워졌다. (사진 가톨릭
굿뉴스/주호식)

일어나고 6년이 흐른 1791년, 전라도 진산(지금의 충남 금산)에서 윤지충의
어머니가 세상을 떠났다. 아들인 윤지충은 어머니 상을 천주교식으로 치
렀다. 그러다 보니 어머니 제사를 거부하고 신주를 불살랐다. 당시로서는
상상하기 어려운 일이었다. 이 같은 소식이 알려지자 조정에서는 천주교
를 사학邪學으로 단정했다. 천주교 서적의 수입을 금하고 윤지충을 전주
감영에서 참수형에 처했다. 신해박해辛亥迫害가 발생한 것이다. 한국 천주
교 최초의 순교자인 윤지충은 정약용의 외사촌이다.

천주교와 거리를 두다

정약용은 천주교가 아무리 평등하고 개방적인 사상이라고 해도 제사를
거부한다는 것은 받아들이기 어려웠다. 그 이념이 아무리 옳다고 해도
한 나라 한 민족의 전통을, 그것도 조상을 모시는 제사를 부정한다는 것
을 받아들일 수 없었다. 정약용은 또 천주교로 인해 자신의 집안이 멸문

지화滅門之禍당할 것을 두려워했다. 그렇기에 정약용은 일부러 천주교와 거리를 두었다. 하지만 세상이 그냥 놔둘 리 없었다. 정조와 정약용을 음해하고자 하는 세력들, 서학을 비판적으로 바라보는 공서파攻西派는 천주교를 들이대며 정약용을 집요하게 공격했다. 이런 상황이었기에 정약용은 수시로 자신이 천주교를 배교背敎했음을 보여 주어야 했다. 1797년 정약용은 정조에게 자명소自明疏를 올려 배교 사실을 공개했다.

18세기 말~19세기 초 서학은 대단히 매력적이었지만 그에 못지않게 대단히 부담스러운 철학이자 종교였다. 지배 계층, 양반 계층은 서학을 우리 전통 미풍양속과 성리학적 세계관을 망가뜨리는 악으로 보려 했다. 하지만 정조의 생각은 달랐다. 정조는 '무리하게 다스리지 말고, 정학正學, 즉 성리학이 바로 서면 사학邪學, 즉 서학이 자연스럽게 소멸한다'고 생각했다. 정조의 이러한 생각을 '부정학扶正學'이라 부르기도 한다. 정학을 떠받쳐 사학을 예방한다는 것이다. 정조는 부정학의 신념으로 정약용의 바람막이가 되어 주었다. 그러나 정조의 힘만으로는 역부족이었다. 천주교에 대한 지배 계층의 부정적인 인식이 워낙 강경했기 때문이다. 그런 상황에서 1800년 정조가 승하하고 대반전이 일어났다. 조정은 강경한 척사斥邪로 돌아섰고 정순왕후의 천주교 대박해가 시작되었다.

정약용이 진정으로 천주교를 배교한 것인지, 단언할 수는 없다. 가족과 가문을 지키기 위한 일종의 생존 전략이었을 가능성도 있다. 하여튼, 배교 선언에도 불구하고 서학과 맺었던 인연은 결국 정약용에게 시련으로 돌아왔다. 정약용이 그 상황을 예견하고 절연까지 했지만, 시련을 피해가기에 정약용 형제들과 천주교의 인연은 너무 깊었다.

한국 최초의 천주교 영세자인 이승훈은 정약용의 누이와 결혼했다.

정약종이 쓴 우리나라 최초의 한글 교리서 《주교요지》. 초기 천주교 전파에 중요한 역할을 했다.
1800년경 필사했고 1860년 목판본으로 간행돼 널리 전파됐다.

그는 1784년 중국 베이징에서 세례를 받고 귀국해 서울 명례방에서 한국 천주교회를 세웠다. 그리곤 1801년 신유박해辛酉迫害 때 참형을 당하고 순교했다.

정약용의 맏형은 정약현丁若鉉(1752~1821)이다. 정약현 부인의 동생 이벽은 초창기 한국 천주교 전파에서 가장 중요한 인물이다. 조선 천주교교단 조직을 결성해 천주교가 자생적으로 정착하는 데 크게 기여했다.

정약현은 훗날 백서帛書 사건의 주인공인 황사영을 사위로 들였다. 그러나 정약현은 끝까지 천주교와 거리를 두었다. 정약용 형제의 둘째는 정약전이다. 천주교를 신봉했고 1801년 신유박해 때 흑산도로 유배를 갔으며 그곳에서 《자산어보玆山魚譜》를 저술했다. 셋째는 정약종이다. 정약용 형제 가운데 천주교 전파에서 가장 중요한 역할을 한 인물이다. 세례명이 아우구스티노인 정약종은 1800년경 《주교요지主敎要旨》라는 책을 저술했다. 누구나 쉽게 알 수 있도록 한글로 정리한 천주교 교리서로, 한국 천주교 역사에서 각별한 의미를 지닌다. 이 책은 천주교가 일반 백성들 속으로 파고드는 데 중요한 역할을 했다. 당시 정약종은 천주교의 교리를 거의 완벽하게 이해하고 있었기에 이러한 책을 쓸 수 있었다. 또한 평신도 모임을 이끌어 천주교의 대중화와 일상화에 크게 기여했다고 평가받는다.

정약종의 부인 유조이, 아들 정하상丁夏祥과 정철상丁哲祥, 딸 정정혜丁情惠는 모두 신유박해와 기해박해己亥迫害(1839) 때 순교함으로써 정약종의 가족은 모두 순교자가 되었다. 유례가 없는 일이다. 이 가운데 정하상은 1984년 성인의 반열에 올랐다.

황사영 백서 사건의 주인공 황사영은 정약용의 맏형인 정약현의 사위였다. 황사영은 16세에 진사進士 시험에 합격했다. 그런데 정약용 집안의 천주교 분위기에 젖어들게 되었고, 처삼촌인 정약종의 절대적 영향을 받게 되었다. 1790년대부터 천주교를 공부하기 시작했다. 1795년 주문모周文謨 신부를 만나 세례를 받고 1801년 백서를 작성했다. 그러고 나서 체포되어 참수를 당했다. 배교를 했다고 공개적으로 선언했으나 정약용은 끝내 이 백서 사건으로 인해 18년 유배를 떠나야 했다.

마재성지에 있는 한복 입은 성모상. (사진 이광표)

천주교 대중화 앞장선 정약종

정약용 형제들과 천주교와의 만남은 시종 수난의 연속이었다. 운명적이지 않고선 이 같은 시련을 어떻게 감내할 수 있었을까. 남양주 조안면 능내리 마재마을에는 마재성지가 있다. 정약용의 생가인 여유당에서 자동차로 5분 거리 남짓. 한국 천주교는 이곳 성지를 천주교의 요람으로 정해 정약용 4형제의 정신을 기리고 있다. 특히 정약종 일가를 각별하게 기억한다. 마재성지 초입에는 한복 입은 예수상과 한복 입은 성모상이 있고 그 옆에 정약종의 초상화가 세워져 있다. 그 옆으로 아들 정하상과 정철상, 딸 정정혜 등을 표현한 초상화도 보인다. 정약용 형제들과 이 땅의 민초들의 모습을 그린 벽화도 단정하게 설치되어 있다. 마재성지 한쪽에 조성한 '십자가의 길'을 걷노라면 '잘린 발목'을 형상화한 조형물이 보인

마재성지에 설치된 정약종 초상. (사진 이광표)

다. 못 자국이 있어 예수의 발이라는 것을 쉽게 알 수 있다. 그걸 보는 순
간, 가슴이 철렁해진다. 그것이 예수의 발목이라고 해도 우리에겐 정약
종의 발목, 정약용 형제의 발목, 민초 순교자들의 발목으로 다가온다.

　마재성지의 키워드는 단연 순교다. 여기서 순교는 애민愛民과 희생과
동의어일 것이다. 19세기 전후 격변기, 동아시아의 작은 나라 조선에서 간
난艱難의 생을 보내야 했던 정약용과 그의 형제들. 그리고 같은 시대를 살
아갔던 보통 사람들. 마재동산의 잘린 발목을 보며 그들을 떠올린다. 그
들은 어떻게 그 낯선 종교에 목숨까지 바칠 수 있었던 것일까.[約]

23

유배지에서 보낸
아버지의 가르침《하피첩》

2006년 4월 KBS〈진품명품珍品名品〉녹화장. 중년 남성 이 모씨가 고문서 세 권을 들고 나와 감정을 의뢰했다. 그는 "몇 년 전 고물상 할머니로부터 우연히 얻었다"며 "감정가는 15만 원 정도로 예상한다"고 했다. 고문서를 살펴보던 김영복 감정위원(문우서림 대표)은 두어 줄 읽어가다 깜짝 놀랐다. 말로만 듣던, 하지만 언제부턴가 행방이 묘연했던《하피첩霞帔帖》이었기 때문이다.《하피첩》은 다산 정약용이 강진 유배 시절에 만든 서첩이다.

유배 생활 10년째인 1810년, 남양주에 있는 부인 홍씨가 강진 다산 초당茶山草堂으로 5폭짜리 빛바랜 치마를 보내왔다. 시집 올 때 입었던 명주 치마였다. 그 치마를 받아든 정약용의 마음이 어떠했을까. 정약용은 치마를 오려 남양주에 두고 온 두 아들 학연學淵(1783~1859)과 학유學游(1786~1855)를 위해 작은 책자를 만들기로 마음먹었다. 치마를 책장(12× 16cm) 크기에 맞춰 여러 장으로 잘라 한지를 포개어 붙인 후에 얄팍한 서첩 4권을 만들고 거기 가르침을 주는 글을 써 내려갔다. 그게 바로《하피첩》이다. 여기서 '하피'는 노을빛 치마라는 뜻으로, 정약용은 부인이 보내 준 빛바랜 치마에 이렇게 멋진 이름을 붙였다.《하피첩》1첩의 머리말을 보자.

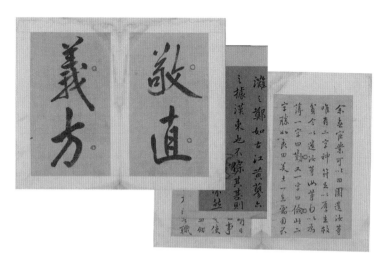

다산 정약용이 제작한 《하피첩》 세 권. (사진 국립민속박물관 소장)

내가 강진(탐진)에서 귀양살이하고 있는데 병든 아내가 낡은 치마 다섯
폭을 보내왔다. 그것은 시집올 때 가져온 훈염纁裧(시집갈 때 입는 붉은 활옷)
이다. 붉은빛은 이미 바랬고 황색마저 옅어져 서첩으로 쓰기에 알맞았
다. 이를 잘라 마름질하고 작은 첩을 만들어 붓 가는 대로 훈계의 말을
지어 두 아들에게 남긴다. 훗날 이를 보고 감회가 일어 어버이의 자취와
흔적을 생각한다면 뭉클한 마음이 일지 않을 수 없을 것이다.《하피첩》
이라 이름 붙인 것은 '붉은 치마'라는 말을 바꾸고 숨기기 위해서다.

余在耽津謫中 病妻寄敝裙五幅 蓋其嫁時之纁裧 紅已浣而黃亦淡 政中書本 遂剪裁爲小帖
隨手作戒語 以遺二子 庶幾異日覽書興懷 挹二親之芳澤 不能不油然感發也 名之曰霞帔帖
是乃紅裙之轉讔也

노을빛 치마에 쓴 근勤과 검儉

유배 생활을 하면서 정약용이 가장 걱정한 것 가운데 하나는 폐족廢族이었다. 자신과 자신의 형들 때문에 집안이 풍비박산난다면 이보다 더 큰 죄가 어디 있을까. 이를 막을 수 있는 유일한 방법은 두 아들 학연과 학유가 열심히 공부하는 것이었다. 그래서 두 아들에게 늘 근면과 수양, 학문을 독려하는 편지를 보냈고 이렇게 《하피첩》까지 만들었다. 《하피첩》의 내용은 대략 이러하다.

> "경敬으로 마음을 바로잡고 의義로 일을 바르게 하라敬直義方."
> "내가 너희에게 전답을 남겨 주지는 못하지만 평생을 살아가는 데 재물보다 소중한 두 글자를 주겠다. 하나는 근勤이요, 또 하나는 검儉이다. 무엇을 근이라 하고 무엇을 검이라 하는가."
> "명심하고 당파적 사심을 씻어라."
> "사대부가의 법도는, 벼슬에 나아갔을 때는 바로 산기슭에 거처를 얻어 처사處士의 본색을 잃지 않아야 하고, 만약 벼슬이 끊어지면 바로 서울에 살 곳을 정해 세련된 문화적 안목을 떨어뜨리지 말아야 한다……"

정약용은 아들을 위한 훈계를 세세하게 적었다. 때론 엄격하고 때론 자상하다. 공부하는 법과 마음가짐뿐 아니라 집안이 몰락해도 자존감을 잃지 말고 훗날을 도모하라는 당부도 빠뜨리지 않았다. 《하피첩》은 유배객 아버지가 두 아들에게 주는 교육적 메시지였다. 두 아들을 향한 아버지의 그리움과 당부가 절절하면서도 담담하게 녹아 있다.

《하피첩》은 남양주에 있는 정약용의 생가 여유당에 보관하던 중

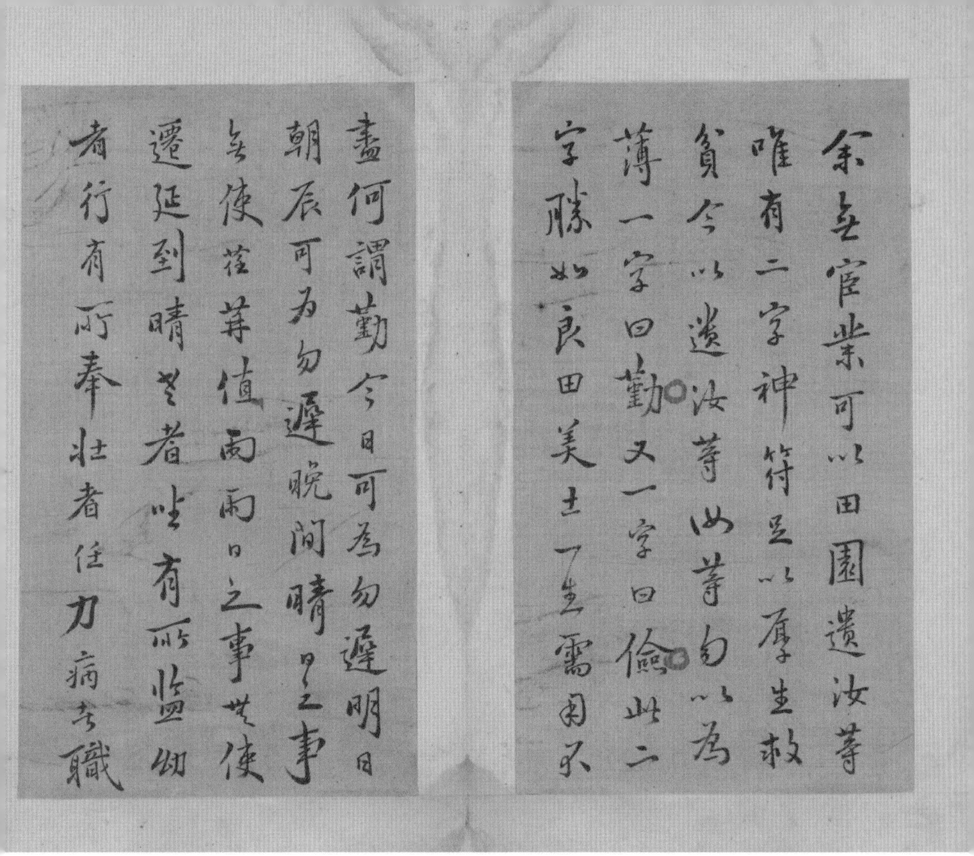

余g官業可以田園遺汝等
唯有二字神符足以厚生救
貧今以遺汝等勿以為
薄一字曰勤又一字曰儉此二
字勝如良田美土一生需用不

盡何謂勤今日可為勿遲明日
朝辰可為勿遲晚間晴日之事
勿使荏苒值雨雨日之事勿使
遷延到晴之者坐有所臨幼
有行有所奉壯者任力病者職

《하피첩》 중 두 아들에게 근검을 강조하는 내용이다. (사진 국립민속박물관 소장)

1925년 을축년 대홍수 때 유실될 위기를 맞았다. 그해 여름 한강이 범람
하면서 여유당 마당으로 물이 밀려 들었다. 정약용의 4대손 정규영(광동학
교 교장을 지냄)은 《하피첩》과 다산의 서궤書櫃를 안방 다락방으로 옮겼다.
밤이 되자 한강물은 안방으로 넘어들어와 허리에 찼다. 급보를 들은 마
을의 구조선이 와서 "어서 나오라"고 소리쳤다. 정규영은 "다산 전집을 건
져내지 못하면 죽어도 못 나간다"고 대답하고 서궤를 등에 짊어지고 헤

한강 변에 있는 마재마을의 집들은 홍수에 대비해 기둥을 받치는 주춧돌이 높았다.
여유당 근처에 남아 있는 박문수 어사 집의 주춧돌. (사진 아주경제 DB)

엄쳐서 집을 나와 배에 올라탔다. 그는 배에서 내려 집 뒤 언덕을 올라가 다산 묘소에 책 궤짝을 내려놓고 일장통곡을 했다.

　여유당 등 한강변에 있는 집들은 가끔 있는 홍수에 대비해 주춧돌 이 높았다. 네 차례나 어사御史로 나가 부정한 관리들을 적발했고, 병조 판서를 지낸 박문수의 아흔아홉 칸 집이 여유당 근처에 있었다. 지금도 남아 있는 박문수 집의 주춧돌을 보면 높이가 0.5~1미터나 된다. 그렇지만 한강물이 지붕마루를 넘어간 을축년 대홍수에 높은 섬돌과 주춧돌은 아무 쓸모가 없었다. 정규영이 빠져나온 후 여유당은 배가 되어 떠내려갔다. 이렇게 목숨을 걸고 다산의 저작을 구한 이야기는 최익한(당시 〈동아일보〉 조사부장)이 〈동아일보〉에 1938년 12월부터 반년 동안 연재한 글《여유당전서를 독讀함》에 들어 있다.

그렇게 한 고비를 넘겼지만 《하피첩》에 또다시 위기가 찾아왔다. 6·25 전쟁 때였다. 정약용의 5대손이 피란길의 와중에 수원역 근처에서 《하피첩》을 잃어버렸다. 정성 들여 피란 보따리에 《하피첩》을 싸고 피란길에 올랐으나, 수원역 수많은 사람들 틈에서 그만 분실하고 만 것이다.

폐지더미에서 발견해 TV 출연

《하피첩》의 존재에 관한 정보는 여기까지였다. 그런 《하피첩》이 2006년 TV 프로그램 〈진품명품〉 녹화장에 등장했으니, 눈 밝은 김영복 감정위원이 놀라지 않을 수 없었다. 당시 《하피첩》을 감정 의뢰한 이 씨는 경기도 수원에서 건물 인테리어업을 하는 사람이었다. 그렇다 보니 건설 현장, 철거 현장을 자주 드나들었다고 한다.

2004년 어느 날, 이 씨는 수원의 주택 철거 현장 쓰레기 더미에서 폐지 줍는 할머니를 만났다. 할머니는 폐지를 가져가고 싶어 했다. 그때 그는 할머니 리어카 바닥에 깔려 있는 고문서 세 권을 발견했다. 혹시나 하는 마음에 할머니에게 "폐지를 내줄 테니 그 고문서를 달라"고 했다. 그렇게 고문서 세 권은 그에게 넘어왔다. 그 후 2년 뒤 〈진품명품〉에 감정을 의뢰한 것이었다. 《하피첩》은 원래 네 권이었지만 이렇게 해서 세 권이 살아남게 되었다.

그는 이것이 《하피첩》이라는 사실을 모른 채 그저 15만 원 정도로 예상했다. 그러나 《하피첩》임을 알아본 감정위원은 《하피첩》의 가치와 의미, 내력 등을 들어 감정가로 1억 원을 제시했다. 엄청난 가격이었다. 그도 당연히 놀랐다. 너무 놀라 정신이 없어 돌아가는 길에 운전도 제대로 하지 못했다고 한다.

뜻밖의 횡재를 하게 된 의뢰인 이 씨. 방송이 나간 후 몇 달 뒤, 그는 이것을 팔아 돈으로 바꾸고 싶어 했다. 그는 감정위원의 조언에 따라 강진군과 매매 논의를 했다. 정약용이 유배지에서 만든 서첩이니 강진군에서 매입하는 것이 좋겠다고 생각해 추천한 것이다. 그런데 이 씨가 값을 너무 세게 불렀던 모양이다. 재정이 넉넉지 않은 강진군으로서는 거액의 문화재 구입 예산을 마련할 수 없었다.

그러고 얼마 후 《하피첩》은 김민영 당시 부산저축은행 대표에게 넘어갔다. 김 대표는 고미술계에서 유명한 콜렉터였다. 특히 고서 전적류典籍類 분야에서 귀중한 문화재를 다수 소장하고 있었다. 그가 구입한 뒤 2010년 《하피첩》은 보물 1683-2호로 지정되었다. 그러나 문제가 생겼다. 2011년 부산저축은행이 파산하면서 김 대표의 재산 가운데 하나인 《하피첩》이 예금보험공사에 압류된 것이다.

우여곡절 끝에 결국 《하피첩》은 2015년 9월 서울옥션 미술품 경매에 부쳐졌다. 그때 경매에 나온 고서들은 모두 김민영 부산저축은행 대표가 소장했던 것이다. 《하피첩》을 비롯해 《경국대전經國大典》, 《월인석보月印釋譜》 등 보물로 지정된 것만 17건이 경매에 나왔으니 김민영 콜렉션이 어떤 수준이었는지 쉽게 짐작할 수 있었다.

전남 강진군 다산초당에 있는 다산동암의 현판. 정약용은 1810년 다산 동암에서 《하피첩》을
만들어 남양주에 있는 두 아들에게 보냈다. (사진 이광표)

당시 경매에선 출품작의 가치와 특성을 감안해 개인 응찰을 막고
공공 기관만 응찰할 수 있도록 했다. 경매에 응한 기관은 서울의 국립민
속박물관, 남양주의 실학박물관 등이었다. 어느 박물관이 《하피첩》을
차지할지 경매 시작 전부터 관심이 쏠렸다. 치열한 경합 끝에 국립민속
박물관이 실학박물관을 제치고 7억 5000만 원에 낙찰 받았다. 당시 서
울옥션의 낙찰 예상가 4억 원을 훌쩍 넘긴 액수였다.

남양주의 입장에서 보면 《하피첩》을 확보하지 못한 것은 못내 아쉬운 일이다. 그러나 《하피첩》을 직접 소장하지는 못해도, 국립민속박물관으로부터 빌려 전시를 할 수 있다. 이에 대해선 국립민속박물관도 개방적이다. 다른 곳도 아닌, 정약용의 고향인 남양주이기에 《하피첩》을 대여해 전시하는 일은 그 명분도 충분하다. 실제로 2016년 10월부터 2017년 3월까지 남양주 실학박물관에선 '《하피첩》의 귀향' 특별전이 열렸다. 1950년에 행방불명되었다 그 존재가 다시 확인되어 남양주를 다시 찾은 것이니 66년 만의 귀향이었다.

남양주의 부인 홍씨는 왜 강진으로 치마를 보냈던 것일까. 정약용은 남양주 시절부터 비단으로 책 표지를 종종 만들었다고 한다. 오래된 천이나 치마에 글씨를 써 이를 이담한 서첩으로 만들어 종종 지인들에게도 선물했다. 그래서 부인이 강진 유배지로 자신의 해진 치마를 보낸 것이 아닐까. 남편의 글쓰기 습관을 잘 알고 있던 부인은 글쓰기로 시련을 견디는 남편을 위해 빛바랜 치마를 보낸 것이었으리라. 그건 결국 홍씨 부인의 진한 그리움이었다. 거기에 정약용은 하피란 이름을 붙였다. 그리곤 남양주 마재마을 한강의 붉은 노을과 부인의 얼굴을 떠올렸을 것이다.[*]

24

딸을 향한 그리움
〈매조도〉

정약용은 원래 6남 3녀를 두었으나 천연두 등의 질병으로 인해 4남 2녀가 어린 나이에 목숨을 잃었다. 9남매 가운데 농아農兒라는 아이가 있었다. 1799년에 태어나 1802년에, 그러니까 겨우 세 살 때 홍역을 앓다 숨을 거두었다. 그때 정약용은 전남 강진에서 귀양살이를 하고 있었다. 정약용은 가슴이 찢어지는 듯했다. 정약용은 "그 애의 무덤에서 곡哭하고 싶은" 심정으로 편지를 써 남양주 마재마을로 보냈다. 그 편지 내용 가운데 일부를 읽어 본다.

네가 세상에 태어났다가 죽은 것이 겨우 세 돌일 뿐인데, 나와 헤어져 산 것이 2년이나 된다. 사람이 60년을 산다고 할 때 40년 동안이나 부모와 헤어져 산 것이니, 참으로 슬픈 일이 아닐 수 없구나. 네가 태어났을 때 나의 근심이 깊어 너를 농農이라고 이름 지었다. 얼마 후 우려하던 대로 집안에 화禍가 닥쳐 너에게 농사를 지으며 살게 하려 한 것이었는데, 그게 죽는 것보다 낫기 때문이었는데. …… 이곳 강진의 이웃 사람이 남양주에 간다고 해서 그분을 통해 소라 껍데기 두 장을 너에게 전해 달라고 한 적이 있었다. 그 후 네 어미는 편지에 "강진에서 사람이 올 때마다 농이가 소라 껍데기를 찾았는데 소라 껍데기가 없으면 의기소침해졌습니다. 그런데 그 아이가 숨을 거둘 무렵 소라 껍데기가 도착했습니다"라고 썼다. 아, 참으로 슬픈 일이다. …… 나는 6남 3녀를 낳았는데, 살아난 아이가 2남 1녀이고 죽은 아이가 4남 2녀이니, 죽은 아이들이 살아 있는 아이들의 두 배다. 아, 내가 하늘에 죄를 지어 잔혹함이 이와 같으니 이를 어찌할 것인가.

편지의 내용이 절절하다. 이런 일까지 겪은 터였기에 정약용은 남양주에 두고 온 딸아이가 더욱 그리웠다. 1801년 정약용이 강진으로 유배를 떠날 때 막내딸은 일곱 살이었다. 어린 딸을 두고 귀양 떠나는 아비의 마음은 어떠했을까. 그때 두 아들 학연, 학유는 열여덟, 열다섯이었다. 폐족의 위기였지만 그래도 아들 녀석들은 어머니를 모시고 힘든 시절을 견딜 것이다. 하지만 그 어린 딸은 어찌할 것인가.

한곳을 바라보는 두 마리 참새

유배 생활 내내 정약용은 딸에게 미안한 마음이었다. 그러던 딸이 잘 커서 1812년 드디어 시집을 갔다. 귀양살이 12년째, 딸의 나이 열여덟이었다. 신랑은 강진 다산초당 제자인 윤창모(윤영희로 개명)였다. 아비의 처지에서 보면, 참으로 다행스럽고 고마운 일이었다. 그런 딸을 위해 유배지 강진에서 무엇을 해 줄 수 있을까.

딸이 시집간 이듬해인 1813년, 남양주 부인이 보내온 비단 치마를 떠올렸다. 3년 전 《하피첩》을 만들고 남은 천에 딸을 생각하며 붓을 들어 그림을 그렸다. 매화나무 가지에 앉아 있는 작은 새 두 마리. 바로 〈매

→ 정약용이 딸에 대한 그리움을 담아 1813년 강진 유배지에서 그린 〈매조도〉.
새 두 마리는 딸과 사위를 상징한다. (사진 고려대학교 박물관 소장)

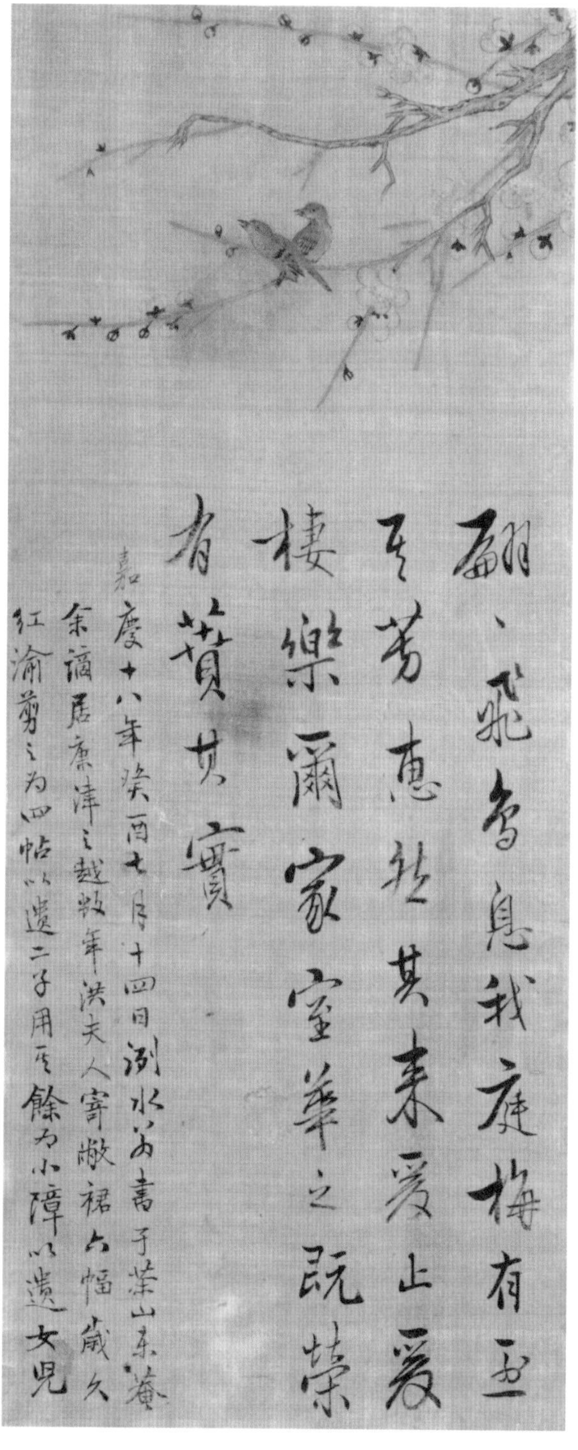

翻、飛皇息我庭梅有五

至芳惠让其來爱止爱

棲樂爾家室華之既榮

有蕡其實

嘉慶十八年癸酉七月十四日測水尚書于榮山東簃

余謫居廣津之越數年洪夫人寄繳裙六幅歲久

紅渝剪之為四帖以遺二子用支餘乃小障以遺女兒

조도梅鳥圖〉다. 정약용은 화폭 맨 위에 그림을 그리고 그 아래에 큼지막한 글씨로 시 한 편을 적어 넣었다.

저 새들 우리집 뜰에 날아와	翩翩飛鳥
매화나무 가지에서 쉬고 있네	息我庭梅
매화향 짙게 풍기니	有烈其芳
그 향기 사랑스러워 여기 날아왔구나	惠然其來
이제 여기 머물며	爰止爰棲
가정 이루고 즐겁게 살거라	樂爾家室
꽃도 이미 활짝 피었으니	華之旣榮
주렁주렁 매실도 열리겠지	有蕡其實

시의 내용이 애틋하면서도 따스하다. 이어 정약용은 시 옆에 그림을 그리게 된 사연도 함께 써 넣었다.

강진에서 귀양살이 한 지 몇 해 지나 부인 홍 씨가 해진 치마 6폭을 보내 왔다. 너무 오래되어 붉은색이 다 바랬다. 그걸 오려 경계의 말을 적어 족자 4폭을 만들어 두 자식에게 주고, 그 나머지로 이 작은 그림을 그려 딸 아이에게 전하노라

余謫居康津之越數年 洪夫人寄候裙六幅 歲久紅袗剪之爲四帖 以遺二子 用其餘爲小障 以遺女兒 嘉慶十八年癸酉七月十四日洌水翁書于茶山東菴.

3년 전 만들었던 《하피첩》의 머리말과 그 내용이 흡사하다. 그런데

〈매조도〉그림은 좀 단순해 보인다. 매화 핀 나뭇가지에 참새 두 마리. 이게 전부다. 크기도 아담한 편이다(45×19cm). 그림을 좀 더 눈여겨보자. 여기서 두 마리 새는 1년 전 시집간 딸의 부부를 상징하지 않을까. 다시 보니, 새는 너무 작아서 활짝 핀 매화 송이보다 약간 더 클 뿐이다. 세상에 매화 꽃송이만 한 작은 새가 어디 있을까. 이것은 아마도 자식을 앳되게만 바라보는 아버지의 마음속에나 존재하는 새가 아닐까. 두 마리의 새가 참새인지 동박새인지 아니면 직박구리인지 정확히 알 수는 없지만 새의 부리에 붉게 칠한 색깔이 참 예쁘다.

그림은 반듯하고 단정하다. 그림 속 매화와 참새는 맑으면서 처연하다. 그런데 참새 두 마리는 먼데 한 방향을 보고 있다. 한길을 가는 부부의 마음을 표현한 것이다. 여기에는 딸과 사위가 행복하게 잘살기를 바라는 아버지 정약용의 마음이 담겨 있다.

그림에 적어 넣은 제시題詩 가운데 특히 "이제 여기 머물며/가정 이루고 즐겁게 살거라/꽃도 이미 활짝 피었으니/주렁주렁 매실도 열리겠지"라는 대목이 인상적이다. 결혼한 딸과 사위가 아이 많이 낳고 행복하게 살기를 바라는 아버지의 마음이다. 하지만 먼 데를 바라보는 새의 모습이 쓸쓸해 보이기도 한다. 아버지를 그리워하는 딸의 모습이 그렇지 않았을까. 그림을 들여다보면 볼수록 그 애잔함이 든다.

정약용은 이 〈매조도〉를 딸과 사위에게 주었다. 그림은 이후 사위와 외손자의 집안(윤창모 가문)을 거쳐 고려대학교 박물관으로 들어갔다. 이렇게 애틋한 그림 〈매조도〉는 2016년 남양주 실학박물관에서 《하피첩》과 함께 전시되기도 했다.

또 하나의 〈매조도〉?

2009년 6월, 서울 인사동의 한 화랑에서 또 한 점의 〈매조도〉가 공개되었다. 전시 주최 측은 정약용이 강진에서 그린 그림이라고 소개했다. 정약용에 관심 있는 사람들, 고려대 박물관 소장 〈매조도〉를 좋아하는 사람들에게도 이 소식이 들어갔다. 그들은 한결같이 놀라지 않을 수 없었다. "아니 다산의 〈매조도〉가 한 점 더 있다고?"

그림을 보니 고려대학교 박물관 소장 〈매조도〉와 비슷하다. 크기도 비슷하고 전체적인 분위기, 그림의 소재와 표현, 화면의 구도, 글씨체 등이 많이 흡사하다. 화면 위쪽의 그림은 매화나무에 새가 한 마리 앉아 있는 모습이다. 이래쪽으로는 큰 글씨로 제시를 씨넣었고 그 옆에 그림을 그리게 된 사연이 적혀 있다. 그림에 써 넣은 시를 보자.

묵은 가지 다 썩어서 그루터기 되려더니	古枝衰朽欲成槎
푸른 가지 뻗더니만 꽃을 활짝 피웠구나	擢出靑梢也放花
어데선가 날아든 깃이 예쁜 작은 새	何處飛來彩翎雀
한 마리만 남아서 하늘가를 떠돌겠지	應留一隻落天涯

이 작품이 공개되었을 때, 한양대학교 국문과의 정민 교수는 "시구의 맥락으로 미뤄 다산이 유배 생활 중 소실에게서 얻은 딸 홍임을 떠올리며 그린 것으로 추정된다"고 했다. 흥미로운 추정이 아닐 수 없다. 그림 속 글에 따르면, 정약용은 1813년 8월 19일에 이 그림을 그렸다. 고려대학교 박물관 〈매조도〉를 그리고 한 달 뒤에 이 그림을 그린 것이다.

정약용은 1813년 강진에서 소실로부터 딸을 얻었다. 시집간 남양주

정약용이 유배 당시 갓 태어난 소실의 딸에게
그려 줬다는 〈매조도〉. 진위를 둘러싼 논란이 있다.
(개인 소장)

의 딸에게 〈매조도〉를 그려준 직후였을 것으로 추정된다. 당시 정약용
은 해배령解配令을 받아놓은 상태였다. 해배령이 집행되기만 한다면 언
제라도 귀양 생활을 마치고 고향 남양주로 돌아갈 수 있었다. 그렇게 된
다면 소실에게서 얻은 이 딸은 어찌할 것인가. 그 걱정도 만만치 않았을
것이다. 그래서 두 마리가 아니라 한 마리 새에 자신의 마음을 담아 그림
으로 남긴 것이다. 그림 속 시 가운데 "한 마리만 남아서 하늘가를 떠돌

겠지"라는 구절이 바로 이런 상황을 암시한다.

이 그림은 정약용이 갖고 있다가 친구 이인행에게 주었고 그것이 후손들을 통해 전해 오고 있다. 그래서 이렇게 뒤늦게 세상에 공개된 것이다. 하지만 이 그림이 정약용의 진품이라고 단정 짓기에는 조심스럽다는 의견도 있다. 정민 교수의 견해는 엄밀히 말하면 추론이고, 고려대학교 박물관 〈매조도〉와 비교해 보면 그림의 분위기가 다소 다른 면도 있다. 색감도 약간 차이가 난다. 좀 더 정밀하고 과학적인 분석과 논의가 필요하다.

1820년 강진 문인이 쓴 것으로 추정되는 한시 〈남당사南塘詞〉에 따르면 다산은 남양주 마재마을로 돌아오면서 소실 모녀를 함께 데려왔다. 하지만 소실은 마재마을에 머물지 못하고 다산초당으로 돌아가 사모하는 마음과 원망을 동시에 안고 연못과 꽃나무 주변을 서성였다. 다산의 정실 홍씨가 받아들이지 않았기 때문일 것이다. 정민 교수는 이렇게 추론한다. "정약용이 처음 다산초당에 정착했을 때는 이웃 백련사의 혜장惠藏 스님이 보내 준 젊은 승려 한 명이 부엌일을 맡아 했다. 이후 다산초당에는 18명의 제자들이 늘 와글와글했다. 온종일 공부하고 편집하는 손길이 분주했다. 이들의 밥과 밑반찬은 누가 하고 다산의 수발은 누가 들어주나. 빨래도 만만치가 않았다. 다산은 이런 형편에서 어쩔 수 없이 소실을 들였으리라. 당시에 이것은 부끄러워할 일은 아니었지만 그래도 남편을 유배지로 떠나보낸 후 갖은 뒷바라지에 지쳐 버린 아내를 납득시킬 수는 없었을 것이다."

18년 유배지를 떠나 남양주로 돌아간 다산은 제자에게 "홍임이 모녀를 돌봐 달라"고 부탁하는 편지를 보냈다. 다산 연구자인 박석무 전

강진에 있는 다산초당. 원래 초가집이었으나 복원될 때 기와집으로 바뀌었다.
(사진 김휴림의 여행편지)

국회의원은 이 편지를 읽어 본 윤재찬(다산 제자의 고손자)을 만나 소실과 딸의 존재를 확인할 수 있었다. 박 전 의원은 "고려대학교 박물관이 소장한 〈매조도〉는 국보급이지만 소실 딸에게 준 것으로 전해지는 〈매조도 2〉의 존재는 믿기 어렵다"고 말했다.

외로운 유배지에서 정약용은 남양주의 딸을 생각하며 그림을 그렸다. 그의 〈매조도〉에는 미안함과 고마움, 딸아이를 향한 애틋한 부정父情이 진하게 담겨 있다. 18년의 긴 유배 생활. 딸에 대한 그리움이 있었기에 정약용은 그 시련을 감내할 수 있었다. 그렇기에 그가 남긴 〈매조도〉는 조선 시대 그림 가운데 가장 감동적인 그림 가운데 하나로 평가받는다. 남양주 조안면 능내리의 여유당 가는 길, 마재고개를 넘으며 정약용과 딸을 생각하고 〈매조도〉 풍경을 떠올려본다.[5]

25

조선의 르네상스인
다산

해배解配와 함께 남양주로 돌아온 정약용은 1830년 강진의 제자 이대아
李大雅에게 편지를 보냈다.

> 지난번 보내 준 차와 편지는 가까스로 도착하였다. 이제야 감사를 드리
> 네. 올 들어 병으로 체증이 더욱 심해져 잔약한 몸뚱이를 지탱하는 것은
> 오로지 떡차茶餅에 힘입어서라네. 이제 곡우穀雨가 되었으니 차를 다시
> 보내 주었으면 좋겠네. 다만 지난번에 보내 준 떡차는 가루가 거칠어 그
> 리 좋지가 않았네. 모름지기 세 번 찌고 세 번 말려 아주 곱게 빻아야 한
> 다네. 또한 반드시 돌샘물로 고루 반죽해서 진흙처럼 짓이겨 지은 떡으
> 로 만들어야 찰져서 먹을 수가 있다네. 잘 알겠는가?

편지를 읽어 보면 정약용의 요구 사항이 꽤 많다. 차를 보내 주었으
면 감사하게 받아 마시면 될 텐데, 정약용은 이것저것 잔소리를 죽 늘어
놓았다. 그런데 차를 잘 알고 차를 좋아하지 않으면 이런 잔소리도 할 수
없을 터다.

정약용은 남양주 시절에도 차를 좋아했지만 유배지에서 더욱 열심

히 차를 마셨다. 유배지에서 울화를 가라앉히는 데도 차가 효과적이었다. 방에서 하루 종일 공부하고 가르치고 집필하느라 지친 몸과 마음을 차로 다스렸다. 그러니 정약용에게 차는 약용藥用의 단계였다고 할 수 있다.

초의선사 · 추사로 이어지는 차 사랑

정약용은 1805년경 강진 다산초당 인근 백련사白蓮寺를 오가다 차밭을 발견하고, 백련사 차를 마시게 되었다고 한다. 그 과정에서 혜장惠藏 스님과 교유하게 된 것도 중요한 역할을 했다. 제자에게 보낸 편지에서 드러나듯 다산은 잎차가 아니라 떡차를 즐겨 마셨다. 떡차는 찻잎을 쪄서 말리기를 반복한 뒤 이를 빻고 물로 반죽해 덩이를 지어 떡처럼 만든 것을 말한다. 강진에서 정약용이 만든 이 떡차를 두고 만불차萬佛茶라 부르기도 했다.

19세기 문인 관료 이유원이 지은 《임하필기》에 이런 대목이 나온다. "강진 보림사의 죽전차竹田茶는 열수 정약용이 얻어냈다. 그 품질이 보이차에 밑돌지 않는다. 곡우 전에 딴 것을 더욱 귀하게 치니 이를 우전차雨前茶라 불러도 좋다." 보림사의 죽전차도 정약용이 만들었다는 말이다. 여기서 보림사는 강진 백련사를 일컫는다. 정약용은 1808년 다산초당으로 거처를 옮긴 뒤엔 아예 직접 떡차를 만들었다.

조선 후기 차 문화는 정약용과 초의선사草衣禪師, 추사 김정희로 이어진다. 그 맨 앞 중요한 자리에 정약용이 있다. 강진 시절, 열심히 떡차를 만들고 차를 달여 마시던 정약용으로부터 초의선사가 제다법製茶法을 배웠고, 그것이 추사 김정희에게 전해진 것이다. 정약용은 이렇게 건강도 챙기고 울화도 가라앉히면서 동시에 강진의 차 문화를 다시 정착시켰고 그

강진 백련사에서 만드는 떡차. 정약용은 강진 유배 시절 떡차를 만들었고 남양주로 돌아온
이후에도 계속 떡차를 애용했디. (사진 이광표)

것이 결국 우리 조선 후기 차 문화 부흥에 이바지하는 계기가 되었다.

남양주에서도 그 차의 향기를 맛볼 수 있다. 운길산 수종사 찻집이
다. 수종사에는 무료다실 삼정헌三鼎軒이 있다. 한강쪽으로 탁 트여 그 전
망이 빼어난 곳이다. 삼정헌에는 "시詩, 선禪, 차茶를 한 솥에 담는다"라는
뜻이 담겨 있다고 한다. 삼정헌에선 수종사 샘물로 우려낸 녹차를 무료
로 제공하는데, 그 맛이 깊고 은은하다. 정약용은 수시로 수종사를 찾아
차를 마시고 시를 남겼다. 그의 아들 학연과 초의선사, 추사 김정희도 종
종 함께 수종사를 찾았다. 이곳을 찾으면 당연히 차를 마셨다. 모두 정약
용으로부터 비롯된 것이다. 그렇기에 수종사 약수로 우려낸 차는 '다산
의 향,' '다산의 여운'이라 불러도 좋을 듯하다. 정약용의 차는 정신과 건
강, 이념과 현실, 남양주와 강진을 모두 아우른다.

백련사에서 다산초당 가는 길에는 야생 차밭이 군락을 이뤄 예로부터 다산이라고 불렀다.
정약용은 여기서 호를 따 즐겨 썼다. 정약용은 동백꽃이 핀 백련사로 혜장 스님을 자주 찾아갔다.
(사진 한국불교문화사업단/템플스테이)

카메라 옵스큐라의 원리를 실험해

정약용은 수원 화성華城을 설계하고 거중기를 만들고 한강에 배다리舟橋
를 만들어 띄웠다. 과학자로서의 면모를 보여 주는 대목이다. 그런데 여
기 덧붙여야 할 것이 하나 더 있다. 정약용은 친분이 깊었던 복암伏庵 이
기양李基讓(1744~1802)이 세상을 떠나자 그의 묘지명을 지었다. 이기양은
천주교를 신봉했다.

> 복암은 예전에 나의 형님(정약전)의 집에서 칠실파려안漆室玻瓈眼을 설치
> 하고 거기에 거꾸로 투영된 영상을 취하여 화상의 초벌 그림을 (나로 하
> 여금) 그리게 하였다. 공(이기양)은 뜰에 설치된 의자에 해를 향해 앉았
> 다. 털끝만큼이라도 움직이면 초상을 그릴 수 없는데, 공은 흙으로 빚은

니소인泥塑人처럼 단정하게 앉아 조금도 움직이지 않았다. 이 또한 보통 사람으로는 하기 어려운 일이다.

18세기 말 정약용이 칠실파려안으로 이기양의 초상화를 그렸다는 대목이다. 이게 무슨 말인가. 특히, 칠실파려안이라는 단어가 이색적이다. 여기서 칠실은 어두운 방 즉 암실을 말하고, 파려안은 유리눈, 즉 렌즈를 말한다. 칠실파려안은 '렌즈를 부착한 어두운 공간'이라는 말이 된다. 이는 곧 카메라 옵스큐라camera obscura의 원리와 같다. 사방이 모두 막힌 어두운 공간에 작은 구멍이 있으면, 실외의 풍경이 그 구멍을 통해 들어와 반대편에 거꾸로 투영되어 하나의 상像으로 나타난다. 반대편에 투영된 그 상을 포착하는 것이 바로 카메라 사진 촬영의 기본 원리다. 놀랍게도 18세기 말에 정약용은 카메라의 원리를 이해하고 활용했다. 정약용은 한 발 더 나아가 이를 '칠실관화설漆室觀畫說'이라 명명하고 이렇게 기록했다.

어느 맑은 날을 잡아 방의 창문을 모두 닫고 외부에서 들어오는 빛을 모두 막아 실내를 칠흑과 같이 하고 구멍 하나만 남겨 볼록 렌즈(애체靉靆)를 그 구멍에 맞추어 끼운다. 이 조그만 구멍으로 어떻게 가능하겠느냐고 생각하겠지만, 투영된 영상이 눈처럼 희고 깨끗한 종이 판 위에 두서너 자 건너편의 볼록 렌즈로부터 비친다. 실외의 강 언덕과 산봉우리의 아름다움과 더불어 대와 나무, 꽃과 돌의 무더기와 누각의 옆으로 잇닿은 울타리가 모두 종이판 위에 그림자를 지어 비치는데, 짙은 청색과 옅은 초록빛은 색깔 그대로이고, 성긴 가지와 잎사귀의 밀집함도 실제 모양

정약용은 소현세자가 중국에서 들여온 카메라 옵스큐라의 원리를 이용해 칠실파려안을 만들었다.
한국 사진사 전문가 최인진이 칠실파려안의 원리로 2004년 촬영한 남양주 여유당. (사진 © 최인진)

과 같고, 사이사이 밝고 그늘진 위치가 정연하여 그대로 한 폭의 그림이
다. (……) 안타까운 것은 바람이 불면 나뭇가지가 묘사하기 매우 어렵고
사물의 형상이 거꾸로 비친다는 점이다. 이제 어떤 사람이 사진寫眞을 만
들고자 하되 털끝만 한 착오도 없이 하려면 이것을 제쳐놓고는 더 좋은
방법이 없다.

정약용의 칠실파려안과 칠실관화설을 처음 확인하고 탐구했던 한국 사진사寫眞史 전문가 최인진(2016년 작고)은 정약용 글에 나오는 내용과 동일한 조건을 만들고 직접 촬영 실험을 한 바 있다. 그는 남양주 조안면 능내리의 정약용 생가 마을과 부근의 한강변, 유배지였던 강진 다산초당 주변에서 사진 작업을 진행했다. 최인진은 정약용 칠실파려안의 원리로 촬영한 사진들을 2006년 서울 인사동에서 전시했다.

여유당 앞 박물관엔 조선 실학의 발자취

정약용은 카메라 원리를 최초로 터득하고 실생활에 적용해 본 사람이다. 정약용은 어두운 칠실에서 작은 구멍을 통해 세상을 내다보았다. 정약용은 무엇을 보려고 한 것일까. 암실 구멍 밖의 세상은 때론 흔들리기도 하고 때론 흐릿하기도 했을 것이다. 그것은 정약용이 살았던 18~19세기 조선의 현실이었다. 그럼에도 정약용은 암실 속에서 한 줄기 빛을 만나듯, 조선의 현실 속에서 새로운 세상을 갈망했던 것은 아닐까.

이처럼 남양주엔 정약용의 흔적이 많이 남아 있다. 여유당과 마재마을이 있고, 한국 천주교의 시원의 흔적이 있고, 조선 차의 향기가 면면히 흐르고 있다. 그리고 카메라에 대한 과학적 탐구와 모험의 열정도 남아 있다. 이 모든 것은 실학으로 통한다.

여유당 바로 앞 실학박물관에서 다산의 흔적과 실학의 의미를 종합적으로 되새겨볼 수 있다. 실학의 탄생과 전개, 실학자의 업적과 정신 등을 각종 유물로 보여 주고 있지만 여기서 가장 두드러진 공간은 천문 과학 지리에 관한 전시 공간이 아닐 수 없다. 보물 2032호 혼개통헌의渾蓋通憲儀(1787), 혼천시계渾天時計(1669, 복제품), 혼일강리역대국도지도混一疆理

남양주 실학박물관의 대표적 소장품인 보물 2032호 혼개통헌의. 1787년 실학자 유금이 이슬람식 천문 기기 아스트롤라베를 본따 만들었다. (사진 실학박물관 소장)

歷代國都之圖(1402, 복제품), 신곤여만국전도新坤與萬國全圖(1708, 복제품) 등이 눈에 뜨인다. 이 가운데 혼개통헌의는 이슬람 양식의 천문 기기로 흔히 아스트롤라베astrolabe라고 부르는 것이다. 1787년 실학자 유금柳琴이 만든 것이다. 혼천시계는 1669년 과학자 송이영宋以穎이 제작한 것으로, 태양의 위치와 계절, 날짜를 동시에 알려주는 천문 시계다. 1980년대 영국의 유명 과학사학자 조지프 니덤Joseph Needham은 혼천시계를 두고 "인류가 기억해야 할 위대한 과학 문화유산의 하나"로 높이 평가하기도 했다. 이처럼 실학박물관에서 우리는 실용과 과학을 추구하고자 했던 실학의 정신, 다산의 자취를 만날 수 있다.[約]

26

미래를 꿈꾼 한강변
'기다림의 길'

다산은 고향에 돌아와 환갑을 맞는 해에 자서전 같은 〈자찬묘지명〉을 쓰며 삶을 차곡차곡 정리해 나갔다. 무덤에 넣는 묘지명과 달리 문집에 들어가는 묘지명은 역사적 복권을 위해 쓴 자서전처럼 길게 썼다. 두 아들이 보도록 조그만 첩帖에 장례 절차에 관한 유명遺命도 기록했다.

> 뒷동산에 매장하고 지관에게 물어보지 말라. 묘 앞에는 비석과 망주朢
> 柱를 세우지 말고 상석床石만 두어라…… 염할 때 몸을 끈으로 묶는 것은
> 신체에 대한 모독이니 묶지 말고 몸을 편하게 관에 넣어라.

다산은 왜 생가 바로 뒤 동산에 묘를 썼을까. 다산은 지방관을 하던 아버지(정재원)를 따라 이곳저곳 옮겨 살다 고향에 돌아와 "남녘땅 수천 리를 노닐었으나 쇠내(마재) 같은 곳을 찾지 못했다"고 감회를 말했다. 그는 75년의 일생 중 50년에 가까운 세월을 한강에 생을 의존하는 마재마을에서 살았다. 그는 죽어서도 이 마을을 떠나고 싶지 않았다.

여유당 뒷동산에 묻혀 후손과 자신이 쓴 책들을 지켜보고 싶었을 것이다. 귀양지에서 쓴 500여 권의 책은 요즘 책 분량으로 치면 70~

80권에 해당한다. 한강물이 여유당 지붕마루를 넘은 을축년 대홍수에 4대손 정규영은 목숨 걸고 물에 잠기는 책 궤짝을 구해 저자의 무덤에 대피시켰다.

다산은 자신의 학문적 성취가 당대에 인정 받기 힘들다는 것을 잘 알고 있었다. 일부 내용은 위태롭기까지 했다. 〈자찬묘지명〉에 "알아주는 이는 적고, 꾸짖는 자는 많으니…… 백세 후를 기다리겠다"고 썼다. 묘지명에 쓴 호 사암俟菴은 '초막에서 기다린다'라는 뜻이다.

그런데 왜 지관은 부르지 말라고 했을까. 다산은 풍수를 중국 원산의 최대 미신이라고 불신했다. 남양주에는 왕과 대신들의 무덤이 많다. 풍수에 정통한 지관들이 잡아둔 명당일 터다. 다산은 "풍수론風水論," "풍수집의風水集議"라는 글을 통해 풍수의 미망迷妄을 신랄하게 비판했다.

죽어서도 보고 싶은 그곳 마재마을

언젠가는 지관이 다산에게 자신이 잡아준 길지吉地에 대해 신나게 떠들었다. "산줄기의 기복은 용과 호랑이가 일어나 덮치는 형세이고 감싼 산줄기는 난새와 봉황이 춤추는 모습이다. 아들과 손이 고관대작이 될 것이 틀림없다. 천리千里에 한 자리 있을까 말까 한 길지다." 다산은 한참 동안 그의 얼굴을 바라보다가 "아니 그렇게 좋은 자리면 어째서 지관의 모친을 모시지 않고 남에게 주었느냐"고 물었다. 지관의 답변을 소개하지 않은 것을 보면 답변을 제대로 못했던 모양이다.

부조父祖의 사체를 땅에 묻고 복을 바라는 것은 효나 예가 아닐뿐더러 그럴 리도 없다 …… 일세를 통솔하고 만민을 부리던 영웅호걸이 살아서도

겸재 정선의 〈독백탄〉. 그림 오른쪽 위가 운길산과 수종사이고 산 아래로 내려와 왼쪽 끝이
마재마을이다. (사진 ⓒ 간송미술문화재단)

자손의 죽음과 질병을 막지 못하는 일이 많거늘, 하물며 무덤 속 말라빠진 유골이 산하의 형세를 차지했다 한들 자손에게 복록을 줄 것인가.

그는 간지干支에 대해서도 고대 기일법紀日法에 불과한 것인데 그것으로 생사와 길흉을 판정하는 것은 사람을 속이는 짓이라고 비판했다. 사람의 상은 이미 결정돼 있다는 고정관념에 따라 용모를 보고 사람의 자질과 운명을 판단하는 결정론적 사회통념도 "상론相論"을 통해 비판했다.

조선 시대 한강은 교통으로서의 기능이 컸다. 북한강과 남한강이 만나는 마재마을은 요즘의 고속도로 분기점 같은 곳으로 배를 타고 한양과 강원도, 충청도, 경상도로 이동할 수 있는 교통의 요충이었다. 마현은 북한강의 물길이 강력하게 밀어붙이는 남한강에 밀려 모래가 옮겨와 퇴적 작용으로 생긴 지형이다. 사구沙丘에 촌락을 이룬 마재는 농토가 비좁았다. 거주민의 상당수가 상업 활동에 종사했다. 마재마을과 건너편 광주 분원 사이의 한강을 소내, 쇠내, 또는 우천이라고 불렀다. 한양으로 가는 상인들은 마재의 쇠내나루를 거쳤다. 쇠내장터에는 큰 우시장이 있었다. 소들이 싼 똥을 거둔 것이 인근에 언덕을 이루었다는 말이 내려온다. 강을 건너면 바로 궁궐에 납품하는 분청사기와 백자를 만드는 광주분원이었다.

다산은 고향 마재마을에 대해 "오곡은 심는 것이 없고, 풍속은 이익만을 숭상하고 있으니 낙원이라고는 할 수 없다. 취할 점이라곤 오직 강산의 뛰어난 경치뿐"이라고 썼다. 조선 시대 화가들이 이 일대의 빼어난 풍광을 묘사한 그림을 남겨 놓았다. 겸재 정선의 〈독백탄獨柏灘〉이 대표적이다. 왼쪽으로 기암괴석이 보이고 가운데 한강이 펼쳐져 있는데 고기잡이 배가 외로이 떠 있다. 강 중간에는 작은 섬들이 보이고 그 멀리 산들이 중첩된다.

1801년 멀리 유배지 장기(포항)에 있을 때에는 나무와 숲이 우거진 남자주섬과 맑은 모래가 뒤덮인 석호정을 그리워해 그림을 그려 허름한 집 벽에 걸어놓고 귀양살이의 외로움을 달랬다. 마재마을은 정약용에게 학문의 원류일 뿐 아니라 마음의 고향이었다.

마재馬峴라는 지명은 마을 뒷산에서 발굴한 쥐만 한 크기의 철마鐵馬에서 유래했다. 마을 노인들에 따르면 임진왜란 때 왜군이 정기를 눌러 놓고 가기 위해 쇠말을 묻었다는 것이다. 마을에 역병이 돌거나 비명에 간 죽음이 생기면 마재마을 사람들은 말이 좋아하는 콩과 보리를 삶아 제사를 지냈다.

'초막에서 기다리다'

다산은 이 전설을 믿지 않았다. 만약 왜인이 정기를 눌러놓기 위해 철마를 만들어 묻었다면 그런 비술祕術을 소문 내고 갔겠는가. 그리고 우리가 쇠말이 산천의 정기를 누르는 것임을 알았다면 뽑아내 버리거나 달구어 식칼을 만들어 버리지 않고 제사를 지내며 복을 비는가(《다산시문집》, "철마에 대한 변증"). 이 작은 일화 하나를 통해서도 다산의 사유는 과학적이고 논증적임을 알 수 있다.

사회주의 계열 독립운동가였던 최익한은 1938년부터 〈동아일보〉에 연재한 《여유당 전서를 독讀함》이라는 글에서 다산의 이 글을 논하며 인류학적 분석을 했다. "철마를 숭배하는 제사는 기마민족이 군마軍馬를 소중히 여기는 현실적 관념에서 발원한 유속遺俗이고 말 성황신城隍神은

일제 강점기에 다산을 연구한 최익한은
해방 후 월북해서도 다산에 관한 논문을
꾸준히 발표했다. 1928년 최이한이
서대문형무소에 수감됐을 때의 모습.

조선 각처에 퍼져 있는 민간 신앙"이라는 것이다.

최익한은 1955년 북한에서 저술한 《실학파와 정다산》에서 사회개
혁가로서의 관점을 제공한다. 최익한은 1948년 남북연석회의 참석차 월
북해 최고인민회의 대의원으로 선출됐지만 정치 활동은 두드러지지 않
았고 꾸준히 다산과 관련한 연구 논문을 발표했다.

다산이 강진 유배 중에 쓴 시 〈대주對酒〉는 문벌과 계급, 지역 차별
이 인재를 고사시키는 현실을 통탄했다. 사회개혁가로서의 면모가 강하
게 드러나는 시다.

서북 사람들은 항상 눈살을 찌푸리며
서족庶族들은 많이 통곡한다.

그리고 한 줌도 못 되는 수십 집만이

대대로 국록을 도맡아 먹는구나.

그중에도 그들은 패를 나누어

서로 죽이고 엎치락뒤치락한다.

약한 놈의 고기를 강한 놈이 먹어

남은 건 겨우 대여섯 호족뿐이라.

이들로 삼정승 육판서 삼고……

이 시에서 '서북'은 황해도 평안도 함경도를 말한다. 조선 시대 세조 이후에는 홍경래의 난 등 반란이 자주 일어난 서북 지방 출신을 관리로 등용하지 않았다. 양반의 서족(첩실의 자녀)도 차별을 받았다.

《목민심서牧民心書》를 통해 다산은 민권주의民權主義 사상을 설파한다. 목민지관牧民之官은 협의적으로 백성을 다스리는 수령을, 광의적으로는 치자治者 계급 전체를 가리킨다. 다산은 고대 시대에 목牧, 즉 치자의 발생과 성립 과정에 대해 왕권신수설王權神授說을 부정했다. 탐관오리들의 죄악이 목도牧道에 위배된다고 지적하고 '통치자가 인민을 위해 존재한다牧爲民有'고 결론 내렸다.

조선에 성리학이 들어온 이후 사대부들은 줄곧 '애민愛民' 의식을 정치 이데올로기로 삼았으나 정약용이 이를 '위민爲民'으로 바꾼 것이다. 백성을 대하는 인식과 방식을 바꾸는 '패러다임'의 대전환이었다.

다산은 고전적 사례와 용어를 사용하며 당시 지배 계급의 눈을 과도히 자극하지 않는 합법적 표현을 썼다. 멸족의 위기에 몰렸던 다산으로서는 '신중하고 조심스럽게與猶' 접근하지 않을 수 없었을 것이다. 그러나 "그 내용은 민주 제도를 주장하고 군주 제도와 왕권신성을 근본적으로 부정한 비합법적 논문"이라고 최익한은 해석한다.

다산은 1798년에 편찬한 《마과회통麻科會通》에서 천연두를 예방하기 위해 사람의 고름을 이용하는 인두접종법과 소의 천연두인 우두를 이용하는 접종법을 소개했다. 다산이 매우 빠르게 서양의 신新의술인 종두법을 배운 것이 신기할 정도다. 중국을 내왕하는 서양 선교사들이 우두술에 관한 소책자를 펴내 포교에 활용했고, 다산이 이를 일찍 손에 넣은 듯하다는 것이 최익한의 추론이다.

미루어 보건대 다산의 위민주의, 민본주의도 독창적이라기보다는 서구 사상의 영향을 받았을 것으로 보인다. 다산이 《목민심서》를 쓴 것은 1818년. 다산이 중국을 다녀온 사람이나 서적 등을 통해 영국의 권리장전(1628), 미국의 독립선언(1776) 프랑스대혁명(1789) 등에 나타난 인민의 평등권과 자유권, 왕권의 제약 등을 학습했으리라 추정해 볼 수 있다.

여전히 미래형인 위민의 정치

다산은 관의 고리대금업으로 변질된 환곡還穀의 폐지, 경자유전耕者有田의 원칙에 따른 농지의 공동 분배, 공동 경작 등을 주장했다. 농사를 짓지 않는 대지주가 수확의 절반 이상을 가져가고 세금 부담까지 떠넘기는 바람에 소작인이 수탈과 굶주림에 시달리는 비참한 현실을 바꿔 보려는, 당시로서는 급진적인 농지개혁안이다. 최익한은 다산의 경제사상을 높이 평가하면서도 18세기 공상적 사회주의자들처럼 온건한 개량론에 그쳤다고 비판한다. 그러나 멸문지화滅門之禍의 공포 속에서 표현의 수위를 조절한 다산의 저술을 마르크스·레닌주의 관점에서 개량론이라고 비판하는 것

다산이 자신의 꿈이 이뤄질 미래를 사유하며 걸었던 한강변 '기다림의 길.' (사진 유대길)

도 시대에 대한 이해와 예의가 부족한 소이라는 생각이 든다.

　정약용은 한강을 따라 걸으며 '위민' 정치를 실현하는 방도에 관해 사유를 거듭했다. 진정한 위민 정치는 지금 이 시대에도 미래형이다. 묘지명에서 사용한 사암이라는 호처럼 정약용은 자신의 꿈이 이뤄질 시대를 기다렸다. 한강의 물줄기를 타고 봄, 여름, 가을에는 사람과 물자를 실은 배들이 바삐 오갔고 겨울에는 갈대숲에서 인기척에 놀란 청둥오리가 날아올랐다. 정약용이 사색했던 한강변 길은 '기다림의 길'로 남아 오늘도 우리의 발걸음을 맞는다.澤

4부 남양주의 문화와 전통

27

왕실 여인들의 원찰
운길산 수종사

남양주 운길산은 겨울부터 여름까지 흰색이 주조를 이룬다. 겨울이면 온 산이 얼어붙어 설산雪山이 되고, 눈이 녹은 봄이면 하얀 배꽃으로 뒤 덮인다. 여름에는 운해雲海가 흰 장막처럼 산을 가린다. 4계절 중에 가을 만 단풍으로 붉고 그 외엔 하얀색 풍광이 운길산을 점령한다.

운길산의 팔분능선에 자리 잡은 수종사는 한강 남쪽 검단산까지 전 망이 툭트였다. 뭐니뭐니해도 최고의 경치는 남한강과 북한강이 한강으 로 합류하는 경치를 수종사 앞마당에서 바라보는 것이다. 풍수와 지리 에 밝았던 서거정(1420~1488. 세조 때 대제학)이 "동방 사찰 중 제일의 전망" 이라고 한 찬사는 조금도 과장이 없다.

수종사에는 조선의 명사들과 시인 묵객들의 자취가 많이 남아 있다. 다산 정약용은 수종사의 추억이 서린 시를 여러 편 남겼다. 14세 때 지었 다는 시 〈수종사에 노닐며遊水鐘寺〉에는 세상 곳곳을 두루 다닌다 해도 수 종사만은 잊지 않고 다시 찾겠다는 다짐이 담겨 있다. 그는 과거 공부를 수종사에서 했다. 1783년(정조 7) 진사가 되어 성균관에 들어가면서 학문 이 뛰어나 정조의 총애를 받기 시작했다. 그가 진사 시험에 합격했을 때 다산의 부친은 "이번 길이 초라해서는 안 된다. 두루 친구들을 불러 함께

수종사는 운길산의 가파른 8분 능선에 위치해 경내 부지가 좁다. 하지만 멀리 북한강, 남한강까지 전망이 툭 트였다.

가라"고 격려했다. 다산은 성균관의 친구들과 함께 배를 타고 가 마재마을 생가에서 잔치를 벌이고 수종사에 놀러간 이야기를 시에 담고 있다.

마재에서 나이든 사람은 소나 노새를 타고 젊은 사람들은 모두 걸어갔는데 절에 도착하니 오후 3~4시가 되었다. 동남쪽의 여러 봉우리들이 때마침 석양빛을 받아 빨갛게 물들었고, 강 위에서 햇빛이 반짝여 창문으로 비쳐 들어왔다. 여러 사람들이 서로 이야기하며 즐기는 동안 달이 대낮처럼 밝아왔다. 서로 이리저리 거닐며 바라보면서 술을 가져오게 하고 시를 읊었다.

강진에서 인연을 맺었던 초의선사는 1830년(순조 30) 겨울 수종사에 머물며 정약용을 종종 찾아왔다. 초의는 이때 정약용의 아들 학연을 비롯하여 정조의 사위인 홍현주洪顯周 등 이 지역의 선비들과 차를 마시며 교유하였다. 정약용은 초의에게 남양주로 옮겨와 퇴락한 절집을 수리해 가까이 왕래하며 지내자고 제안한 적도 있다. 수종사는 삼정헌이라는 다실을 지어 초의의 차 문화를 계승하고 있다.

"동방 사찰 중 제일의 전망"

조선 시대에 수종사는 왕실 여인들의 원찰이었다. 왕에 따라 부침하는 궁궐의 여인들은 한양에서 가까운 수종사에 불상을 시주하면서 발원문發願文을 불상 안에 넣고 현세의 평안과 내세의 극락왕생을 빌었다. 수종사에는 태종의 다섯 번째 딸 정혜옹주(?~1424)의 부도가 있다. 옥개석의 낙수면에는 "태종태후/정혜옹주/사리조탑/시주문화류씨/금성대군정통/사년기미시월일太宗太后/貞惠翁主/舍利造塔/施主文化柳氏/錦城大君正統/四年己未十月日"이라는 명문이 음각되어 있다. 태종의 첫 번째 후궁인 의빈 권씨(1384~1446)가 정혜옹주의 사리탑을 조성했는데 문화 류씨와 세종의 여섯째 아들 금성대군(1426~1457)이 시주했으며 정통 4년 기미년(1439) 10월에 세웠다는 기록이다.

수종사에는 세조와 관련된 창건 설화가 내려온다. 전설에 따르면 세조가 1458년 오대산 주변의 온천과 월정사를 다녀오던 길에 두물머리에서 하룻밤을 묵는데 새벽에 멀리서 은은한 종소리가 들려왔다. 신하들과 그 종소리를 따라 운길산에 올라 소리 나는 곳을 찾아보니 폐사廢寺의 굴속에서 떨어지는 물소리였다. 세조는 굴속에서 18 나한을 발견해 절을 세우게 하고 사찰 이름을 수종사라 지었다고 한다.

수종사의 석탑 3형제. 왼쪽이 보물 2013호인 정혜옹주의 사리탑. 오른쪽은 보물 1808호
팔각오층석탑으로 선조의 계비이자 영창대군의 어머니인 인목대비가 조성한 23구의 불상이
들어 있었다. (사진 아주경제 DB)

세조가 계유정난의 피바람을 부르고 왕위에 오른 것이 1455년인데
정혜옹주 사리탑의 명문을 보면 그보다 16년 전에 세워진 것이어서 '수
종사 세조 창건설'의 사실성이 부정된다. 그러나 세조가 수종사의 중창
을 지원하고 강원도 약수터에 다녀오는 길에 수종사를 찾은 것은 여러
기록에 비추어 사실에 부합한다. 바위틈에서 물 떨어지는 소리를 먼 곳
에서 종소리로 듣고 세조가 찾아왔다는 전설은 절 이름의 유래와 관련
해 신비성을 높여 주었을 것이다. 하지만 《여유당전서》에 나와 있는 다
산의 기록이 더 사실적이다. 다산의 〈유수종사기游水鍾寺記〉에는 "신라 때

수종사의 사리탑에서 나온 정혜옹주의 사리장엄구(보물 259호). (사진 문화재청)

지은 고사인데 절에는 샘이 있어 돌 틈으로 물이 흘러나와 땅에 떨어지면서 종소리를 낸다. 그래서 수종사라 한다"고 돼 있다.

후궁인 의빈 권씨는 태종이 승하한 후 머리를 깎고 비구니가 되었다. 그런데 하나밖에 없는 딸 정혜옹주가 1424년(세종 6)에 시집갔다가 5년 만에 세상을 뜨자 불교 의식으로 장례를 치렀다. 의빈 권씨는 소중하게 딸의 사리를 보관하고 있다가 부도를 세우고 안치했다. 부도 안에서 나온 사리를 담은 '뚜껑 있는 청자 항아리'와 금제9층탑, 은제도금사리기는 보물 259호로 지정됐다.

의빈 권씨는 궁에 있을 때 세종의 부탁을 받고 손자뻘인 금성대군을 품안에서 길렀다. 금성대군은 정혜옹주가 죽은 뒤에 태어났지만 자신을 돌봐준 의빈 권씨를 기쁘게 할 양으로 호사스런 사리함을 만들어

부도에 넣어준 것이다. 세종의 여러 아들 중에서 다른 대군들은 세조의 편에 가담해 권세를 누렸으나 금성대군은 아버지 세종과 맏형 문종의 뜻을 끝까지 받들다가 비참한 최후를 맞았다.

발원문엔 '현세 평안, 내세 극락왕생'

대웅보전 옆에는 정혜옹주의 부도와 함께 팔각오층석탑, 작은 삼층석탑 등 석탑 3형제가 서 있다. 1957년 팔각오층석탑을 수리할 때 탑신과 옥개석 등에서 19구의 불상이 나왔고 1970년 이전할 때는 2층·3층과 옥개석에서 12구의 불상이 더 나왔다. 함께 발견된 묵서를 통해 성종과 인조 때 준수된 것을 알 수 있다. 조선 시대 석탑 중 유일한 팔각오층석탑

수종사 팔각오층석탑 안에서는 인목대비가 조성한 불상군(보물 1788호)이 나왔다.
(사진 문화재청)

(보물 1808호)으로 역사적·학술적·예술적 가치가 높다.

팔각오층석탑 기단 중대석에서 발견된 금동비로자나불좌상은 하단부의 명문을 통해 제작 연대와 발원자인 인목대비가 확인됐다. 인목대비는 선조의 계비로 영창대군을 낳았으나 광해군 집권 후 폐비가 되어 서궁에 갇혔다. 그녀의 소생 영창대군은 광해군의 묵계默契 속에 살해됐다. 인륜에 어긋난 폐모살제는 인조반정의 명분을 제공했다. 광해군이 폐주로 전락하면서 인목대비는 왕실의 최고 어른이 되었지만 죽은 아들 영창을 살려낼 수는 없었다. 인목대비는 수종사를 찾을 때마다 비극적으로 삶을 마감한 친정아버지 김제남과 아들 영창대군의 극락왕생을 빌었다.

1628년(인조 6)에 봉안된 불상들은 성인性仁이라는 조각승이 제작했다. 불상들을 눈여겨보면 한결같이 고개를 숙이고 허리를 구부려 움츠린 듯한 자세를 취하고 있다. 목이 짧고 수인手印을 맺은 양손도 매우 작다. 옹색하고 초라하고 어린아이 같은 모습이다. 불교 미술 전문가들은 인목대비의 가슴에 묻힌 영창대군의 모습이 불상에 반영된 것 같다고 해석한다.

운길산 일대 토지의 상당 부분은 수종사의 둔전屯田이었다. 수종사는 둔전을 경작해 남한산성의 군사들에게 식량을 공급했다. 남양주에서 생산한 식량은 한강과 경안천을 통해 남한산성에서 가까운 상번천까지 배로 실어 날랐다. 광해군 인조 연간의 문신 임숙영은 수종사의 승려들이 둔전에서 나온 소출로 돈놀이를 한다고 비판했다. 수종사의 주지는 안팎의 살림을 잘 꾸리는 사판승事判僧 출신이 많았던 탓인지 오래된 절 치고는 큰 스님의 부도가 적은 편이다.

수종사 은행나무 두 그루는 세조 때 심은 것으로 사적기에 따르면 2020년 기준 수령 562년이다.
(사진 아주경제 DB)

수종사에는 수령 500년이 넘은 은행나무가 두 그루 서 있다. 1458년
(세조 4) 이 절을 중창하면서 은행나무 두 그루를 심었다고 수종사 사적기
에 기록돼 있다. 이 은행나무는 2020년 기준으로 562세다. 수종사를 오
간 왕실의 여인들과 조선의 명사들, 그리고 승려와 민초들은 모두 세상
을 떠났지만 은행나무는 모진 세월을 견뎌 내고 오늘도 서 있다.澤

28

운허 스님의 파격과 한글 편액, 봉선사

남양주 광릉에서 멀지 않은 곳, 맑고 탁 트인 운악산 자락에 교종본찰敎宗本刹 봉선사가 있다. 이곳은 일주문一柱門부터 남다르고 흥미롭다. 일주문 편액은 한자 가로쓰기가 아니라 한글 세로쓰기다. 두 줄로 쓴 '운악산 봉선사'의 한글 서체가 보는 이를 미소 짓게 한다.

봉선사의 지세地勢는 시원하게 열려 있다. 일주문을 지나면 한쪽으로 드넓은 연지蓮池가 사람을 맞이한다. 마치 동네 어귀에 들어선 것 같다. 계곡을 따라 올라가 깊숙한 곳에 위치한 대개의 여느 사찰과 달리 봉선사는 보통 사람들이 살아가는 민가 마을에 자리 잡은 듯하다. 편안하고 넉넉하며 대중적이고 소탈하다.

독립운동가 운허 스님의 창의성 넘치는 절

좀 더 들어가면 수령 500여 년 된 느티나무가 멋진 자태를 드러낸다. 그 느티나무를 돌아 들어가니 대웅전이 나온다. 그런데 대웅전이 아니다. 흔히 보던 대웅전 한자 편액이 아니라 '큰법당'이라고 한글로 이름 지어 편액을 걸었다. 일주문에서 시작된 파격이 대웅전 큰법당까지 이어지는 형국이다. 큰법당 기둥에 써 붙인 주련柱聯도 한자가 아니라 한글이다.

봉선사는 대웅전 대신 '큰법당'이라 이름 짓고 편액도 한글로 만들어 걸었다. (사진 이광표)

온 누리 티끌 세어서 알고
큰 바닷물을 모두 마시고
허공을 재고 바람 얽어도
부처님 공덕 다 말 못하고.

대한불교조계종 봉선사는 고려 광종 때인 969년 법인국사法印國師
가 창건한 것으로 전해 온다. 창건 당시 사찰 이름은 운악사雲岳寺였다. 이
후 조선 세종 때 이 절을 폐지했으나 예종 때인 1469년 중창했다. 세조

봉선사 주지를 지낸 운허 스님의 승탑(부도). 그는 경전의 우리말 번역과 불교 대중화에 앞장섰다.
(사진 이광표)

의 비 정희왕후 윤씨貞熹王后 尹氏가 광릉을 보호하고 세조를 추모하기 위
해 절을 중창하고 봉선사奉先寺라 이름 붙인 것이다. 봉선사는 선왕 세조
를 잘 받들겠다는 의미가 담겨 있다. 수령 500여 년의 느티나무도 이때
심은 것이라고 한다.

봉선사는 전국의 승려 및 신도에 대한 교학 진흥의 중추적 역할을
수행하며 교종敎宗을 이끄는 사찰로 자리 잡아갔다. 하지만 임진왜란, 병
자호란 등으로 피해를 많이 입었고 그때마다 여러 차례 중창重創과 중수
重修를 거듭했다. 그러다 6·25 전쟁의 와중인 1951년 봉선사의 모든 건

물이 완전히 소실되고 말았다.

그 후 사찰 중건 사업이 단계적으로 진행되었다. 1959년 범종각을 세웠고 1963년 운하당雲霞堂을 세웠다. 1970년 주지였던 운허耘虛(1892~1980) 스님이 사찰의 핵심 공간인 대웅전을 중건했다. 일제 강점기 항일 독립운동에 투신했던 운허 스님은 광복 이후엔 경전을 한글로 번역하는 데 집중하면서 불교 대중화에 열정을 쏟았다. 그런 운허 스님이었기에 불경 한글화의 취지를 살려 대웅전 대신 큰법당이라 이름 지은 것이다. 우리나라 사찰 법당 가운데 최초의 한글 편액이다. 놀라운 파격이다.

큰법당 글씨체는 단정하고 원만하다. 모든 이가 좋아할 만한 글씨다. 큰법당 편액은 서예가 금인석의 글씨이고, 큰법당 주련의 글씨는 석주昔珠 스님의 것이다. 큰법당 뒤편 조사전祖師殿에도 한글 주련이 붙어 있다. 그 내용 또한 소박하고 진솔하다.

이 절을 처음 지어
기울면 바로잡고
불타서 다시 지은
고마우신 그 공덕

콘크리트 건축 역발상

봉선사 큰법당은 한글 이름 이외에 건축사 측면에서도 그 의미가 크다. 사실 봉선사 큰법당은 목조 건축물이 아니라 철근 콘크리트 건축물이다. 근대 건축 재료와 구조로 전통 건축의 형태를 재현하고 공간의 의미를 전승하고자 한 것이다. 새로운 시도였다. 훗날 건축가들은 이에 주목했다. 전통 목조 양식을 재현한 콘크리트 건물 가운데 가장 완성도가 높고 조형미가 뛰어나다는 평가를 내놓았다. 이에 힘입어 큰법당은 현재 등록문화재로 지정되어 있다. 근대기 문화적 가치가 높은 건축물임을 상징적으로 보여 주는 대목이다. 봉선사의 큰법당 앞에는 3층 석탑이 서 있다. 여기에 1975년 운허 스님이 스리랑카에서 모셔온 부처님 사리 1과를 봉안해 놓았다.

봉선사엔 운허 스님과 춘원 이광수와의 인연도 깃들어 있다. 운허 스님과 춘원은 6촌간이다. 이광수가 친일 변절자의 오명으로 신변에 위협을 느끼던 광복 직후, 운허 스님은 잠시 봉선사에 묵을 곳을 마련해 주었다. 그리고 《법화경》을 통해 이광수를 불교의 세계로 이끌었다. 이광수는 6·25 전쟁 때 납북되었으나 이런 인연으로 1975년 봉선사에 이광수 기념비가 세워졌다.

봉선사에서 빼놓을 수 없는 것이 동종銅鍾이다(보물 제397호). 1469년(예종 1) 봉선사를 세울 때 함께 조성한 것이다. 높이 238cm, 입지름 168cm로 조선 시대 범종으로는 커다란 편이다. 동종의 몸체 한복판에는 모든 죄가 소멸하고 공덕이 생겨난다는 의미를 지닌 '옴마니반메훔' 여섯 자를 양각으로 표현해 놓았다. 또한 종의 조성 내력과 참여자 등에 관한 내용을 표현했다. 이에 따르면 1469년 세조비 정희왕후가 세조의 명복을 빌기 위해 봉선사를 세울 때 함께 주조한 것으로 되어 있다. 왕실의 발원으로 만들어진 동종이라는 말이다. 이 동종은 조선 초기 대형 범종 가운데 가장 형태가 안정적이며 무늬가 정교하게 표현된 대표작으로 평가받는다.

〈비로자나삼신괘불도毗盧舍那三身掛佛圖〉도 빠뜨릴 수 없다. 괘불은 사

〈비로자나삼신괘불도〉(보물 1792호, 1735년 제작). 법회를 열 때 봉선사 큰법당 앞에 괘불을 걸어놓는다. (사진 문화재청)

찰에서 특별한 법회나 의식을 거행할 때 괘도처럼 만들어 걸어두는 대형 불화를 말한다. 봉선사 괘불은 비로자나 삼신불과 권속眷屬들을 그렸다. 보물 제1792호로 세로 877cm, 가로 458cm. 화면을 보면 위쪽 가운데에 비로자나불을, 좌우로 석가모니불, 노사나불을 배치했다. 이 괘불도는 1735년(영조 11) 상궁 이씨가 숙종의 후궁인 영빈 김씨의 혼령을 위로하기 위해 특별히 시주하고 조성한 것이다.

화면 아래쪽엔 보살과 범천梵天 및 제석천帝釋天, 10대 제자, 주악천인奏樂天人과 용왕, 용녀 등을 가득 그려 넣었다. 전체적으로 매우 힘차고 생동감이 넘치며 짜임새가 있다. 화면은 황색과 청색, 녹색 등으로 밝고 화사하게 처리했다. 필선은 시원하고 대담하고 능숙하다. 인물들의 움직임

← 보물 397호 봉선사 동종. 1469년에 제작된 것으로 조선 초기를 대표하는 범종으로 꼽힌다. (사진 이광표)

과 옷자락 선이 자연스럽고 사실적이다. 왕실발원 불화의 높은 수준을 보여 준다고 할 수 있다.

괘불은 대개 천에 그린다. 그러나 봉선사 괘불도는 이례적으로 종이에 그렸다. 세로 144.4cm, 가로 95cm의 종이 30장을 붙여 제작했다. 이 또한 새로운 시도가 아닐 수 없다. 봉선사는 평소 괘불을 궤(2015년 제작)에 넣어 큰법당에서 보관하고 있다. 괘불 법회는 사찰의 큰 행사. 봉선사에선 큰법당 바로 앞에 괘불을 걸어 놓고 법회를 거행한다. 큰법당 앞에는 돌기둥 두 쌍이 서 있고 여기 커다란 철제 기둥의 괘불대를 고정한다. 이 괘불대에 괘불을 걸어 놓는다.

현대 조각가가 불상 제작

봉선사의 파격과 실험은 계속된다. 봉선사 한쪽 우물가에 이르니 독특한 조형물이 눈에 들어온다. 원로 조각가 최종태가 2017년 제작한 석조 보살상이다. 최종태 특유의 편안하고 단정한 조각이다. 그런데 최종태는 가톨릭 신자이고 현대 조각 전공이다. 전통 불교 사찰 봉선사에서 가톨릭 신자 조각가의 보살상이라니. 최종태는 법정 스님과 교유하면서 2000년 서울 길상사의 관음상을 제작했다. 길상사에서 느끼는 신선한 충격이 봉선사에서도 그대로 전해 온다. 법정 스님은 1960년대 운허 스님과 함께 불경을 번역하며 그 영향을 크게 받았으니, 이 보살상은 그 인연의 절묘한 산물이 아닐 수 없다.

봉선사는 묘한 매력이 있다. 예상치 못한 파격과 실험, 조화와 융합의 공간이기 때문이다. 한자와 한글, 대웅전과 큰법당, 철근 콘크리트와 전통 건축, 괘불과 종이, 불교와 가톨릭……. 그건 융합이고 창의다. 일부

2017년 봉선사 우물가에 조성한 석조관음보살상. 최종태 조각가의 작품이다. (사진 이광표)

계층의 종교가 아니라 모두의 불교를 지향하기 위함이다. 20세기 한국 불교의 대표 선지식善知識 운허 스님의 뜻이기도 했다. 낯선 것들이 한데 만나 새로운 길을 열었다. 이런 봉선사는 남양주를 상징한다. 두 물줄기가 만나 한양으로 흐르는 한강물처럼 말이다. 杓

29

왜장녀 배꼽춤 납시오…
퇴계원 산대놀이 한마당

제6과장 애사당놀이가 시작되자 넉넉한 몸매의 왜장녀가 등장한다. 덩치가 크고 부끄러움이 없다는 그녀. 그래서일까. 담뱃대를 쥐고 한껏 뱃살을 드러낸 채 엉덩이를 씰룩거리며 여기저기 오간다. 배꼽춤과 엉덩이춤이다. 걸죽한 걸음걸이에 적당히 투박하고 적당히 관능적인 왜장녀의 몸짓이 하나둘 이어질 때마다 장고와 북이 장단을 맞춘다. 동시에 구경꾼들은 손뼉을 치며 "얼쑤"하고 호응한다. 그러자 애사당이 왜장녀와 짝을 맞춰 멋지게 승무를 풀어낸다. 부드러우면서도 애잔한 몸짓이 보는 이들을 숨죽이게 한다.

　남양주의 퇴계원역 광장에서, 다산 유적지 마당에서도, 그리고 팔도 곳곳에서 퇴계원 산대놀이를 만나는 사람들은 이 장면에 매료된다. 퇴계원 산대놀이의 전체 12과장이 모두 매력이지만 제6과장 애사당놀이에서 왜장녀의 배꼽춤과 애사당의 승무는 단연 독보적이다.

호방하고 선 굵은 춤사위
퇴계원의 상징이자 남양주를 대표하는 전통 연희 퇴계원 산대놀이. 산대놀이는 서울·경기 지역에서 연행 전승되어 온 가면극 가운데 하나다.

퇴계원 산대놀이의 제6과장 애사당놀이 연행 모습. 서민 생활의 어려움을 풍자하는 내용으로 왜장녀의 배꼽춤과 애사당의 승무가 매력적이다. (사진 퇴계원산대놀이보존회)

가면극은 탈을 쓰고 춤, 노래, 대사를 통해 하나의 스토리를 시각적으로 전달하는 연극적 공연이다. 음악, 무용, 문학이 만난 종합 예술극이라 할 수 있다.

우리의 전통 탈놀이에는 두 종류가 있다. 하나는 마을 굿 계통의 탈 놀이다. 안동의 하회별신굿이나 강릉의 관노가면극이 이에 속한다. 다른 하나는 산대놀이 계통의 탈놀이다. 조선 시대 산대도감이 주관했던 산대놀이패 연기자들의 탈놀이다. 퇴계원 산대놀이를 비롯해 송파 산대놀이, 애오개(아현) 산대놀이, 양주 별산대놀이가 여기 해당한다.

산대山臺는 산처럼 높은 무대라는 뜻이다. 무대를 만들어 놓고 한바탕 신나게 탈춤판을 벌이는 것이다. 고려 시대 때 본격화한 산대놀이는

퇴계원 산대놀이 제7과장 팔먹중놀이 연행 모습. 승려들의 파계와 불교의 타락을 비판하는
내용이다. 고승인 노장의 몸짓이 시원시원하다. (사진 퇴계원산대놀이보존회)

조선 시대에 들어 산대도감山臺都監이라고 하는 관청에서 관장했다. 그렇
다 보니 중국 사신의 영접이나 왕실 의례 등 공식 행사에서 주로 연행演
行되었다. 공식 행사에 참여하다 보니 산대놀이꾼들은 나라로부터 그에
상응하는 보수를 받았다.

그러나 비용 부담이 커지자 18세기 이후 산대도감의 기능이 대폭
약화되었다. 당연히 공식적인 산대놀이 기회도 대폭 줄어들었다. 이에
따라 산대놀이꾼들은 새로운 생존 방식을 찾아야 했다. 나라에 의존하
지 않고 서울·경기 지역 곳곳으로 흩어져 스스로 탈춤을 기획하고 연행
하는 방식이었다. 공연 비용은 지방 유지들의 기부 등에 의존했다. 간혹
국가 행사가 있을 때는 공식적인 산대 연희를 실행했지만 기본적으로

나이 든 고승과 소무. (사진 퇴계원산대놀이보존회)

산대놀이는 소비자 중심으로 바뀌었다. 스스로의 콘텐츠와 기획력을 무기로 각자도생하는 것이었다. 정월대보름, 초파일, 단오, 유두, 백중, 추석 등의 절기에는 경향京鄕 각지를 돌며 공연을 펼쳤다.

남양주 퇴계원은 산대놀이패들에게 매력적인 무대였다. 퇴계원은 교통의 요지였고 그래서 역원驛院이 있었다. 공적으로, 사적으로 사람들의 출입이 잦은 곳이어서 자연스레 상업이 발달했다. 100여 호의 객주와 역원이 성행한 데다 한양으로 가는 길목이었으니, 탈춤 놀이패가 모이기에 제격이 아닐 수 없었다. 퇴계원은 이렇게 산대놀이의 최적 무대로 자리 잡았다.

퇴계원 산대놀이엔 파계승, 몰락한 양반, 하인, 영감, 승려, 할미, 첩,

말뚝이의 해학스런 표정. (사진 퇴계원산대놀이보존회)

사당 등 온갖 군상이 등장한다. 그들은 욕망을 탐하고 도덕을 무너뜨린다. 그런 모습을 드라마틱하게 보여 주면서 현실의 부조리를 폭로하고 풍자한다. 관객들과 함께 웃고 함께 탄식한다. 퇴계원 산대놀이는 길놀이, 서막고사에 이어 12과장으로 이뤄진다. 제1과장 상좌춤, 제2과장 옴중과 상좌놀이, 제3과장 먹중놀이, 제4과장 연잎과 눈끔적이놀이, 제5과장 침놀이, 제6과장 애사당놀이, 제7과장 팔먹중놀이, 제8과장 신장수놀이, 제9과장 취발이놀이, 제10과장 말뚝이놀이, 제11과장 포도부장놀이, 제12과장 신할아비와 미얄할미놀이다. 이야기는 기본적으로 파계승을 통해 승려들의 타락을 풍자하고 양반과 서민들의 대결을 통해 양반 계급 사회를 비판한다.

제7과장에선 도사 같은 분위기의 노장(노승)이 등장한다. 송낙을 깊게 눌러쓰고 백팔염주를 땅에 닿을 듯 길게 늘어뜨린 노장의 모습은 사

뭇 신비롭다. 박진감 넘치는 노장의 몸짓은 하나하나가 관객들을 긴장 속으로 끌고 들어간다. 하지만, 도를 멀리한 채 여성을 탐하려다 결국 모든 것을 잃고 마는 노장의 모습이 드라마틱한 반전으로 다가온다.

풍자와 해학을 통한 메시지도 중요하지만 퇴계원 산대놀이는 우선 볼거리가 많다. 대사는 비교적 적고 표정과 몸짓 연기가 많다. 삼현육각 三絃六角(피리, 대금, 해금, 장고, 북)의 반주에 맞춰 경기 민요가 시종 탈춤의 분위기를 고조시킨다.

퇴계원 산대놀이는 대사보다 몸짓과 표정을 좀 더 부각시킨다. 그래서인지 춤사위는 선이 굵고 시원하고 호방하다. 이에 비해 송파 산대놀이는 춤사위가 여성적이며 섬세한 편이다. 양주 별산대놀이 춤사위는 유연하고 부드럽다. 퇴계원 산대놀이가 이렇게 호방하고 넉넉한 분위기의 탈춤으로 자리 잡게 된 것은 퇴계원 지역의 역동성에 기인한 것이다. 퇴계원 산대놀이를 두고 조선 시대 도시 탈춤의 전형이라 평가하는 것도 이런 까닭에서다.

탈놀이 무대가 된 교통의 요지 퇴계원

퇴계원 산대놀이꾼들은 1920~1930년대까지 신나게 연행을 했다고 한다. 퇴계원에 장이 크게 서면 산대놀이패들이 들이닥쳐 한바탕 연행을 벌였고 그것이 사람들의 발길을 사로잡았다. 이들은 퇴계원을 근거지로 삼되 수시로 다른 지역으로 순회공연을 다녔다. 이 땅의 민초들은 퇴계원 산대놀이꾼들과 함께 풍자와 해학으로 세상 시름도 잊고 카타르시스를 얻었다. 그 덕분에 공동체 소속감도 느낄 수 있었다.

일제 강점기 때 산대놀이를 중심으로 한국인들이 많이 모이자 조선

퇴계원 산대놀이에 등장하는 포도부장의 표정이 사뭇 근엄하다. (사진 퇴계원산대놀이보존회)

총독부는 이를 경계하기 시작했다. 1930년대를 지나면서 일제는 탈과 의상, 악기를 빼앗아 불태웠고 그로 인해 퇴계원 산대놀이는 조금씩 쇠퇴해 갔다. 그러다 6·25 전쟁의 참화로 퇴계원 산대놀이는 힘을 잃었고 그 후엔 우리의 기억 속에서 사라졌다.

1980년대 들어 전통과 탈춤을 다시 인식하게 되면서 퇴계원 산대놀이의 뿌리를 찾으려는 움직임이 일었다. 1990년 퇴계원산대놀이보존회가 결성되었다. 드디어 1991년 재현 공연이 열렸고 의상과 탈 등을 고증 복원해 1997년 제대로 된 복원 공연이 이뤄졌다.

그 후 퇴계원산대놀이보존회는 쉼 없이 달려왔다. 매년 한 차례 정기 공연은 기본이고 연희자를 양성하고 다양한 공연 프로그램을 기획 진행해왔다. 남양주와 퇴계원뿐만 아니라 전국 곳곳에서 연행을 펼친다. 영동 난계국악축제, 남산골 한옥마을 초청 공연, 노원 탈축제, 도봉구 북페스티벌 등 팔도를 누빈다. 19세기 말~20세기 초 퇴계원산대놀이 패가 그랬던 것처럼 말이다.

이런 노력에 힘입어 2010년 퇴계원 산대놀이는 경기도 무형문화재 제52호로 지정되었다. 제도적으로 좀 더 안정된 전승 시스템을 갖춘 것이다. 그러나 아직 갈 길은 멀고 할 일은 많다. 가장 시급한 문제는 공연 인프라가 부족한 점이다. 퇴계원 산대놀이 경력 16년차인 윤지한 퇴계원 산대놀이보존회 사무국장은 "아직 전수관도 없고 공연 공간도 부족하다"고 아쉬워한다. 서울 송파구는 송파산대놀이를 그 지역의 핵심 문화 콘텐츠로 적극 활용하고 있다. 송파구 석촌호수에 서울놀이마당을 조성해 전통 연희의 무대로 활용하고 있다. 남양주에도 이러한 산대놀이 공간이 있어야 한다.

이 땅의 민초들과 애환을 함께해 온 퇴계원 산대놀이. 일제 강점기와 6·25 전쟁을 거치며 핍박과 훼손, 단절이라는 수난까지 겪어야 했던 퇴계원 산대놀이. 하지만 꿋꿋이 살아남아 현재 남양주를 대표하는 연희로 다시 자리 잡았다. 예로부터 탈춤이 성행한 지역은 낭만적이고 여유가 있는 곳이었다. 사람들이 많이 모이는 요지였다. 문화적으로 풍성하고 자신감 넘치는 곳이었다.

2020년은 퇴계원 산대놀이가 복원된 지 30주년이 되는 해다. 올해 5월에 30회 정기 공연이 열린다. 지난해 퇴계원역 앞 광장 무대에서 정기 공연을 본 한 남양주 시민이 인터넷 포털에 이런 글을 올렸다. "시작부터 마지막까지 지루함 없이 너무 재미있던 퇴계원 산대놀이, 올해가 29주년 29회였는데 내년엔 30주년이 된다고 해요. 정말 더욱 기대되는 공연이에요. 못 보신 분들은 꼭 보세요!"[約]

30

'사도세자 누나'가 쓴
화장품

한강이 바라다보이는 남양주시 삼패동三牌洞에서 땅주인인 서울 사람이
놀리는 구릉에 주민 몇 명이 텃밭을 가꾸었다. 2015년 여름 김정희 씨는
밭을 매다 식함石函과 목제마木製馬 조각을 발견해 남양주시청에 신고했
다. 남양주시와 고려문화재단연구원이 1차 발굴 조사를 한 결과 근접한
곳에서 석함 하나가 추가로 발견됐다. 석함에서 뚜껑을 갖춘 백자입호白
磁立壺, 칠기로 만든 명기明器와 벼루 등이 출토됐다.

2차 발굴 조사에서 유골이 이장된 회곽묘 1기, 회지석灰誌石, 회곽함
등이 출토되면서 이 무덤이 영조의 딸 화협옹주和協翁主와 남편 영성위永城
尉 신광수申光綏의 합장묘 자리였던 것으로 확인됐다. 왕비가 낳은 딸은 공
주이고 후궁의 딸은 옹주다. 후손들이 1970년대 진접읍 배양리로 이장하
면서 땅 위에 있는 석양石羊, 망주석, 향로석은 옮겨갔으나 주변에 묻힌 석
함이나 회곽함 등은 발견하지 못하고 다시 흙을 덮었던 것이다.

삼패동 무덤 터에서는 화협옹주가 생전에 사용했던 화장 도구와 화
장품 물질이 나와 조선 왕실의 화장품과 화장 문화를 연구할 수 있는 풍
부한 자료를 제공했다. 2차 발굴 때 다른 주민이 밭에서 주운 묘지석을
발굴단에 내놓았다. 딸의 죽음을 애도해 영조가 직접 글을 지은 지문誌

화협옹주 무덤 터에서 나온 화장 도구와 용기. (사진 국립고궁박물관 소장)

文에는 왕희지체로 음각된 394글자가 담겨 있었다.

영조의 애끓는 부정父情이 담긴 묘지명

영조의 일곱 번째 딸인 화협옹주는 어머니 영빈 이씨를 닮아 미색이 뛰어났다. 궁녀 출신인 영빈 이씨는 영조의 총애를 받아 사도세자와 다섯 옹주를 낳았다. 화협옹주는 좌의정, 우의정, 영의정을 두루 역임한 신만申晚의 아들 신광수에게 시집갔다. 신부는 열 살, 신랑은 열두 살이었다. 조정에서는 사도세자가 화협옹주보다 두 살 아래지만 종묘사직의 주인이 될 동궁東宮이니 사도세자를 먼저 결혼시키자는 의견이 많았다. 하지만 영조는 "결혼의 순서가 바뀌는 역혼逆婚은 세속에서도 꺼린다"며 화협옹주의 혼인날을 먼저 받았다.

화협옹주의 시아버지인 신만은 사도세자를 뒤주에 가두는 현장에서 방관하였다는 이유로 영조에 의해 파직됐다가 복직됐다. 아들을 자기 손으로 죽여 놓고 사후에 후회한 영조는 평소 폐廢세자를 주장하고 뒤주 소동의 현장에서 냉랭했던 신만에게 화풀이를 했던 것이다.

화협옹주가 병이 들어 죽기 이틀 전에 영조가 딸의 집에 거동하려 하자 채제공이 말렸으나 "군율을 시행하겠다"며 겁을 주고 남양주 딸네 집 행차를 강행했다. 영조가 옹주의 집에 가서 밤이 깊도록 돌아가지 않다가 동틀 무렵에 비로소 어가를 돌렸다. 옹주의 나이 스물아홉이었고 후사도 없었다.

이틀 뒤 화협옹주가 새벽에 세상을 떴다는 소식이 궁궐에 전해졌다. 영조는 다시 남양주 딸네집에 들러 날이 저물어 가는데도 어가를 돌리라는 명을 내리지 않았다. 채제공과 의약을 담당하던 내국內局에서 궁으로 돌아갈 것을 청하니 그때서야 가마를 움직이게 했다. 영조는 옹주를 애도하는 글을 지어 묘지석에 새겼다. 아버지의 애끓는 심경이 진솔하게 담겨 있다.

기품과 용모가 뛰어났으며, 어버이를 정성으로 모시며, 시아버지에게도 한결같이 하였다. 비록 궁궐에 거처하여 소란한 가운데에서도 어려서부터 장성함에 이르기까지 담담하고 정숙하며 조금도 빈틈이 없고, 나쁜 소문이 없었으며, 곁눈질하는 예가 없었다…… (죽기 이틀 전) 특별히 내가 가서 보았다. (화협옹주 방에) 들어가 보고 "지금 내가 입궐한다"고 세 번 말했지만 정신이 혼미하여 응답이 없었다. 이튿날 아침 정신이 들어 (간

영조가 직접 지은 글을 새긴 묘지석. (사진 국립고궁박물관 소장)

병하는 사람들에게) "(아버지가 왔을 때) 어찌 나를 깨우지 않았는가. 편안히
돌아가세요라고 여쭤야 했는데……"라고 말했다는 소리를 전해 들었다.
…… 무릇 가히 영령을 위로하기 위해 한 줄을 기록함에 열 줄의 눈물을
흘렸으니 아! 슬프도다. 아! 슬프도다.

아들(사도세자)을 뒤주에 가두어 8일 만에 굶어 죽게 만든 독한 왕이
출가해 병사한 딸에 대해서는 "아 슬프도다 슬프도다"라며 가슴을 쳤
다. 영조는 왕위를 계승할 외아들에게 왜 그렇게 독하게 했을까.

사도세자는 광증이 발작하면 궁녀와 내시들을 함부로 죽이고 곧 후
회했다. 심지어 자기가 낳은 자식까지도 칼로 쳐 연못에 던질 정도였다.

영조는 드물게 연잉군 시절의 초상과 임금 재위 중에 그린 어진이 함께 남아 있다.
(사진 국립고궁박물관 소장)

어머니 영빈 이씨는 물론이고 장인과 부인 혜경궁 홍씨까지도 사도세자에 대한 희망을 접어 버린 분위기였다. 사도세자에겐 행인지 불행인지 똘똘한 아들들이 있었다. 영조는 왕조를 지키기 위해 부정을 끊어 버리고 세손世孫(정조)에게 어보를 물려주기로 마음을 정했다. 화협옹주는 정조의 고모가 된다.

화협옹주의 관곽 옆에서 '유명조선화협옹주지묘인좌有名朝鮮和協翁主

남양주시 진건읍 배양리에 이장된 화협옹주와 영성위 신광수의 합장묘. 망주석, 석양, 향로석 등은 원래 무덤에서 가져온 것으로 보인다. (사진 남양주시)

之墓寅坐'라는 묘기墓記가 출토됐다. 묘기는 묘주가 누구인지를 표기한 명패다. 석회, 세사細沙, 백토 등을 반죽해 반듯하게 만든 12장의 회지석에 한 글자씩 새겼다. 글씨는 명필로 이름을 날리던 옹주의 남편 신광수의 글씨로 짐작된다.

　　2차 발굴에서 나온 회곽함은 회로 제작한 후 돌뚜껑으로 봉합됐다. 회곽함에서 청화백자 및 분재자기, 얼레빗, 동경銅鏡 등이 출토됐다. 구리 거울(동경)은 일본에서 제작된 것으로 집에 들어 있는 채로 발굴됐다. 봉황문 아래쪽에는 '光長(미쓰나가)'라는 명문이 새겨져 있다. 미쓰나가 동경은 일본에도 상당히 많은 수량이 남아 있다. 자루 부분은 종이로 한번 감싸고 그 위에 대나무 끈을 21회 이상 촘촘히 감쌌다. 조선 왕실에서는 17세기부터 왕실 행사인 국혼 등에서 왜경倭鏡을 사용했다.

화장 용기와 도구는 모두 12점이 출토됐다. 머리를 빗을 때 사용했던 빗, 눈썹을 그렸을 것으로 추정되는 먹도 발굴됐다. 당시 사대부 여성의 백과사전 격인 《규합총서閨閣叢書》에는 열 가지 눈썹 모양이 소개돼 있을 만큼 여유 계층의 여인들은 눈썹 화장에 신경을 썼다. 출토된 먹의 후면에는 "어제묵명御製墨銘"이라고 쓰여 있어 궁중에서 제작됐거나 궁중에 납품한 제품임을 알 수 있다. 백자 화장 용기 12개 중 조선의 분원에서 제작된 것은 청화백자 칠보무늬 팔각호 하나뿐이었고 중국제 8개 일본제 3개였다. 영정조 시대에 외래 문물에 대한 탄력적인 수용이 왕실부터 시작해 민간으로 보편화했음을 알 수 있다.

이장 후 40년 지나 밭 매다 발견

출토된 청화백자합과 분채사기잔에는 사용 당시의 화장 물질이 탄화된 상태로 남아 있었다. 열두 개의 작은 도자기에는 하얀색 가루, 빨간색 가루, 투명한 액체와 알갱이가 가득 섞인 액체, 다섯 개의 갈색 고체 등 모두 아홉 건의 화장품 내용물이 확인됐다. 하얀색 가루는 탄산납과 활석을 같은 비율로 섞어 피부를 하얗게 만들었던 파운데이션이다. 빨간색 가루는 입술이나 볼을 빨갛게 칠했던 연지다.

유일한 국산 청화백자 팔각호에 담긴 액체 속에는 머리, 가슴, 배, 다리가 분리된 수천 마리의 개미가 들어 있었다. 황개미를 식초에 담가 녹인 액체는 도대체 무슨 용도로 쓰였을까. 개미 화장품은 유일하게 국내에서 제작된 청화백자 칠보무늬 팔각호에 담겨 있었다. 한의서인 《본초

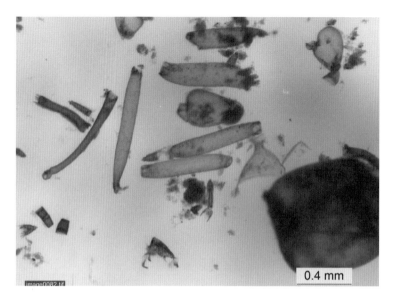

화협옹주의 화장품 용기에 담긴 개미들의 현미경 사진. (사진 국립고궁박물관 소장)

강목本草綱目》에는 피부병에 개미를 찧어 바르거나 다른 약에 섞어 바른다고 나와 있다. 조선 시대에는 납 성분이 들어 있는 연분鉛粉이 주요 화장품으로 이용됐기 때문에 화장독이 생길 수 있었다. 국립고궁박물관 김효윤 학예사는 "식초에 담긴 개미산은 화협옹주의 얼굴 피부 치료제로 사용했을 가능성이 높다"고 추정했다. 고궁박물관 유물과학과 연구원들은 화장품 업계와 공동으로 조선 왕실의 화장품을 복원하는 연구도 진행하고 있다.

　　남양주에는 화협옹주의 이복동생인 화길옹주가 살던 궁집이 있다. 남양주시에 화협, 화길 두 자매를 잇는 K뷰티의 원조 박물관을 세우면 국내외 여성들의 인기 있는 관광 코스가 될 것 같다.▨

31

영조가 늦둥이 딸에게
지어준 궁집

영조는 조선왕조에서 가장 오랜 기간(52년) 재위했고 세손(정조)에게 왕위를 물려줘 태평성대를 열게 했다. 화길옹주和吉翁主는 영조가 환갑을 맞은 해에 숙의 문씨와의 사이에 얻은 늦둥이다. 열두 딸 중 막내인 화길옹주가 열한 살 때 남양주 평내리로 시집을 가게 되자 영조는 궁궐의 대목장과 건축자재를 보내 집을 지어줬다.

화길옹주의 남편은 무인 집안 출신의 구민화具敏和였다. 정조 때 중국에 가던 정사正使가 도중에 사망해 대체할 인물을 선정할 때 정조의 인물평에 "외모가 건장하다"는 말이 들어 있다. 옹주는 그와 7년 동안 살며 1남 2녀를 두고 열여덟에 죽었다. 영조의 상심이 컸다. 옹주의 장례에 호조에서 무려 10만 냥을 지출해 정조 때 조정에서 논란이 됐을 정도다. 정조는 조부 때 일이라 거론되는 게 싫었던지 "이는 오로지 중간에서 농간을 부린 폐단에 연유된 것"이라고 말하며 넘어갔다.

화길옹주 요절에 팔순 잔치도 미루며 넋 나간 왕

화길옹주가 죽었을 때 영조는 우리 나이 79세로 팔순을 눈앞에 둔 나이였다. 영조의 팔순은 조선 왕실의 큰 경사였다. 그러나 새해를 맞아 팔순

궁집은 사방이 막힌 'ㅁ'자 집으로 보온 효과가 높다. (사진 남양주시)

이 됐는데도 영조가 막내딸의 죽음을 슬퍼해 진연進宴을 베풀 생각을 하지 않자 세손인 정조가 상소를 올렸다.

> 50년을 재위在位하시고 팔순을 맞는 경사는 천 년에나 한 번 얻을 수 있을까 말까 한 기회이니만큼 잔치를 베풀고 잔을 올리는 것이 온 나라가 진정으로 바라는 바입니다. 신은 크게 바라고 간절하게 기원하는 마음이 그지없어 삼가 재배하고 상소하여 아룁니다.

이 글을 읽고 영조가 "너의 글을 보니 마음 씀이 가상하구나"라며 소청을 윤허했다. 왕세손 정조와 여러 신하들이 모두 엎드려 절하며 오래 살기를 축수하는 뜻에서 천세千歲를 외쳤다.

평내동 일대는 능성 구씨 집성촌이었다. 화길옹주가 살던 집은 나라에서 지어주었다 하여 궁宮집으로 불렸고, 1984년에 대한민국 중요민속문화재로 지정됐다. 세월이 흐르며 궁집의 소유주는 여러 차례 바뀌었다. 1960년대 후반 궁집이 요정으로 전락할 처지에 놓였다. 이 소식을 들은 권옥연(화백) · 이병복(무대미술가) 부부가 아파트를 판 돈으로 낙찰받아 한옥박물관을 겸한 복합 문화 공간을 만들었다.

궁집은 'ㅁ' 자 집이다. 북부 산간 지방에는 궁집처럼 추위와 바람으로부터 보온을 위한 'ㅁ' 자 집이 많다. 축대와 계단을 쌓은 석재는 궁궐에서 가져와 일반 사가私家와 달리 크고 네모반듯하다. 기둥에는 두 줄의 실 모양인 쌍사雙絲가 돋을새김으로 나 있다. 안채와 사랑채가 마루로 연결돼 신발을 신지 않고 옮겨 다닐 수 있다. 사랑채 뒤편에 있는 우물에서 흘러나오는 물은 석재 배수로를 따라 흐르다가 사랑채 뒤쪽으로 흘러나간다.

사랑채 누대樓臺의 문을 열면 뜰의 나무들과 앞산 풍경이 들어온다. 누대 규모가 작지만 조형미가 있다. 창덕궁 낙선재와 생김새가 유사한데 궁집이 80년 먼저 지어졌다. 궁집 공간에서 유일한 초가는 튼튼하게 지었다. 궁집의 일을 거들던 아랫사람들이 거처하던 공간이다.

화길옹주는 궁집에서 50미터가량 떨어진 언덕에 묻혔다. 사랑채 누대에서 가족들이 문을 열면 바라다보이는 곳이다. 화길옹주가 세상을 떠난 지 28년 뒤에 남편도 아내 곁에 잠들었다.

평내동에 2000년대 택지 개발이 이뤄지면서 후손들이 화길옹주와 구민화 부부의 묘를 음성군 생극면 공원묘원으로 이장했다. 문화재청이 이장 사실을 뒤늦게 알고 남양주시에 알려왔다고 한다. 평내마을 아파트

궁집의 사랑채는 창덕궁 낙선재와 외양이 비슷한데 80년 먼저 지어졌다. 사랑채를 누대로 만들어 낙선재보다 규모는 작다. (사진 아주경제 DB)

단지 근린공원에는 "1772년 화길옹주 이 터에서 잠들다"고 적힌 작은 묘 터비가 남아 있다. 궁집과 옛주인의 묘가 같은 자리에 남아 있었더라면 스토리가 어우러지는 공간이 됐을 터인데 이장을 방치한 것은 아쉬운 일이다. 2021년 궁집 공식 개관에 맞추어 후손들과 협의해 화길옹주 부부의 묘를 다시 옮겨오는 사업을 추진하면 좋을 것 같다.

　권옥연·이병복 부부는 각종 개발로 사라져 가는 한옥들을 9채 구입해 궁집 옆에 배치했다. 신태악辛泰嶽 변호사 집은 서울 무교동에서 옮겨왔다. 일진회 총재를 했던 송병준宋秉畯이 살던 '용인집'은 영동고속도로

궁집 문화 공간 안에 있는 6층 석탑. 이곳에는 아름다운 나무와 석물이 많다. (사진 아주경제 DB)

양재 인터체인지 공사로 해체될 운명이었던 것을 매입했다. 일제 강점기 세도가의 집이어서 궁집보다 칸수는 많으나 부재의 크기는 작다. '군산 집'은 군산상고 야구 연습장이 들어서 없어질 위기에서 사들였다. 집 두 개가 이어진 군산집은 마당이 넓어 각종 예술 공연이 열렸다. 다실茶室은 낙성대에 있던 강감찬 장군 유적을 매입해 옮겨온 것이다.

　　궁집 터 안에는 권 화백 부부가 전국에서 수집한 불상, 석탑, 석양石 羊 문인석을 곳곳에 배치했다. 아름다운 불상이 많다. 특히 6층 석탑의 조 형미는 발군이다. 아스팔트 도로가 생기기 전에 평내리 사람들이 다니던 마을길과 수로도 그대로 살려 미술가적 안목으로 잘 다듬어놓았다.

두 부부는 궁집 주변을 복합 문화 공간으로 조성하면서 무의자無衣
子재단을 설립했다. 무의자는 권 화백의 아호. 옷이 없는 사람, 모든 욕심
을 벗어던진 사람이라는 뜻이다. 무의자 부부가 살아 있을 때는 이곳에
서 연극 음악 공연, 영화 촬영, 학술 모임 등 각종 문화 행사가 열렸다.

궁집 문화 공간을 가꾸던 권 화백이 2011년 88세로 작고했고 아내
이 대표는 2017년 91세로 세상을 떴다. 남양주시 고현수 학예사는 "궁집
에 와볼 때마다 이병복 할머니가 혼자서 잡초를 뽑고 있는 모습을 봤다"
고 말했다. 두 부부는 죽어서 궁집 뒤 언덕에 수목장을 했다. 1996년에
먼저 세상을 떠난 아들의 옆자리다. 봉분은 없고 이들 부부의 생몰 연도
를 적은 비가 돌무더기에 둘러싸여 있다.

2019년 후손들과 무의자재단은 궁집과 부속 건물 토지 전체를 남양
주시에 기증했다. 권 화백 부부가 평생 가꾼 문화 자산을 시민들에게 남
긴 것이다. 몇 해 전에는 절도범들이 고가구와 석물들을 차량을 이용해
훔쳐가는 사건이 발생하면서 현재는 비공개로 관리하고 있다. 도둑들이
빼어난 작품만 골라 트럭에 실어갔을 테니 무의자 부부의 마음이 더욱
아팠을 것이다.

280년 전 지은 만석꾼의 집

궁집에서 서북쪽으로 17킬로미터가량 달리면 진접읍 내곡리 연안 이씨
동관댁延安李氏 東官宅이 나온다. 이 일대에는 남양주에서 가장 너른 들이
있고 들 가운데로 왕숙천이 흐른다. 박정희 대통령이 권농勸農 행사차 가
끔 모를 심으러 왔던 들녘이다.

이 집은 대대로 만석꾼 집안이었다. 곡식을 보관하는 고방이 7개나

동관댁의 사랑채는 만석꾼 주인이 거주하는 공간이다. 높은 축대 위에 자리 잡아 위계질서를 분명히 했다. 이 집에는 벼를 저장하는 고방이 많다. (사진 아주경제 DB)

된다. 만석꾼의 후손인 이덕승 씨는 아들이 없고 딸만 셋을 두었다. 이덕승은 노년에 250년 전 8대조가 지은 집을 떠나 서울 돈암동 큰딸 집에서 살다 세상을 떠났다. 얼마 전까지 이덕승 씨 큰사위의 이름을 따 '여경구 가옥'이라고 불렸으나 내곡리에 사는 연안 이씨들이 꾸준히 민원을 제기해 안내판 등의 공식 명칭이 '연안 이씨 동관댁'으로 바뀌었다. 연안 이씨 집성촌의 자랑거리인 중요민속문화재(제129호)가 타성바지의 이름으로 돼 있는 것이 주민들은 마뜩지 않았을 것이다.

　'동관'이란 명칭의 유래에 대해서는 정확하게 아는 사람이 없었다. 옛날부터 주민들 사이에서 '동관댁'으로 불렸다는 것이다. 조선 시대 육

동관댁의 꽃담이 소박하게 아름답다. (사진 아주경제 DB)

조六曹의 하나인 공조工曹를 동관冬官이라고도 불렀다. 공조는 궁실과 관공서의 토목공사, 피혁, 공예품의 제작, 야금, 도기, 산림, 선박 등에 관한 일을 관장하던 관청이다. 속종 때 공조좌랑(정6품)을 지낸 이하조李賀朝가 이곳에 터를 잡고 살아 동관댁이라고 불렸을 가능성도 있다. 여하튼 조선 시대에 東官이란 아문衙門(관청)은 없었으니 冬官이 맞다.

진입로가 있는 서쪽으로부터 대문채 사랑채 곳간채가 차례로 들어서 있다. 사당은 사랑채 뒤 언덕에 있다. 사랑채는 높은 기단 위에 서 있어 툇마루에 앉으면 안산인 천마산과 너른 들이 한눈에 들어온다. 여성들이 거주하는 안채에서는 바깥이 안 보이고 하늘만 보인다. 남녀의 공

297

동관집의 우물은 형형색색의 돌로 담장을 쌓아 멋을 부렸다. (사진 아주경제 DB)

간을 분리하는 성리학의 남녀유별이 주택 구조에 반영돼 있다. 안채에
는 사랑채나 솟을대문을 통하지 않고 아랫사람들이 드나들 수 있는 쪽
문이 있다. 소통의 숨구멍을 열어놓은 셈이다. 사랑채가 높은 축대 위에
앉아 행랑채를 내려다보는 것도 상하와 반상班常의 위계질서를 세우려
는 뜻이다.

안채 측벽의 꽃담이 소박하게 아름답다. 우물의 돌담장도 다른 곳
에서 찾아보기 어려운 조형미를 갖추고 있다.涅

32

한강과 어우러진
색깔 있는 뮤지엄

미술관에 들어서면 초록의 야외 전시장이 나타난다. 점과 선과 구球 모양이 어우러진 추상 조각을 지나 안쪽으로 깊숙이 들어가면 더욱 다채로운 조각들이 펼쳐진다. 다정한 가족들, 시소를 타는 직장인, 노인을 따라가는 염소들, 나를 쳐다보는 개 한 마리……. 그 옆에 무거운 통나무를 짊어지고 가는 사람들(임영선의 〈사람들 - 오늘〉), 땅 속에 하반신을 파묻힌 채 고뇌하며 어딘가를 바라보는 사람들(이영섭의 〈5월〉)이 발길을 멈추게 한다. 〈사람들 - 오늘〉에서 사람들이 지고 가는 통나무엔 수많은 사람들의 얼굴이 담겨 있다. 그들은 왜 저리 고통스러워해야 하는 걸까. 문득 우리의 삶을 돌아보게 한다.

모란미술관

남양주시 화도읍에 위치한 모란미술관은 1990년 문을 열었다. 조각 전문으로 출발해 지금은 조각을 중심으로 여러 장르의 미술을 소개하면서 작가들을 후원한다. 조각의 특성상 모란미술관은 야외 전시장이 두드러진다. 이곳엔 국내외 조각가들의 작품 110여 점이 설치되어 있다. 보통의 조각공원에서 만나기 어려운 수작들이 많다.

남양주 모란미술관의 야외 전시장과 기울어진 모란탑. (사진 이광표)

　야외 전시장 한쪽엔 독특한 시멘트 콘크리트 타워가 우뚝 솟아 있다. 자세히 보니 약간 기울어져 있다. 건물 같기도 하고 조각 같기도 하다. 미술관에서는 이 타워를 모란탑이라 부른다. 가로 3미터, 세로 6미터에 높이 27미터. 둔탁하고 차가운 노출 콘크리트로 비스듬히 기울여 지었다. 조심스레 안으로 들어서면 육중한 인물상이 사람을 맞이한다. 그 분위기에 압도당한다.

　인물상 앞에는 '오귀스트 로댕 / 발자크 / 높이 275cm / 1891~1898 작'이라는 내용의 안내판이 붙어 있다. 정확히 말하면 로댕 작품의 복제품이다. 그 사연이 범상치 않다. 로댕은 1890년 발자크 타계 40주기를 맞

남양주의 박물관과 미술관들은 풍광이 빼어난 곳에 자리를 잡고 있다.
프라움악기박물관의 한강 풍광. (사진 이광표)

아 발자크상像을 제작했다. 첫 번째 단계로 먼저 석고로 발자크를 형상
화했다. 석고상을 틀로 한 청동상은 몇 년 뒤 완성되었다. 청동상과 별도
로, 로댕의 석고 원작을 틀로 삼아 프랑스 루브르박물관 아틀리에에서
1890년대에 석고 주조한 것이 바로 모란미술관에 있는 이 작품이다. 로
댕 조각의 복제품이라고 해도 이 또한 이미 120년이 넘었으니 그 자체로
귀중한 문화재 반열에 올랐다고 해도 좋을 것이다. 모란미술관의 이수
연 관장이 지인으로부터 기증받았다고 한다.

　모란탑에서 사람들은 발자크의 얼굴을 올려다보아야 한다. 망토 입
은 발자크의 포즈와 얼굴 표정에서 고뇌가 밀려온다. 모란탑의 좁고 어

간도에 신흥무관학교를 설립한 독립운동가 이석영은 남양주 출신의 거부 이유원의 양자다.
'조선 500년 남양주로 통하다'를 주제로 기획전시회를 가진 남양주시립박물관. (사진 이광표)

둑한 공간, 탑의 저 높은 꼭대기에서는 빛이 쏟아져 들어온다. 발자크를
통해 나를 다시 만나는 시간이다. 조각 전문 모란미술관에서만 가능한
이색 체험이 아닐 수 없다.

남양주시립박물관

남양주의 역사를 조망하려면 팔당역 근처 와부읍에 위치한 남양주시립
박물관에 가야 한다. 여기선 선사 시대부터 근대까지 남양주의 역사를
유물과 자료로 일별할 수 있다. 선사 시대 유물, 남양주의 인물과 관련된
유물과 자료들, 퇴계원 산대놀이와 같은 남양주의 민속과 연희 관련 유

물, 조선 시대 남양주 건축에 관한 자료 등. 남양주의 오랜 역사 속에서 가장 비중이 높은 시대는 역시 조선이 아닐 수 없다.

남양주시립박물관에서는 수시로 기획특별전이 열린다. 2020년 주제는 '조선 500년 남양주로 통하다.' 조선 시대 주요 사건과 관련 인물을 통해 남양주의 역사를 기억하고 남양주의 미래를 준비하자는 취지다. 조선의 500년을 관통하는 굵직한 사건 속에는 늘 남양주의 인물들이 있었다. 조선의 건국과 왕자의 난, 기묘사화, 실학, 항일 독립운동 등 역사의 물줄기가 굽이칠 때마다 그 흔적이 남양주 곳곳에 남아 있다.

전시 중간중간에 인물들을 라이벌 관계로 구성해 소개함으로써 보는 이의 호기심을 자극한다. 기묘사화의 파란 속에서 사림과 훈구 세력으로 대립했던 김식과 박원종·홍경주, 실학자였지만 중농 중심의 경세치용과 중상 중심의 이용후생으로 관점의 차이를 드러냈던 정약용과 서유구 등이 그렇다. 이번 기획전의 마지막 코너는 '노블리스 오블리제–국난의 몸을 던지다.' 온 가족이 만주로 망명해 전 재산과 목숨을 바쳐 항일 독립운동에 헌신한 이석영 6형제의 스토리를 소개한다. 우리가 수난의 근대사를 헤쳐 올 수 있었던 정신적 토대였고, 그것이 바로 남양주와 뿌리가 닿아 있다. 남양주의 대표적 독립운동가인 이석영은 국가보훈처 선정 2020년 '8월의 독립운동가'로 선정되었다. 그래서 기획전 '조선 500년 남양주로 통하다'의 의미는 더욱 뜻 깊다.

프라움악기박물관

남양주 곳곳엔 다채로운 문화 공간이 있다. 특히 박물관과 미술관이 두드러진다. 남양주시립박물관, 실학박물관, 악기박물관, 커피박물관, 거미박물관, 자연사박물관 등등. 대부분 한강과 어우러져 빼어난 풍광을 자랑한다. 남양주 와부읍의 한강이 내려다보이는 곳에 위치한 프라움악기박물관. 2011년 문을 연 국내 최초의 서양 악기 전문 박물관이다. 박물관 곳곳엔 클래식 선율이 가득하다.

　　이름은 익숙하지만 실물로 보기 어려웠던 고품격 악기들을 만날 수 있다. 우선 건반 악기의 역사를 보여 주는 오래되고 희귀한 피아노들이 눈에 띈다. 1805년 영국 윌리엄사우스웰사에서 제작한 스퀘어 그랜드 피아노, 1808년 영국 존브로드우드앤선스사에서 제작한 그랜드 포르테피아노 등 19~20세기의 명품 피아노들을 만날 수 있다. 현대 피아노의 전신이라고 할 수 있는 하프시코드, 포르테피아노를 감상하는 것도 흥미로운 일이다. 18세기 초에 제작한 스트라디바리우스 바이올린, 프랑스의 현악기 제작자인 장 밥티스트 비욤Jean Baptiste Vuillaume이 1873년 제작한 바

프라움악기박물관 2층에 전시된 하프와 바이올린들. (사진 이광표)

이올린도 매력적이다. 한국의 슈베르트로 불리는 작곡가 이흥렬의 유품 기증 코너에서는 20세기 한국 음악사의 한 단면을 만날 수 있다.

프라움악기박물관은 매주 수요일에 브런치 음악회를, 매월 넷째 주 토요일에 정기음악회를 개최한다. 박물관 2층 전시장 겸 공연장 밖으로는 한강의 풍경이 시원하게 펼쳐진다.

왈츠와닥터만커피박물관

남양주시 조안면 수종사를 지나 북한강을 따라 쭉 올라가다 보면 왈츠와닥터만커피박물관이 나온다. 유럽의 성채를 연상시키는 붉은 벽돌 건물로 1층에 카페 겸 레스토랑이, 2층에 커피 박물관이 있다.

2006년 개관한 이 박물관은 국내 첫 커피 전문박물관이다. 커피의 역사와 문화에 얽힌 유물과 자료를 전시하고 있다. 한국의 커피 역사에 관한 자료도 흥미롭다. 대한제국 황실의 커피 문화, 당시 한국 커피 문화의 확산 과정, 한국 최초의 다방 등에 관한 자료들이다.

유럽의 성채를 연상시키는 북한강변의 왈츠와닥터만커피박물관. (사진 이광표)

박종만 관장은 커피 연구자다. 세계와 한국의 커피를 연구하고 커피도 직접 재배한다. 2007년부터 젊은이들과 함께 한국과 세계 곳곳을 찾아 커피 문화의 뿌리를 찾고 커피 역사에 관한 오해를 바로잡고 있다. 특히 19세기 말~20세기 초 한국 커피의 시원을 추적하는 데 열정을 쏟아왔다.

왈츠와닥터만커피박물관은 매주 금요일 밤에 금요음악회를 개최한다. 2006년 3월부터 한 주도 거르지 않고 고집스럽게 이어오고 있다. 이곳의 금요음악회는 남양주와 서울뿐 아니라 전국 곳곳에서 마니아가 찾아올 만큼 남양주의 명물로 자리 잡았다.

주필거미박물관

조안면 운길산 중턱에 위치한 주필거미박물관, 진전읍에 위치한 우석헌 자연사박물관도 남양주의 소중한 문화 자산이 아닐 수 없다. 주필거미박물관은 국내 거미 박사 1호인 김주필 전 동국대 교수가 설립했다. 박물관이 다소 외진 곳에 있지만, 소장하고 있는 생물 표본의 엄청난 양에 압도당하지 않을 수 없다.

산왕거미, 무당거미, 농발거미, 호랑거미 등 우리나라 거미를 포함해 전 세계의 거미 표본 5000여 종(20여만 개체)을 소장하고 있다. 이외에도 나비와 나방 표본 1000여 점과 광물, 화석 등을 소장 전시하고 있다. 살아 있는 거미와 거북도 만날 수 있다. 그 양에 놀라고 거미학자의 열정에 또 한 번 놀라지 않을 수 없다. 김 관장은 주필거미박물관과 부속 시설 일체를 동국대학교에 기증하기로 했다.

1997년 설립된 남양주종합촬영소는 2019년 가을 문을 닫았다. (사진 이광표)

남양주종합촬영소

사라지는 공간도 있다. 2019년 가을 문을 닫은 남양주종합촬영소다. 이
곳은 1997년 조성된 이후 한국 영화 제작의 산실 역할을 톡톡히 했다.
영화 〈공동경비구역 JSA〉를 촬영한 판문점 세트가 특히 인기였다. 영화
진흥위원회가 부산으로 이전함에 따라 남양주종합촬영소도 그 역할을
마감하고 부산으로 옮기게 되었다. 남양주종합촬영소는 세트장 겸 소품
및 자료 소장 공간이었고 그렇기에 일종의 영화박물관이었다. 왈츠와닥
터만커피박물관 맞은편 초입에는 아직도 남양주종합촬영소 간판이 우
뚝 서 있다. 당당한 모습이 외려 쓸쓸해 보인다. 아쉬운 일이지만 이 또
한 남양주의 소중한 기억으로 남을 것이다.[*]

5부

남양주의 일상과 힐링

낭만과 청춘의 간이역
능내역·팔당역과 자전거길

팔당~능내 자전거길은 팔당호에서 시작해 한강을 끼고 강 건너로 하남의 검단산을 둘러보며 달린다. 이명박 정부 시절에 4대강을 개발하면서 중앙선 철도의 팔당~양수 구간이 옮겨가고 구 철도 노선을 이용해 조성됐다. 양평 두물머리에서 남한강 자전거길로 이어져 이천 이포보를 거쳐 충주 탄금대까지 닿는다. 주말에는 중앙선 전철에 자전거를 싣고 올 수 있지만 팔당역 능내역 앞에는 자전거 대여업소들이 많다.

현대식으로 새로 지어 번듯한 팔당역사에서 1킬로미터 떨어진 선로 옆에 대한민국 근대문화유산 제295호로 지정된 옛 팔당역사가 있다. 특이하게 역사가 플랫폼 위에 서 있다. 먼지 낀 유리창 안으로 대합실과 숙직실이 들여다보인다. 근대문화유산으로 지정해 놓고 일반인의 출입을 통제한다.

도미 부부 전설 깃든 곳에 사랑의 맹세 가득한 옹벽

팔당역에서 남양주시립박물관을 지나 얼마 안 가면 청춘 남녀들이 사랑의 맹세를 써내려간 옹벽이 시작한다. 원래 예봉산 자락의 토사가 철로로 흘러내리는 것을 막기 위해 만든 콘크리트 벽이다. 연인들의 서약

중에는 결실을 이룬 것도 있겠지만 옹벽의 글씨가 희미해지기도 전에 남남으로 갈라선 연인들도 많을 것이다. 《삼국사기三國史記》에 실려 있는 도미都彌 부부의 전설이 내려오는 곳에 청춘들이 찾아와 한국에서 가장 긴 사랑의 옹벽을 만들었다는 점이 흥미롭다.

도미는 백제 개루왕 시절의 사람이다. 도미의 부인은 백제에서 절세미인으로 이름 나 개루왕이 신하를 보내 유혹했다. 도미 부인은 하녀를 대신 보내 왕을 속이고 잠자리 시중을 들게 했다. 나중에 개루왕이 이를 알고 나서 보복으로 억지 내기를 걸어 남편 도미의 눈을 빼어 강물에 던졌다. 그리고 도미 부인을 궁궐로 잡아들였다. 부인은 "몸을 깨끗이 하고 오겠다"고 속여 궁궐을 빠져나와 도망쳤으나 강물이 앞을 가로막았다. 뒤에서 개루왕의 군사들이 쫓아오는 황급한 처지에서 빈 배가 내려왔다. 배를 타고 강을 따라 내려가던 부인은 풀을 캐먹던 남편을 만나 고구려 땅 산산蒜山에 가서 살았다.

산산이라는 지명이 어디인지 알 수 없으나 도미라는 지명은 전국에서 유일하게 남양주시 조안면에만 남아 있다. 도미 부인을 놓고 백제 위례성과 가까운 서울 강동구와 하남, 남양주시가 각기 연고권을 주장한다. 남양주에는 도미협渡迷峽 도미진津(나루)이 있다. 한문 표기가 다르지만 《삼국사기》의 표기 도미都彌도 음차音借한 것이다. 한강에서 팔당역에서 팔당댐까지의 구간이 도미협峽이다. 험하고 좁은 골짜기를 따라 강이 형성돼 물살이 빠르다.

다산이 고향 마을의 12경景을 노래한 시에는 도미협의 고기잡이가 들어 있다. 마을 사람들이 겨울철 얼음에 큰 구멍을 뚫어 중간중간 막대기로 연결한 그물을 집어넣고 계속 작은 구멍을 뚫어 막대기를 끄집어

사랑의 옹벽에는 청춘 남녀들이 뜨거웠던 시절의 맹세를 남겨놓고 있다. (사진 김형섭)

올려 얼음 속에 그물을 친다. 그리고 먼 곳에서부터 얼음을 두드려 토끼 몰이를 하듯이 고기를 그물 있는 쪽으로 몰았다. 그물을 걷어 올리면 팔 뚝만 한 물고기들이 얼음 위로 튀어 올랐다. 흰 눈에 흰 얼음, 흰옷을 입은 사람들로 도미협이 온통 하얗다. 도미협에서 잡힌 고기 중에서 농어를 최고로 쳤다. 다산은 귀한 손님이 찾아오면 농어 요리를 내놓았다.

팔당댐은 경기도 남양주시 조안면과 하남시 배알미동을 잇는 댐이다. 배알미拜謁尾는 배를 타고 한양을 떠나 이곳에 이르러 배 위에서 임금을 향해 마지막으로 하직 인사를 하는 곳이라는 뜻에서 생긴 지명이다. 팔당댐은 독일 기술로 공사를 시작한 지 8년 만인 1974년 준공됐다. 이때 다산 유적지의 설계가 이뤄졌다.

원래 이곳의 이름은 '바댕이'였다. 바댕이를 음차한 것이 팔당八堂이

한강변을 따라 달리는 능내~팔당 자전거길에는 문화 유적 자연 유산들이 많다.
(사진 아주경제 DB)

다. 파당玻塘이라고 기록한 고서古書도 있다. 팔당댐의 건설로 수량이 풍
부해지고 수도권 주민이 깨끗한 물을 먹을 수 있게 됐지만 다산의 고향
인 마재와 팔당 일대가 조선 시대의 모습과는 크게 달라졌다.

자전거가 봉안 터널에 들어서면 선글라스를 벗으라는 경고문이 눈
에 들어온다. 밝은 곳에서 갑자기 어두운 곳에 들어서면 처음에는 아무
것도 보이지 않다가 차차 눈이 익어야 주위가 보이기 시작한다. 옛날에
중앙선 기차가 통과하던 터널이 자전거 터널로 바뀌었다.

봉안 터널을 지나면 도미진이 나온다. 도미나루는 조선 시대부터 실
제 생활에서 쓰이던 지명이다. 팔당댐이 조성되면서 도미나루가 수몰돼

그 시절의 주막은 흔적조차 찾을 수 없다. 물안개와 가마우지, 철새 떼가 경관을 이루어 사진작가와 연인들이 많이 찾는다. 빼어난 경치를 탐낸 별장들도 몇 채 서 있다.

능내~팔당 코스는 6킬로미터. 열심히 페달질을 하면 40분에 주파할 수 있다. 자전거 코스 주변의 역사문화 유적을 탐방하면서 라이딩하면 살아 있는 공부도 되고 부족한 운동량을 채울 수 있다. 자전거 코스 옆으로 봉안마을, 연꽃마을, 다산생가, 마재성지가 있어 쉬엄쉬엄 가기에 좋은 코스다. 도미나루에서 자전거 도로를 벗어나 봉안마을로 가는 샛길로 빠지면 근대사의 인물들을 만날 수 있다.

조선 시대에 봉안奉安역은 동대문에서 울진까지 이어지는 평해로平海路의 가장 큰 역이었다. 북쪽으로는 함경도 연해주로 연결되었다. 안동 김씨 세거지世居地인 상봉안 마을과 하봉안 마을이 있었으나 하봉안 마을은 팔당댐 준공과 함께 수몰됐다.

샛길로 빠지면 봉안교회와 여운형·김용기 발자취

광해군 3년 별시문과에서 임숙영은 이이첨이 왕의 환심을 살 목적으로 존호를 올리려는 것을 비판하는 글을 썼다. 광해군이 분노해 그의 이름을 급제자 명단에서 지웠으나 이항복이 무마해 살아남았다. 그러다 폐모살제론廢母殺弟論이 벌어질 때 다시 파직되어 봉안에 내려와 은둔하다가 인조반정 후에 복직했다.

조선의 브리태니커라고 불리는 농서農書《임원경제지林園經濟志》를 지은 서유구도 봉안마을에 살았다. 이곳에서 농사를 짓고 실험해 책에 반영했다. 연암 박지원의 손자 박규수는 서울 북촌 지금 헌법재판소 자리

담쟁이 덩굴에 뒤덮인 봉안교회. 김용기 장로의 부친이 세웠다. (사진 남양주시립박물관)

에 살았으나 봉안마을에 서유구가 살던 집을 사서 가끔 쉬면서 책을 읽는 별장으로 활용했다. 그는 중국에 두 차례 사신으로 다녀온 뒤 개화파 실학자가 되었다. 형조판서와 우의정을 지냈다.

　　몽양 여운형과 가나안 농군학교를 설립한 김용기 장로도 봉안마을과 인연이 깊다. 담쟁이로 덮인 봉안교회는 1912년 김용기의 부친 김춘교가 세웠다. 김용기는 여운형이 양평군 신원리 고향 마을에 설립한 근대 교육기관 광동학교를 다녔다. 김용기는 나룻배를 타고 두물머리로 가서 신원리 학교까지 걸어갔다. 다산의 5대손 정규영은 광동학교 교장을 지냈고 1921년 다산의 일생과 학문의 개요를 정리한 《사암선생연보(俟菴》

중앙선의 이설로 지금은 폐역이 된 능내역. 이 역을 이용했던 사람들의 빛바랜 사진들이
걸려 있다. (사진 아주경제 DB)

先生年譜》를 편찬한 사람이다. 근대사의 인물들이 봉안마을에서 얽히고
설킨다.

　　몽양은 1942년 김용기가 부품을 조립해 만들어 준 광석라디오로 단
파방송 〈미국의 소리〉를 듣고 일본의 패망이 다가왔음을 알았다. 그해
4월에는 일본 정부의 초청으로 도일했다가 미군 폭격기가 도쿄를 공습
하는 것을 목격하고 돌아와 일본의 패전을 공언했다. 일본패망론이 입
소문을 타면서 몽양은 치안유지법 위반 혐의로 체포돼 혹독한 고문을
받고 7개월 동안 옥살이를 했다. 요양원에서 치료를 받고 나와 봉안마을
에 은거하며 독립을 위한 비밀 활동을 했다. 김용기와 여운형이 살던 집

은 지금까지 그대로 보존돼 있다. 봉안마을(능내 2리)에는 연꽃 체험마을이 조성돼 있다. 다산 유적지까지 산책로로 연결된다.

2008년부터 문을 닫은 능내역에는 1950, 1960년대 역을 이용했던 사람들의 사진들이 걸려 있다. 사진의 주인공들은 인생의 황혼길에 접어들었거나 불귀의 객이 됐을 것이다. 마재성지는 능내역에서 도보로 5분 거리에 있다.

다산의 고향 마재마을 앞에는 남자주藍子洲라는 하중도河中島가 있다. 그 섬을 둘러싼 강을 사라담이라고 불렀다. 사라담에 뜬 배 위에서 고개를 들면 운길산 수종사가 보인다. 겸재 정선의 진경산수화가 이곳에서 유래된 것이 우연이 아님을 알 수 있다.

다산은 사라담의 달구경도 고향 마을 12경의 하나로 꼽았다. 1925년 을축년 대홍수로 지형이 바뀌고 팔당댐이 건설되면서 남자주의 상당 부분이 물속으로 들어갔다. 강둑 안에 있는 논들도 모두 수몰됐다. 자전거는 강바람을 맞으며 두물머리로 달려가고 한강은 그때나 지금이나 서울 쪽을 향해 유유히 흘러가고 있다.

34

자연의 미학
광릉수목원과 크낙새

국립수목원이 자리 잡은 남양주 광릉 일대는 조선 시대 왕들의 사냥터이자 군사훈련장이었다. 조선 초기에는 전국 어디서나 숲이 울창해 호랑이, 곰, 늑대 같은 최상위 포식자들이 출몰했다. 경복궁 근정전 뜰에 호랑이가 배회한 적도 있다고《조선왕조실록》에 나온다. 그러나 백성들이 장작과 숯을 땔감으로 이용하고 나무를 심지 않으면서 울창하던 숲이 점점 황폐해지기 시작했다. 김동인이 〈삼천리〉에 단편소설《붉은 산》을 발표한 것이 1933년. 나라가 망하기 전에 숲이 먼저 헐벗고 붉은 산의 나라가 된 것이다.

나무를 주 연료로 쓰던 시대에 그나마 광릉 숲이 보존될 수 있었던 것은 1468년 세조의 광릉이 들어선 덕분이다. 세종 30년에는 포천, 풍양 등 광릉 주변 지역을 강무장講武場으로 지정해 벌목과 경작을 금지했다. 강무장은 왕이 수렵을 하고 군사 훈련을 하는 장소다. 550년 동안 나뭇가지 하나 풀 한 포기 건드리는 것조차 금지하면서 광릉 숲이 잘 보존될 수 있었다.

"나이 60에 능참봉"이란 속담이 생겼을 만큼 능참봉은 종9품의 말단 관리였다. "여든에 능참봉을 하니 거동이 한 달에 29번"이라는 속담도

광릉수목원의 전나무 숲길. 말을 타고 달리는 모습을 담은 역사물 영화의 촬영지로 유명하다.
(사진 아주경제 DB)

있다. 능참봉 위에는 종5품의 능령과 예조의 고위 관리들이 있었다. 능참봉의 주 업무는 제수 관리, 왕릉 주변의 산불 방지와 벌채를 막는 것이었다. 능참봉은 아래로 수복, 능수호군, 산직 같은 직원을 두었다. 광릉에서는 능역 바깥의 마을에서 두두인頭頭人을 1명씩 뽑아서 산직을 도와 산불을 방지하고 분묘 설치와 경작, 땔나무 채취를 막는 역할을 맡겼다.

일제 때 나무 수탈

일제는 숲이 잘 보존된 광릉 숲을 1912년 임업 시험림으로 지정하여 묘

한국의 산림녹화에 공이 큰 6인을 기리는 명예의 전당. (사진 아주경제 DB)

포(묘목을 기르는 밭)를 설치했다. 1929년에는 임업시험장 광릉출장소가 설치되어 숲을 관리했다. 일제의 강제합병 이후 일본은 한국에서 쌀을 비롯한 많은 물자를 수탈해 갔다. 나무도 예외가 아니었다. 당시 일본 최대의 제지회사에 공급된 펄프의 대부분이 조선산이었다.

　　나무 수탈을 담당하던 조선총독부 농공상부 산림과 임업시험장에 아사카와 다쿠미淺川巧라는 일본인이 있었다. 그는 일제강점기에 우리의 광릉 숲을 돌본 양심적 일본인이었다. 그는 임업시험장 광릉출장소에 심을 수종樹種을 직접 골라 심고 가꾸는 데 열정을 쏟았다. 한복을 즐겨 입었고 한국말을 썩 잘했다. 그는 임업시험장의 평직원으로 19년간 일하면서 조선의 민예품 연구에도 관심을 쏟았다. 망우리에 묻힌 유일한 외국인인 아사카와의 묘소에는 매년 4월 2일 기일이면 추모하는 이들이 잊지 않고 찾아온다.

광릉 숲 명예의 전당에는 붉은산을 녹화하는 데 뚜렷한 공을 세운 6명의 부조가 있다. 박정희 전 대통령은 1970년 제25회 식목일을 맞아 광릉 숲 국립수목원에서 전나무, 잣나무 조림 행사를 실시하면서 산림 녹화의 시발점으로 삼았다. 평생을 나무 표본과 종자 수집에 바친 '나무 할아버지' 김이만, 척박한 땅에서 빨리 잘 자라는 현사시나무 등 수종 개발에 평생을 바친 임목육종학자 현신규 박사, 전 재산과 열정을 바쳐 전남 장성에 500헥타르가 넘는 삼나무와 편백림을 조성한 독림가 임종국, 천리포수목원을 만들고 한국인으로 귀화한 민병갈, 대규모 활엽수 단지를 조성하고, 자신의 시신을 화장하도록 하고 화장 시설을 건립해 산림 보호에 기여한 SK 최종현 회장이 명예의 전당에서 박 대통령과 어깨를 나란히 하고 있다.

유네스코 생물권 보전 지역 '광릉 숲'

광릉 숲 2240헥타르에는 식물 865종, 곤충 3925종, 조류 175종 등 모두 5710종의 생물이 살고 있다. 노랑앉은부채, 개싹눈비꽃, 흰진달래 등 광릉 숲 특산 식물과 천연기념물 장수하늘소가 포함된다. 단위 면적당 식물 종수를 보면 1헥타르당 39.6종으로 설악산 3.2종의 10배가 넘는다. 이처럼 생물 다양성이 높은 것은 온대 지역에서는 드물게 장기간 숲이 보전됐기 때문이다. 전문가들은 "광릉 숲은 인공림도 잘 가꾸면 천연림처럼 안정되고 풍요로운 숲이 되는 실증 사례"라고 말한다. 광릉 숲은 2010년 유네스코 생물권 보전 지역으로 지정됐다.

산림박물관을 지나 전나무 숲쪽으로 가다 보면 왼쪽으로 육림호가 나온다. 소리봉에서 흘러내린 물을 가두어놓은 인공 호수다. 숲과 호수

광릉수목원의 육림호. 이곳에서는 어디에서 셔터를 눌러도 아름다운 사진이 나온다.
(사진 아주경제 DB)

가 어우러져 수목원에서 인기 있는 포토존이다. 육림호 주변에 수목원에서 유일한 카페가 있다. 1889년에 낙엽송 간벌재로 지은 건물로 통나무집의 시초라고 한다. 카페 발코니에서 바라보는 육림호의 정취는 서울 시내 수많은 커피숍 어디에서도 흉내 낼 수 없다. 커피값이 광화문이나 강남의 스타벅스 수준이다. 나무와 호수 값이 커피값에 얹혀진 것이다.

500년 역사의 광릉에서 가장 오래 산 나무는 수령 200년의 졸참나무로 높이 23미터, 지름 1미터에 이른다. 광릉으로 가는 길을 지키는 전나무는 수령 180년을 자랑한다. 광릉수목원의 전나무들은 1927년 오

큰 바위에 원래 명칭인
'광릉수목원'이
새겨져 있다.
(사진 아주경제 DB)

대산 월정사의 전나무 씨앗을 가져다 묘목을 기워 이식했다. 200미터에 이르는 숲길에 80년 이상 수령의 전나무들이 **빽빽**하다. 말을 탄 행렬이 지나가는 모습을 담는 영화 촬영지로도 유명하다. 박근혜 전 대통령은 2013년 수목원을 찾아와 이곳에 전나무 묘목 3000그루를 심고 기념표석을 설치했지만 지금은 동부구치소에 있다. 묘목들이 다 자라면 전나무 숲이 더욱 울창해질 것이다.

2010년 곤파스 태풍에 쓰러진 전나무가 그대로 누워 있다. 원래 전나무는 뿌리를 깊이 내리는 심근성深根性 나무인데 국립수목원처럼 물기가 많은 지역에서는 천근성淺根性으로 바뀐다. 생물의 환경 적응이다. 고사목은 균류와 곤충의 서식처와 먹거리를 제공하고 곤충을 잡아먹기 위해 새들이 모여든다. 숲에 영양분도 공급한다.

천연기념물 크낙새는 이해주 국립수목원 산림박물관장이 1989년 목격한 이후 보았다는 사람이 없다. 천연기념물은 50년 동안 목격되지 않아야 해제되기 때문에 남한에서 아직 멸절됐다고 볼 수는 없다. 비무

장지대 같은 곳에서 서식할 가능성도 있다. 〈중앙일보〉 전익진 기자가 2018년 북한 황해도에 갔을 때 북한 직원이 가져온 새장 속의 크낙새를 봤다고 한다. 북한은 1969년부터 황해북도 평산군과 린산군, 황해남도 봉천군 일대 등 4곳을 크낙새 보호 증식 및 보호구로 지정해 관리하고 있다. 현재 크낙새 20여 마리가 사는 것으로 알려져 있다. 북한에서는 크낙새를 '클락, 클락'하는 소리를 낸다고 해서 '클락새'라 부른다.

민간에서는 아직도 국립수목원보다는 광릉수목원이라는 이름이 익숙하다. 1987년 광릉수목원으로 일반에 공개됐다. 1999년 수목원 명칭에서 광릉이 빠지고 그냥 국립수목원으로 바뀌었다. 국립, 공립, 사립은 운영 주체를 표기하는 용어다. 국립수목원으로 승격된 것이라면 국립광릉수목원이라고 하는 것이 맞다. 광릉수목원이라는 이름의 역사성과 대중성을 버린 것은 이해할 수 없다.

광릉 숲의 전체 면적 중 55%는 남양주 땅이고 포천 40%, 의정부 5%다. 그런데 국립수목원 건물의 주소지는 경기도 포천시 소흘읍 광릉수목원로 415. 이를 근거로 포천시는 '포천국립수목원'으로 이름을 바꿔 달라고 주장한다. 세조가 묻힌 광릉이 남양주시 행정 구역 안에 있어 포천 사람들은 옛날 이름으로 돌아가는 것이 싫을지도 모르겠다. 하지만 광릉 숲과 국립수목원은 광릉 때문에 태어나고 보존됐다. 포천사람들의 자존심을 살려주는 방안을 마련하더라도 광릉 숲의 역사를 알려 주는 이름은 되찾아야 할 것이다.

인터넷 예약제로 관람객 수를 하루 5000명 이내로 제한하지만 그래도 매년 35만 명이 국립수목원을 찾는다. 생물 자원의 보고 광릉수목원은 우리가 잘 가꿔 미래 세대에게 넘겨줘야 할 자랑스런 자연유산이다.✤

35

걷기의 철학
운길산, 예봉산, 축령산 자연휴양림

북한강과 남한강이 만나는 두물머리와 팔당 인근엔 듬직한 능선이 만리장성처럼 이어진다. 북서쪽으로 뻗은 예봉산의 능선. 팔당과 한강을 굽어보는 예봉산禮峯山은 운길산雲吉山으로 이어지고 그 운길산은 다시 북한강을 내려다본다. 남양주시 와부읍과 조안면에 걸쳐 있는 예봉산과 운길산. 그 능선을 타고 정상에 올라서면 한강의 물줄기가 시원하게 품에 들어온다.

예봉산은 예를 갖추는 산이라는 뜻이 담겨 있다. 조선 시대 영서 지방에서 한양으로 가던 사람들은 삼각산(북한산)이 보이는 팔당에 멈춰 서서 임금에 대한 예를 갖췄다고 한다. 그래서 예봉이란 이름이 붙었다. 예봉산은 산세가 험하면서도 풍광이 빼어나다 보니 용의 전설도 전해 온다. 어느 용이 승천하려 했으나 끝내 용이 되지 못하고 한강으로 떨어져 이무기가 되어 버렸다는 전설. 그 용을 위무하기 위해 조선 시대부터 팔당 사람들은 예봉산에 당堂을 지어 제를 올렸다고 한다. 그때부터 내려오는 풍습인지 지금도 예봉산 초입 팔당2리 주민들은 예봉산 산신각에서 매년 두 차례 산신제를 올린다.

최근 예봉산과 운길산을 찾는 이들이 많아졌다. 경의중앙선 전철이

예봉산 정상에 2019년 설치한 강우 레이더 관측소. 수도 서울로 흘러들어가는 한강의 강우량을 정확하게 측정하는 데 도움이 된다. (사진 이광표)

복선화하면서 서울에서 팔당역과 운길산역으로 접근이 한결 편리해지고 예봉산~운길산을 종주하는 등산객들이 부쩍 늘었다. 팔당역~예봉산 정상~철문봉~적갑산 정상~고개사거리~운길산 정상~수종사~운길산역으로 이어지는 코스가 가장 인기다. 대략 12킬로미터에 7시간 남짓 걸린다. 팔당역에서 예봉산으로 오르는 길이나, 운길산역에서 운길산으로 오르는 길 모두 매력적이다.

정약전·약종·약용 형제 학문 논하던 철문봉

팔당역에서 예봉산 정상으로 가는 길. 시종 가파르고 중간중간 바위가 도사리고 있다. 초보자에게는 힘들지만 마니아들에게는 전체적으로 적당한 코스라는 평을 받는다. 중턱쯤부터 팔당 쪽 한강과 팔당대교가 눈

예봉산의 억새밭.
멀리 하남의
검단산이 보인다.
(사진 ©경기도
블로그/경기도)

에 들어오기 시작한다. 가끔 흑염소 몇 마리기 능선을 오르내린다. 주민이 방목하는 염소일 텐데, 산을 찾은 사람들이 주는 먹이에 길들어 있다.

예봉산 정상에 오르면 북쪽으로 운길산과 적갑산이 눈에 들어온다. 예봉산 정상에는 2019년 강우 레이더 관측소를 설치했다. 수도 서울에 직접적인 영향을 미치는 한강 유역의 강우량을 좀 더 정확하게 측정하기 위한 것이다.

예봉산 정상에서 운길산 정상으로 가려면 철문봉과 적갑산 정상, 고개 사거리를 오르내려야 한다. 다소 힘들지만 생동감과 변화가 있는 길이다. 철문봉엔 흥미로운 안내판이 세워져 있다. 정약전·약종·약용 형제가 조안면 능내리 생가 여유당에서 예봉산 능선을 따라 철문봉까지 와서 학문과 세상을 논했다고 한다. 학문文의 도를 밝혔다闡고 해서 철문봉이라는 이름이 붙었다는 내용이다. 정약용 형제들이 여유당에서 철문봉까지 올랐다면, 여유당 뒤쪽 능선을 따라 지금의 예빈산을 넘어 율리봉과 예봉산 정상을 거쳐 철문봉에 이르렀을 것이다. 산꾼들은 그

운길산 수종사로 오르는 돌계단. 부처님오신날을 앞두고 연등을 달아놓았다. (사진 이광표)

래서 이 능선을 '다산 능선'이라고 부른다.

　철문봉 옆에는 억새밭이 있다. 비교적 험한 산세인데 억새밭은 지세가 매우 편안하다. 약간 분지처럼 낮아 바람마저 멈춰가는 곳이다. 그래서인지 산을 찾은 이들이 이곳에서 많이 쉬어간다. 아예 누워서 잠을 자는 이도 종종 보인다. 정약용도 이곳에서 거친 숨을 몰아쉬며 자리에 앉아 목민牧民과 경세經世를 생각했을 것이다. 철문봉 안내판엔 이 길을 '목민심도牧民心道'라 명명해 놓았다. 흥미롭고 적절한 조어造語다. 예봉산에서도 정약용을 만나다니, 남양주와 정약용은 동의어가 아닐 수 없다.

　2019년엔 철문봉 인근 능선에서 6·25 전쟁 전사자 유해 발굴 작업이 있었다. "지금 걷고 있는 이 길은 60여 년 전 선배 전우들이 목숨을 걸고 오르내린 전투의 현장입니다 ― 국방부, 수도기계화 보병사단"이라는 문구의 안내 펼침막이 걸려 있었다. 정약용의 흔적부터 6·25 비극의 상흔까지, 예봉산에서 운길산 가는 길은 참 많은 것을 돌아보게 한다. 유해 발굴에 관한 내용의 안내판이라도 세워놓았으면 하는 아쉬움이 생겼다.

운길산은 정상 봉우리에 구름이 걸려 멈춰 선다고 해서 이런 이름이 붙었다. 구름이 걸리는 곳 바로 아래 7분 능선쯤에 유명한 사찰 수종사가 걸쳐 있다. 운길산 정상에서 수종사로 내려가는 길, 먼발치로 수종사가 눈에 들어온다. 사찰 전각들의 지붕이 보이고 그 밑으로 멀리 북한강이 눈에 들어온다. 조감鳥瞰 혹은 부감俯瞰의 매력이 아닐까. 가까이 다가갈수록 수종사 해탈문으로 오르는 돌계단에 걸어놓은 부처님 오신날 연등이 하나둘 눈에 들어온다. 운길산 구름을 걷고 새로운 세계가 우리를 맞이하는 것 같다.

수종사에서 일주문을 빠져나가 하산하는 길은 좀 밋밋하다. 길을 모두 포장해 놓았기 때문이다. 운길산에서 수종사로 내려가지 않고, 세정사 계곡 쪽으로 내려가는 길이 있다. 편안하면서도 나름대로 깊은 매력이 있는 코스다. 하산길이 완만해지면서 전통적인 동네의 정취를 제대로 만끽할 수 있다. 마을에는 주필거미박물관이 있고 그 옆에 박물관이 운영하는 생태수목원이 있다. 조금 더 가면 동국대 연습림 800만 평이 펼쳐진다. 고즈넉하고 넉넉한 마을 풍경에 산행의 피로가 풀린다. 흙먼지의 편안함에 익숙해질 무렵 운길산역이 나타난다. 이제 다시 분주해진다. 자전거 타는 사람들, 역에 드나드는 사람들, 관광객의 차량들.

남양주시 수동면 깊은 곳에 있는 축령산祝靈山도 매력적이다. 예봉산, 운길산에 비해 접근성이 다소 떨어지지만 우직한 매력이 있다. 수동면 읍내를 거치면서 조금씩 높은 산세 속으로 빠져들다 보면 몽골문화촌 옆쪽으로 축령산 초입이 나온다. 이곳에는 자연휴양림이 조성되어 있다. 나무와 숲은 무성하고 길은 호젓하다. 야영을 할 수 있도록 데크를 곳곳에 만들어 놓았다. 야영 데크만 보아도 가슴이 시원해진다.

이성계가 멧돼지 잡던 축령산

축령산에는 조선을 건국한 태조 이성계의 일화가 전해 온다. 이성계가 고려 말에 이곳으로 사냥을 나왔다. 그런데 그날따라 짐승을 한 마리도 잡지 못했다. 이성계가 고개를 갸웃거리자 몰이꾼이 이렇게 말했다. "이 산은 신령스러운 산이라 산신제를 지내야 합니다." 이성계는 곧바로 산 정상에 올라 산신령에게 제를 지냈고 잠시 뒤 멧돼지 다섯 마리를 잡았다는 얘기다. 이때부터 이 산을 축령산으로 부르기 시작했다는 얘기다. 축령산은 남양주와 이성계의 깊은 인연을 다시 한 번 일깨워 준다.

축령산엔 암반이 많다. 제1주차장을 지나 자연휴양림을 옆에 끼고 축령산 정상으로 오르는 길엔 바위가 꽤 많이 나타난다. 바위에 걸어놓은 밧줄을 잡고 올라가야 하는 구간도 심심치 않게 나온다. 짧은 순간이지만, 암벽 등반을 경험해 볼 수 있는 좋은 기회다. 바위산에 걸맞게 정상으로 향하는 길엔 수리바위와 남이바위가 있다. 수리바위는 주변에 독수리가 많이 서식하는 데다 바위 모습이 독수리 머리를 닮았다고 해서 이런 이름이 붙었다고 한다. 남이바위는 조선 시대 남이 장군이 이곳에 올라 무예를 연마하고 호연지기를 키웠다는 얘기가 전해 온다.

축령산 정상에서 반대편 쪽으로 내려가는 하산길은 다소 완만하다. 사철 푸른 잣나무들이 무성하다. 한여름이 되면 잣나무 산책로는 하늘이 보이지 않을 정도다. 축령산을 내려오는 길 중간에 이르면 서리산 정상

축령산과 맞닿아 있는
서리산의 철쭉 군락지. (사진
축령산 관리사무소/경기도)

으로 오르는 길이 나타난다. 그 길은 완만하고, 정상에 오르면 철쭉 군락
지가 강렬한 새깔로 펼쳐진다. 약 1만 3000m²에 철쭉들이 터널처럼 조성
되어 있고, 매년 5월이 되면 서리산 정상은 철쭉으로 장관을 이룬다.

축령산은 중부권의 대표적 자연휴양림으로 인기가 높다. 자연휴양
림 주변 평탄지에는 특이 식물들이 군락을 이룬다. 바람꽃류, 복수초,
미치광이풀, 는쟁이냉이가 모여 있고 좀 더 올라가면 물푸레나무, 당단
풍, 고로쇠, 까치박달 등 870여 종이 서식한다. 남양주와 중부권의 귀중
한 식생 표본이라 할 수 있다.

축령산 정상을 오르내리려면 자연휴양림을 거쳐야 하는데 휴양림
주변엔 돌탑들이 많다. 오랜 세월 이곳을 오갔던 사람들이 하나둘 돌을
올려 쌓은 돌탑. 수리바위 능선으로 오르는 초입에는 나무 기둥을 수십
개 박아 놓고 그 위로 작은 돌을 쌓아 올렸다. 축령산에 오르내리는 사
람들이 그토록 기원했던 것은 과연 무엇일까. 그 모습이 마치 설치미술
같아 오래도록 여운이 남는다.[約]

36

힐링의 공간 수동계곡과 묘적사,
수락산과 불암산

서울 강남에서 자동차로 30분 남짓 닿는 남양주에는 고단한 도심의 삶에 지친 이들에게 힐링을 제공하는 청정 계곡이 곳곳에 많이 남아 있다. 계곡을 따라 올라가다 보면 천년 역사를 지닌 고찰들을 만날 수 있다. 수락산 봉우리와 계곡에는 방랑 시인 김시습의 전설이 서려 있다. 하늘을 가린 계곡에서 보물찾기하듯 조선 시대 명사들이 남긴 암각문巖刻文을 발견하는 재미도 쏠쏠하다.

생육신 김시습은 21세 때인 1455년 수양대군(세조)의 왕위 찬탈 소식을 듣고 승려가 되어 전국 각지를 유랑했다. 그러다 40대에 환속해서 수락산 내원암內院庵 아래 기거했다. 신라 시대 창건된 내원암에는 수령 200년가량 된 전나무 한 그루가 있다. 내원암이 봉선사 말사未寺이니 전나무가 많은 봉선사에서 묘목을 얻어와 심었을 것으로 추정된다. 절 마당에는 선사 시대에 산봉우리에서 굴러떨어진 듯한 높이 4미터, 폭 8미터가량의 큰 바위가 이끼에 덮여 있다.

신라 시대에 창건된 내원암은 조선 숙종 이후 왕실 사람들이 찾아오는 영험 있는 절로 이름을 얻었다. 1693년 숙종이 팔공산의 파계사把溪寺 승려 영원靈源을 불러 수락산에서 백일기도를 올린 뒤 영조가 태어났다.

정조는 문효세자가 다섯 살 때 홍역으로 죽고 왕비와 다른 후궁들에서도 소생이 없자 네 번째 간택 후궁 수빈 박씨를 들였다. 영조의 계비 정순왕후는 왕손을 얻고자 용파龍坡를 시켜 이 절에서 300일 기도를 드려 1790년(정조 14)에 드디어 수빈 박씨가 순조를 낳았다. 수빈 박씨의 무덤 휘경원도 남양주시 진접읍에 있다. 정조는 1794년 후사를 잇게 해 준 내원암에 칠성각을 지어주고 관음전觀音殿이라고 쓴 어필을 내렸다.

순조, 철종, 고종 때도 왕실 자금인 내탕금을 받아 건물을 짓고 중창했으나 1950년 한국 전쟁으로 폐허가 됐다. 지금 남아 있는 건물들은 이후 새로 지었다.

폭포 꼭대기에 새긴 풍류객의 암각문

내원암과 금류金流폭포 사이에는 202개의 돌계단이 있다. 조성 연도를 정확히 알 수는 없지만 전나무와 연륜이 비슷해 보인다. 여간한 불심이 아니고서는 가파른 바위를 깎아 이런 계단을 만들 엄두를 내지 못했을

내원암 앞마당의 이끼 낀 바위. (사진 아주경제 DB)

것이다.

　수락산은 물이 떨어지는 크고 작은 폭포가 많아서 생긴 이름이다. 수락산에는 위로부터 금류폭포, 은류銀流폭포, 옥류玉流폭포라는 이름이 붙은 세 개의 폭포가 있다. 옥류폭포는 불법 상업 시설이 가득 차 경관이 훼손됐으나 최근 남양주시가 원형을 복구해 시민에게 돌려주었다. 남양주시는 2019년 3월부터 7월까지 청학천(수락산 계곡), 팔현천(은항아리 계곡), 월문천(묘적사 계곡), 구운천(수동계곡) 등 4대 하천과 계곡에서 불법 영업 시설 및 구조물 82곳을 철거했다.

　금류폭포의 꼭대기 바위에는 '金流洞天'(금류동천)이라는 큰 글씨의 암각문이 눈길을 끈다. 동천은 산천으로 둘러싸인 경치 좋은 곳이라는 의미다. 바위 바로 옆에는 내원암 계곡에서 유일하게 남양주시의 철거령에도 살아남은 가게가 불공에 소용되는 물품과 함께 막걸리와 전을 판다. 불자와 풍류객들을 위해 하나쯤 남겨 둔 것 같다. 바로 이 가게 근처에서 김시습이 기거했다고 전해진다. 공조좌랑을 지낸 이하조의 〈유수락산기

내원암 뒤편 마애보살상의 갸름한 얼굴과 긴 콧날이 귀엽다. (사진 아주경제 DB)

遊水落山記〉에는 금류동천이라는 작명을 한 사람이 김시습으로 기록돼 있다. 가게 주인은 바위에 다보탑 비문체 글씨를 새긴 이가 김시습이라고 말했지만 향토사가들은 남양주 유생의 작품일 것으로 추정한다.

김시습은 수락산에 있을 때 동봉東峯이라는 호를 썼다. 수락산의 다른 이름이 동봉이다. 동쪽은 단종이 붙들려가 생을 마감한 영월을 뜻한다. 이이의 《율곡집栗谷集》에는 〈김시습전〉이 실려 있다. 이이는 "김시습의 풍성風聲을 듣고 겁쟁이도 용동하는 것을 보면 가히 백세의 스승 되기에 남음이 있다"면서 "영특하고 예리한 자질로서 학문에 전념하여 공과 실천을 쌓았다면 그 업적은 한이 없었을 것"이라고 아쉬워한다.

수락산은 덕흥대원군(선조의 이버지)의 사패지賜牌地여서 전주 이씨들의 묘가 많다. 광해군의 세자도 폐세자가 돼 강화도에서 탈출을 시도하

금류폭포 위 바위에 세겨진 암각문 금류동천. 이름은 김시습이 지었고 글씨는 남양주 유생의 작품으로 전해진다. 안진경의 대표적 해서 다보탑 비문체로 새겼다(사진 아주경제 DB)

다 죽임을 당해 수락산에 묻혔다. 《조선왕조실록》에는 자진自盡했다고 기록돼 있지만 실제로는 반정 세력이 죽인 것이나 마찬가지다. 세자는 대군보다 지위가 높으나 복위가 되지 않았다. 후손이 끊겨 묘를 찾을 수 없지만 수락산에 묘가 있다는 기록이 남아 있다. 남양주시립박물관은 겨울철 낙엽이 졌을 때 위성 사진을 통해 묘를 찾아내려는 계획을 갖고 있었다. 망주석과 상석이 있는 묘만 확인하면 되니 대상을 좁힐 수 있다고 보았다. 그런데 이제 폐세자의 묘로 추정되는 장소가 발견됨으로써 필요없게 되었다.

불암산의 거대한 마애불

불암산佛巖山은 서울시와 남양주시의 경계를 이룬다. 서쪽 산자락은 노원

불암사에서 석천암으로 가는 길에는 큰 바위에 구멍을 뚫고 글씨를 새긴 바위 부도들이 여러 개 있다. (사진 아주경제 DB)

불암산 석천암의 마애불. 바위 밑에서 물이 솟아 물줄기를 이룬다. (사진 아주경제 DB)

구이고 동쪽은 별내 신도시다. 천보산天寶山이라고도 불린다. 불암산의 동쪽 자락 중턱에 신라 시대에 창건한 불암사가 자리 잡고 있다. 남양주에 있는 대부분의 절들이 왕릉이나 비빈妃嬪이나 고관대작의 제사를 지내는 원찰 노릇을 했다. 절에 오르는 돌계단은 주위의 돌을 주워다 구불구불하게 쌓아 운치가 있다.

불암사는 총 591장의 인쇄용 목판을 보유하고 있는데 소장경이라 불린다. 인조와 정조 연간에 만들어졌다. 부드러운 자작나무 경판에 새겨진 글씨는 섬세하면서도 힘이 있다. 석씨원류응화사적경판釋氏源流應化事蹟經板 212장은 보물 591호로 지정됐다. 불교 일화와 그림으로 구성한 불교역사화보집이다.

불암산에서 석천암石泉庵으로 가는 길에는 집채만 한 바위가 있다. 이 바위에는 7개의 부도浮屠가 들어 있다. 바위를 파서 사리를 넣고 다시 돌을 다듬어 막았다. 1907년에 조성한 부도도 있었지만 글씨가 마모된 것은 더 오래된 것 같다. 바위를 따라 조성된 계단을 한 시간가량 오르면 석천암에 닿는다. 석천암은 산봉우리 전체가 바위인 벼랑 끝에 지은 암자다. 1960년에 조성된 거대한 마애불의 발밑에서 물이 흐른다. 이 물줄기 때문에 석천암이라는 이름이 생긴 것 같다. 석천암 바위에도 부도가 몇 개 들어 있다.

불암산 서쪽 기슭에는 천보사天寶寺가 있다. 거대한 암벽 밑에 자리 잡고 있는 천보사의 기와지붕 용마루에는 코끼리 두 마리가 올라 서 있다. 절마당에 서면 별내와 다산 신도시까지 내려다 보인다.

맹산서해의 호국혼 서린 묘적사

남양주시 와부읍 월문리 묘적사로 오르는 계곡은 길 양편으로 아름드리 나무들이 터널을 이루고 시원한 물줄기가 바위를 타고 흘러내린다. 묘적 폭포도 아담하고 아름답다.

묘적사는 국왕 직속의 요원들이 군사 조련을 받는 훈련도감이 설치됐던 곳이다. 임진왜란 때 사명대사가 이곳에서 승군을 훈련했다. 그러다 왜군의 공격을 받아 사찰이 전소됐다. 지금은 모두 신개축한 건물이어서 군사훈련장 시절의 모습은 남아 있지 않다. 절 주변에는 화살 만드는 데 쓰이던 신우대 숲이 있다. 군사훈련장 시대에 화살을 조달하기 위해 조성한 숲으로 추정된다. 절 앞 동쪽 공터는 군사훈련장 시절에 활터였던 듯 화살촉이 가끔 발굴된다.

대웅전에서 동쪽으로 약 20미터 떨어진 곳에는 사가私家의 무덤이 자리 잡고 있다. 이 묘비가 세워졌던 1720년(숙종 46) 무렵에는 절이 폐허로 바뀌어 고종 32년(1895)까지 폐사지로 남아 있었다.

대웅전 앞에는 묘적사 팔각7층석탑이 있다. 수종사 석탑과 양식이 유사해 비슷한 시기에 축조된 것으로 보인다. 탑을 자세히 들여다보면 3층과 4층의 체감률이 자연스럽지 않다. 본래 탑의 높이는 9층 이상이었을 것으로 보인다. 절에서 산길로 들어가는 입구에는 수령 300년의 보리수가 사람들의 눈길을 끈다. 묘적사 주변에서는 고려청자 조각이 발견돼 이 절이 고려 시대 이전부터 존재했음을 알 수 있다. 절 앞에는 수령이 수백 년은 족히 됐음직한 전나무들도 있다.

영조 때 삼도수군통제사를 지낸 이복연은 이곳에서 훈련대장을 할 때 어머니 묘를 묘적산 꼭대기에 썼다. 그리고 자신도 "어머니 옆에 묻어달라"는 유언을 남겨 어머니 묘 맞은편 기슭에 묻혀 있다. 유족들은 2017년 이복연 초상화와 유물 38점을 남양주시립박물관에 기증했다.

흔히 맹산서해盟山誓海의 글귀를 장검에 새긴 사람이 충무공으로 잘못 알려져 있으나 실제로는 이복연이 자신의 쌍용검에 새긴 것이다. "산과 바다에 맹세한 굳은 뜻 충성과 의분은 예나 지금이나 같다鑄得雙龍劍 千秋氣尙雄 盟山誓海意 忠憤古今同" 이복연의 묘지명을 통해서도 쌍용검에 이 글귀를 새겼음이 확인되고 있다. 두 사람이 모두 삼도수군통제사를 지냈고 충무공의 지명도가 높다 보니 이런 오류가 굳어진 것 같다.

절 뒤쪽은 맑은 물이 흐르는 계곡의 상류인데 타인의 접근을 막는 사유지다. 남양주시 수동면의 송천리, 운수리, 입석리, 수산리, 비금리

→ 사시사철 맑은 물이 흐르는 수동계곡은 남양주에서 물골안이라 불렸다. (사진 아주경제 DB)

일대에는 어디를 가나 시원한 물줄기가 흘러 '물골안'이란 이름으로 널리 알려져 있다. 수동국민관광지는 울창한 숲과 깨끗한 계곡이 어우러져 수도권 주민의 여름철 피서지로 사랑을 받는다.

비금계곡은 서리산, 주금산, 천마산이 병풍처럼 둘러싸고 있다. 주민들은 수도권 최고의 청정 지역이라는 자부심이 있다. 몽골문화촌 앞에서 양꼬치 식당을 경영하는 이종숙 씨는 "옛날에 수동면사무소 소재지 사람들이 비금리 사람들을 은근히 '산골 사람'이라고 무시하는 경향이 있었으나 지금은 청정 지역이 각광받는 세상이어서 판도가 달라졌다"고 말했다. 울창한 숲 그늘이 여름철에는 최고의 피서지를 만들어 준다. 높이 540미터의 시루봉 등산을 하고 비금마을에서는 고로쇠 약수를 맛볼 수 있다.

수동면은 물이 맑고 수량이 풍부하여 주변에 물골안유원지, 수동계곡, 검단이계곡 등 경치 좋은 계곡들이 줄지어 있다. 특히 검단이계곡 입구에서 비금계곡에 이르는 지역과 비금교 부근에 있는 너래바위 일대는 경관이 뛰어나다. 수동계곡은 한참 흘러가다 축령산계곡이 합류해 구운천을 이루어 북한강 대성리로 빠져나간다.

수동계곡의 몽골문화촌은 2000년 4월 남양주시가 몽골 울란바토르시와 우호 협력 관계를 맺고 문을 연 테마공원이다. 요즘은 계속되는 적자로 공연은 하지 않는다. 남양주시는 인근에 물맑음수목원을 개장해 가꾸어나가고 있다.澤

37

민주화 역사 기행
모란공원

박정희 대통령의 개발 독재 시대에 서울 중구 을지로 6가 평화시장 앞길에서 청계천 봉제공장의 재단사 전태일(1948~1970)이 온몸에 휘발유를 끼얹고 몸에 불을 붙였다. 동시에 소리 높여 외쳤다. "근로기준법을 지켜라." "내 죽음을 헛되이 하지 말라." 전태일은 국립의료원을 거쳐 성모병원으로 옮겼으나 그날 밤 숨을 거두고 말았다. 1970년 11월 13일이었다. 끔찍하고 처절한 죽음이었지만 노동 운동의 본격적인 신호탄이 되었다. 당시 박정희 정권은 전태일의 묘소를 서울 도심에서 벗어난 외곽에 조성하도록 했다. 혹시, 도심 가까운 곳에 묘가 조성될 경우 시위가 발생할 수 있기 때문이었다.

평화시장서 온몸 불사른 전태일, 태극기 만든 박영효까지
스물둘의 전태일은 남양주 화도읍 모란공원에 묻혔다. 모란공원은 그때부터 사람들에게 본격적으로 알려지기 시작했다. 1986년 4월, 신흥정밀 금속 노동자 박영진(1959~1986)은 폭력적 부당 노동 행위에 저항하기 위해 자신의 몸에 불을 붙였다. 16년 전 전태일과 마찬가지였다. "근로기준법을 지켜라"고 외쳤다. 박영진은 끝내 숨을 거두었고 모란공원으로 장지를 정했다.

그런데 당시 전두환 정권은 민주화 운동가들의 묘소가 한곳에 밀집되지 않도록 박영진의 모란공원 안장을 막았다. 노동계는 한 달 넘게 싸움을 벌였고 끝내 모란공원을 그의 장지로 쟁취했다. 이듬해 1월엔 치안본부 남영동 대공분실에서 물고문으로 숨진 서울대생 박종철도 이곳에 묻혔다.

한 해 한 해 지나면서 모란공원의 상징성은 더욱 커졌다. 민주화 운동, 노동 운동, 학생 운동에 몸 바친 사람들, 산업 재해에 희생된 이들이 이곳으로 모였고, 모란공원은 자연스레 민주 열사의 묘역이 되었다.

모란공원은 1966년 조성된 우리나라 최초의 사설 공원묘지다. 모란공원에 가면 초입 한쪽으로 모란미술관 입구가 나오고 그 옆으로 좀 더 들어가면 먼저 '민족 민주 열사·희생자 묘역'이 나온다. 묘역에는 추모비가 있고 거기 이렇게 새겨져 있다.

만인을 위한 꿈을 하늘 아닌 땅에서 이루고자 한 청춘들 누웠나니
스스로 몸을 바쳐 더욱 푸르고 이슬처럼 살리라던 맹세는 더욱 가슴 저미누나
의로운 것이야말로 진실임을 싸우는 것이야말로 양심임을
이 비 앞에 서면 새삼 알리라
어두운 세상 밝히고자 제 자신 바쳐 해방의 등불 되었으니
꽃 넋들은 늘 산 자의 벗이오 별뉘라
지나는 이 있어 스스로 빛을 발한 이 불멸의 영혼들에게서 불씨를 구할지어니

청년 노동자 전태일이 모란공원에 묻힌 이래 지금까지 150여 명의 민주 열사와 희생자들이 이곳에서 영면을 취하고 있다. 서울대 법대 교수였던 최종길(1931~1973), YH 여성 노동자 김경숙(1958~1979), 금속 노동자 박영진, 서울대생 박종철(1965~1987), 인권 변호사 조영래(1947~1990), 통일 운동가 문익환(1918~1994), 반독재 민주화 투쟁에 헌신한 계훈제(1921~1999)와 김근태(1947~2011), 노회찬(1956~2018) 전 국회의원……. 노동자, 농민, 학생, 빈민, 사회 민주 인사들은 목숨을 내놓고 자발적으로 모란공원을 찾아왔다.

민주 열사 묘역 한가운데 2018년 여름 세상을 떠난 노회찬 전 의원의 묘가 있다. 반듯한 그의 무덤 바로 옆에는 노회찬재단이 마련한 관련 자료들이 투명 박스에 담겨 있다. 바람이 불면 묘소 앞에 놓여 있는 국화의 꽃잎이 흩날린다. 묘비 문구는 담담하다. "죽음도 슬픔도 아무것도

노동 운동과 민주화운동에 헌신한 노회찬 전 의원의 무덤. (사진 이광표)

박종철 묘에 쓰여 있는 추모비 글 "우리는 결코 너를 빼앗길 수 없다." 화장한 유골 가루를 임진강에 뿌려 시신 대신 유품을 묻은 묘다. 글씨는 신영복의 작품이다. (사진 이광표)

어쩌지 못하리니/보라 이루었노라/그 늠름하게 아름다운 세상/굳세고 미덥고 다정했던 그대 약속/꺼지지 않는 젊은 별빛으로 보시오." 노 의원 무덤 바로 뒤쪽엔 나무 벤치가 있다. 거기 앉아 노 의원 무덤을 바라본다. 2018년 영결식에서 당시 이정미 정의당 대표가 한 말이 떠오른다. "꼭 필요한 사람. 노회찬을 이보다 더 제대로 설명할 수 있는 말은 없을 것입니다." 우리 세상에 꼭 필요한 사람, 그런데 그가 이곳 모란공원에 묻혀 있다. 참 많은 것을 생각하게 한다.

민주 열사 묘역의 깊고 높은 곳에 박종철의 무덤이 있다. 박종철 묘비엔 뒷면 가득 서울대 언어학과 동기생들의 추모사가 기록되어 있다. "우리는 결코 너를 빼앗길 수 없다"라는 제목에, "오늘 우리는 뜨거운 눈물을 삼키며 솟아오르는 분노의 주먹을 쥔다"라는 문구로 시작된다. 삶은 때로 분노여야 한다는 것을 다시 한 번 일깨워 준다. 박종철 무덤에서는 민주 열사 묘역이 한눈에 내려다보인다. 2017년 12월 말 개봉한 영화 〈1987〉도 떠오른다.

더 알려진 민주 열사도 있고 덜 알려진 민주 열사도 있다. 묘역을 거닐며 묘비명 문구를 읽어보는 일도 흥미롭고 감동적이다. 문익환 목사의 묘비엔 "통일의 선구자 겨레의 벗"이라 쓰여 있다. "자유와 평등의 이름으로," "그늘진 곳에서 피어난 봄꽃," "나는 정직과 진실이 이르는 길을 국민과 함께 가고 싶다" …….

모란공원에는 민주 열사 묘역만 있는 것은 아니다. 민주 열사 묘역 바로 옆에는 19세기 말 개화파로 갑신정변의 주역이던 박영효(1861~1939)의 무덤이 있다. 박영효의 묘소로 오르는 길목에는 태극기가 새겨진 안

갑신정변의 주역이었던 개화파 박영효의 무덤. 1882년 처음 태극기를 만든 인물이다. (사진 이광표)

한국 대중음악의 대표 작곡가 박춘석의 무덤. (사진 이광표)

내 표석이 서 있다. 박영효가 우리나라 최초로 태극기를 제작한 인물이기 때문이다. 좁은 계단을 따라 올라가면 박영효의 무덤이 나온다. 묘비 앞면엔 태극기가 새겨져 있다. 1882년 10월 박영효는 수신사 일행으로 일본으로 건너가던 도중 배 안에서 태극기를 만들었다. 그 태극기는 1883년 3월 조선의 국기로 공식 제정됐다. 그의 정치적 행적에 대한 평가를 떠나, 역사는 그를 태극기 제작자로 기억한다. 격동의 시대, 우리 태극기의 탄생을 다시 한 번 생각하게 한다. 모란공원에서 만나는 색다른 경험이 아닐 수 없다.

민주 열사 묘역엔 일제 강점기 독립운동에 헌신했던 애국지사 김봉일(1905~1983)이 묻혀 있다. 일반인 묘역 한가운데쯤 대중음악 작곡가 박춘석(1931~2010)의 무덤도 눈에 들어온다. 한 시대를 풍미했던 그의 묘비 앞에 서면 〈비 내리는 호남선〉, 〈황혼의 엘레지〉, 〈초우〉, 〈못잊어〉, 〈마포

종점〉등 수많은 히트곡을 떠올리지 않을 수 없다. 그의 비문을 읽어 본다. "사랑과 인생, 눈물과 기쁨의 노래를 남기고 한 자락 바람 되어 여기 잠들다." 특히 '한 자락 바람'이라는 문구가 머리에 오래도록 남는다.

묘역 중간중간 이색 안내문이 붙어 있다. 관리비 미납 안내와 함께 납부를 촉구하는 '묘지 관리 점검표'다. 민주 열사 묘비에도, 일반인 묘비에도 이것이 붙어 있다. 이 점검표가 보는 이의 마음을 무겁게 한다. 어느 가족의 묘역엔 후손 영세불망비後孫 永世不忘碑가 큼지막하게 서 있다. '불망不忘.' 우리는 누군가에게 기억되고 싶고 누군가를 기억하고자 한다. 묘소는 그 상징적인 공간이다.

더 나은 사회 꿈꾼 그들을 생각한다

모란공원 바로 옆에는 담장 하나를 사이에 두고 조각 전문 모란미술관이 있다. 모란미술관 카페는 모란공원을 둘러보고 찾아가기에 제격이다. 민주 열사 묘역 입구 맞은편, 카페로 이어지는 쪽문을 들어서다 보면 매력적인 석조 조각품 하나가 눈에 들어온다. 조각가 전국광(1946~1990)의 작품 〈적積-만남의 장〉이다. 전국광은 민주 열사 묘역 맨 위쪽 한쪽에 조용히 묻혀 있다. 모란미술관에 있는 조각 작품과 모란공원 묘 옆에 세워 놓은 묘석의 모양이 비슷하다. 묘한 인연이라는 생각이 든다. 죽어서도 모란공원 높은 곳에 올라 저 멀리 자신의 작품을 내려다보고 있다니.

서울 중랑구에는 망우묘지공원이 있다. 이곳엔 지석영, 한용운, 오세창, 문일평, 조봉암, 이중섭, 이인성, 박인환 등 주로 일제강점기부터 근대기까지의 독립운동가, 역사문화계 인물들이 많이 묻혀 있다. 망우묘지공원도 많은 이들이 찾는다. 모란공원은 민주화 운동과 노동 운동에 헌신한 인물들의 묘가 두드러진다. 20세기 후반, 우리의 지난한 화두는 민주화였다. 그 여정에서 뜨겁게 살았던 사람들을 모란공원에서 만나게 된다.

모란공원은 민주화 운동의 상징 공간이 되었다. 이는 우리 현대사의 중요한 흔적이 아닐 수 없다. 노동자 시인 조영관(1957~2007)의 묘비에 시가 새겨져 있다. 그가 쓴 시 〈세상 속으로 가다〉의 일부다.

> 그래서 길을 떠난다
> 낯선 곳 서걱거리는 갈대바람 속에는
> 새로운 노래가 살리라
> 슬프지만은 않은 과거는
> 사랑은 그리고 혁명은 물속에
> 깊이
> 잠겨두었다가
> 그래서 다시 세상 속으로
> 길을 떠난다 길을

모란공원은 이승을 떠난 자들의 자리다. 고단하게 살다 간 사람들. 하지만 그들은 고단함을 털어내고 다시 먼 길을 떠날 것이다. 더 나은 세상을 향해서 말이다.[約]

남양주학을
위하여

2000년대 들어 팩션Faction이 인기다. 팩션은 팩트Fact와 픽션Fiction의 합성어로, 역사적 사실에 작가의 상상력과 허구를 가미한 새로운 유형의 소설 장르를 말한다. 최근 인기를 끄는 문화 콘텐츠가 대부분 이 같은 유형이다.

국내 팩션 가운데 소설가 오세영의 《원행園幸》이 있다. 이 소설의 배경은 1795년 정조의 8일간의 화성 행차. 그해 음력 윤 2월 9일 묘시(오전 5~7시) 정조와 신하, 악대, 나인, 군졸 등 6200여 명과 말 1400여 필로 이뤄진 행렬이 창덕궁 돈화문을 출발해 수원 화성행궁과 사도세자의 무덤 현릉원顯隆園을 향했다. 별기대別騎隊 80여 명이 북을 두드리고 청룡, 백호, 주작, 현무를 그린 형형색색의 깃발들이 힘차게 나부꼈다. 일대 장관이었다. 이렇게 시작된 정조의 화성 행차는 2월 16일 한양으로 환어還御할 때까지 8일 동안 이어졌다.

《원행》은 그 8일을 흥미롭고 기발한 시각으로 접근한 소설이다. 창의적 아이디어의 핵심은 '정조를 시해하려는 세력을 어떻게 막아낼 것인가'였다. 노론 벽파 등 당시 정조 반대 세력은 호시탐탐 정조를 노리고 있었다. 소설 속에서 정조의 신변 안전을 책임진 인물이 정약용이다. 정

다산 묘소에서 내려다본 여유당의 뒷모습. (사진 이광표)

조 시해 음모를 막아내는 정약용의 명민한 두뇌, 해박한 지식, 역사와 백성을 사랑하는 뜨거운 마음이 오랫동안 흥미와 감동을 준다.

정약용 하면 단연 남양주다. 그가 태어나 새로운 세상을 꿈꾸고 고뇌하다 끝내 숨을 거둔 곳, 그의 철학과 사상이 잉태한 곳이기 때문이다. 그런데 안타깝게도 정약용을 스토리화한 대중문화 콘텐츠는 의외로 부족하다.

사람들이 자주 찾는 인터넷 포털 네이버의 지식백과에서 '남양주'를 검색해 보았다. 큰 제목이 '수도권 으뜸 도농都農 복합 도시'로 나온다. 내용별로 분류한 항목을 보니 '실학의 도시 남양주시,' '즐비한 명산들과 천혜의 빼어난 경치,' '곳곳이 건강코스, 수도권 대표적 슬로시티,' '명실 상부한 슬로라이프 도시,' '이색적인 몽골 문화를 느끼는 고장,' '차 없어 도 떠날 수 있는 시티 투어'로 구성되어 있다.

정약용을 스토리화한 콘텐츠 부족

일부 항목의 내용을 좀 더 들여다보자. '실학의 도시 남양주시' 항목의 일부 내용은 이러하다.

> 남양주는 다산 정약용 선생의 고향이다. 남양주시 조안면 능내리 마재 마을에 생가가 남아 있다. 이곳은 북한강과 남한강이 어우러지는 곳이 기도 하다. 정약용 선생은 57세가 되던 해에 유배에서 돌아와 이곳에서 《여유당집》을 가다듬고 《흠흠신서》와 《아언각비》 등을 저술하며 학문 적 완성을 이뤘다…… 또 정약용 선생 유적지 옆에는 '다산생태공원'이 2012년 5월 문을 열었다. 유적지 남쪽 팔당호반 일대 3만 6321㎡에 들어 선 생태공원은 신세계가 사회공헌 사업의 하나로 다산 선생 탄생 250주 년을 맞아 건설한 뒤 경기도에 기부했다. 총사업비 20억 원이 들어갔 다…….

나름대로 남양주를 설명하고 있지만, 전체적으로 항목 분류나 내 용면에서 허전하고 엉성하다. 가장 큰 원인은 인문학적인 측면이 빠졌기 때문이다. 실학과 정약용의 내용이 들어 있긴 하지만 그것만으론 부족 하다. 네이버 지식백과의 남양주 설명은 내용도 부족하고 남양주를 바 라보는 관점이 빠져 있다. 좀 더 깊이 있고 풍요로운 안목으로, 남양주

다산생태공원은 신세계 그룹이 조성해 경기도에 기증했다. (사진 남양주시립박물관)

땅과 한강 물줄기의 저변에 깔려 있는 그 무엇을 찾아내 공유하고 축적하고 전승하는 과정이 담겨야 한다. 바로 이 지점에서 남양주학南楊州學의 필요성이 대두된다.

남양주학 이끌어갈 거점 연구센터 중요

부산학釜山學, 인천학仁川學, 제주학濟州學, 강원학江原學, 안동학安東學, 경주학慶州學, 천안학天安學, 수원학水原學, 군산학群山學······. 요즘 지역학이 대세다. 전통 선비 문화의 도시 안동이나 천년고도 경주는 물론이고 최근엔 근대 유산으로 각광을 받는 군산까지 지역학에 관심을 쏟고 있다. 국내의 주요 트렌드의 하나가 지역학이다. 최근 들어 경기문화재단 경기학 연구센터를 중심으로 경기의 역사문화와 경기학京畿學에 대한 관심이 커졌다.

역사문화의 측면에서 보면 남양주의 콘텐츠는 풍성하다. 양과 질에서 어느 지역에도 밀리지 않는다. 우선 정약용이 있다. 그런데 정약용이 남양주의 전부일 수는 없다. 다산학茶山學이 남양주학과 당연히 연결되어야 하지만, 남양주학은 다산학 그 이상이어야 한다.

남양주의 역사와 문화는 남양주의 미래 자산이다. 고리타분하고 박제된 과거가 아니라 투자 가치가 있고 생동감 넘치는 자원이라는 인식에서 남양주학은 출발한다. 우선, 남양주 지역사의 연구 현황과 아카이빙 상황을 점검해야 한다. 저서, 논문과 각종 관련 자료를 확인하고 그 양과 질을 상시적으로 점검할 필요가 있다. 분야별·시대별·내용별로 자료를 분류 정리하고 이런 아카이브를 토대로 남양주의 두드러진 특성을 추출해 내야 한다. 이는 곧 남양주의 역사와 문화유산을 발굴 연구하고 그 가치를 창출하는 작업에 다름 아니다. 이를 위해선 연구 기관과 인력이 중요하다. 남양주학을 이끌어 갈 거점 연구센터가 시급한 상황이다. 동시에 연구자를 양성·지원해야 한다. 인력과 유관 기관들을 연결하는 네트워크를 구축하는 것도 필수적이다.

조선 시대의 역사문화로 보면 남양주는 단연 독보적이다. 조선 시대 역사 속에서 중요한 순간마다 남양주의 존재감이 두드러진다. 남양주는 정약용의 고장이지만 또한 정약용만의 고장도 아니다. 연구와 보존, 활용 등에서 기존의 관성을 과감히 벗어나 깊이 있으면서도 흥미로운 스토리를 축적하고 나아가 다양한 문화 콘텐츠로 발전시켜야 한다. 예를

정약용의 생가 여유당에서 바라다본 한강의 모습. 이렇게 수량이 풍부해진 것은 팔당댐이 조성된 이후로, 다산이 살던 시대와는 풍광이 많이 달라졌다. (사진 남양주시립박물관)

들면 안동 김씨 석실서원과 진경 문화, 조선 과학의 최고 이론가 이순지 등을 통해 남양주를 재발견해야 한다. 조선 시대를 풍요롭게 다루어 남양주의 문화적 힘을 이끌어 내 자산으로 삼을 필요가 있다.

석실서원, 진경 문화, 이순지, 도시 자존심 살리자

문화재청은 한국의 탈춤을 유네스코 인류무형문화유산으로 등재하는 방안을 추진 중이다. 퇴계원 산대놀이 등 국가 및 시·도 무형문화재 18개가 포함된다. 이르면 2022년 12월 등재 여부가 결정이 난다. 퇴계원 산대놀이의 경우, 최근 각광을 받고 있지만 다른 지역의 탈춤에 비해 전문적인 연구가 절대 부족하다. 문화재청에 의존하지 말고 남양주가 주도적으로 연구를 이끌어야 한다. 지역학의 처음과 마지막은 모두 시민과 함께하는 것이다. 시민이 참여하는 남양주학 교육 체험 프로그램이 지속적으로 진행되어야 한다. 역사·철학·문학·민속 등 남양주가 남긴 유·무형 문화 전반을 연구하고 공유하고 활용함으로써 남양주의 자긍심을 고양하고 미래 발전과 문화산업의 동력으로 삼자는 것이다.

이제 지역학은 대세를 넘어 필수다. 도시의 자존심이다. 남양주에는 역사적·문화적 흔적이 참 많다. 특히 조선 시대 한양과 한강으로 연결되어 있기 때문에 이러한 지리적 여건은 인문학적 성과로 이어졌고 이는 다른 도시가 따라가기 어려운 매력이다.

《원행》을 펼쳐 보면 정약용에 흠뻑 빠지게 된다. 어려운 철학이나 사상을 통해서가 아니라, 탐정 정약용이라는 기발한 상상력을 통해서 말이다. 《원행》은 매력적이지만 역설적으로 우리 사회에 정약용을 소재로 한 대중문화 콘텐츠가 의외로 적다는 사실을 일깨운다. 이것이 바로 남양주학이 존재해야 하는 까닭이다.[5]

역사를 읽어 가는 두 지식인의
남양주 홀릭을 지켜보며

김형섭 남양주시립박물관 학예사/문학 박사

지나간 이야기와 사건들은 오늘을 살아가는 사람들에게 영감을 주고 감성을 자극한다. 지역 주민의 삶의 질을 향상시키고 지역 재생의 소스를 제공하기도 한다. 지역 주민이 만들고 유지한 문화와 역사는 사회적 정체성의 토대를 이룬다. 그래서 지역 정체성의 토대가 되는 유무형의 역사문화 자원을 발굴하는 일을 비롯해 사회경제직 요소와 시대 변화에 맞춰 가치를 재발견하는 일은 아주 중요하다.

지역의 역사와 문화를 다양한 콘텐츠로 가공하여 사람들에게 제공한다면 지역 공동체 의식을 고양시키고, 지역 사회 현안에 긍정적 참여를 유도할 수 있다. 도시민의 삶은 물론이거니와 새로운 시각으로 도시 기능을 살리고 침체된 지역 사회에 활력을 불어넣는 계기가 될 수도 있다.

최근에는 지역 분권화가 강화되면서 지자체마다 지역학 사업을 중시하고 있다. '지역학'은 민속, 언어, 행정·경제 등 다양한 분야에서 진행되지만, 현재 대부분의 지역학 연구 성과들은 학자들의 서랍 안에 갇혀 있거나 학술적 논리로만 남는 일이 많다. 일반인의 정서와 거리가 멀거나 접근하기 어렵기 때문이다.

학교에서는 '내 고장 바로 알기'를 교육 과정에 포함하고 있으며, 지자체에서는 '마을 가꾸기'와 같은 지역 관련 사업을 다양하게 진행하고 있다. 이렇게 지역을 알리는 사업들을 통해 지역민의 지역 공동체 의식을 높일 수 있고, 학생들의 지역에 대한 포용적 사고를 키울 수 있다. 이러한 의미 있는 작업을 원활하게 수행하려면 지역을 알릴 수 있는 제대로 된 콘텐츠와 교육 프로그램이 절실하다.

하지만 이는 담당 주체들의 상호 이해 부족과 소통 부재 등으로 지역 역사문화 콘텐츠화 및 활성화에 어려움을 겪고 있다. 학교와 지역의 평생교육 시스템에 지역의 특징을 접목하여 문화 다양성을 이해하고 미래 가치를 일깨우기 위한 지역의 역사문화 콘텐츠가 절실하다.

남양주의 경우, 우리 지역의 역사문화적 자원에 대한 체계적인 조사 및 연구의 필요성을 자각하고 있다. 지역민 사이에 정보 격차를 줄이고 사회적 포용성을 넓히며, 다양하게 분출되는 지역민의 목소리를 모아 사회 통합의 자양분으로 삼으려는 것이다. 이 과정을 통해 '지역성'이 형성되기도 하거니와, 전통적인 '지역성'을 매개로 지역 사회를 더 풍요롭게 할 것이다.

이제 '남양주의 진경'을 찾아가는 일정을 끝마쳤다. 준비 기간부터 시작하여 1년 정도가 소요된 《왕들의 길, 다산의 꿈 – 조선 진경 남양주》는 이러한 깊은 고민에서 출발하였다. 이를 진행한 황호택 교수님과 이광표 교수님은 언론인으로 수십 년 동안 활동하며 현대사의 굵직한 사건마다 현장에 깊숙이 파고든 바 있다. 저자들은 사회에 대한 깊은 통찰뿐만 아니라 학식도 겸비한 분들로, 이들의 헌신적인 노력을 통해 '남양주'의 재발견이 가능했다. 남양주의 역사와 문화를 우리나라의 역사 발전 과정을 통해 재해석하여 시대의 감성을 자극한다. 오랜 세월 현장을 직접 발로 뛰고 사실을 통해 실체를 분석했던 기자 정신, 우리 사회의 발전 방향에 대한 진지한 학문적 고민이 있었기 때문에 얻어진 성과다.

이 책을 준비하는 동안, 저자들과 지역에 관한 이야기를 나누며 많이 배울 수 있었으며 두 분의 열정을 직접 목격했다. 시대적 공감을 이끌어 내는 답은 사회와 역사 현장에 있다는 생각이 내게는 특히 인상적이었다. 현지인들의 목소리를 듣고 내면화하기까지 찾아가는 두 분의 열정으로 이 책은 탄생했다.

몇 시간씩 걸리는 남양주의 산을 몇 차례에 걸쳐 종주하면서 우리 지역의 산하에 대한 정보와, 그곳에 오르는 사람들의 정서까지 담아내었다. 아스팔트도 더위에 지쳐 흐물거리는 한여름의 열기에도, 폭염주의보가 발동되어도, 남양주의 옛길을 탐색하는 걸음을 멈추지 않았다. 계곡 명승을 찾다가 갑작스레 불어난 물과 미끄러운 바위에 넘어져 세찬 계곡물에 빠지기도 했다. 아찔했다. 그 위험 상황에서도 취재 수첩을 자신의 몸보다 챙겼다. 남다른 감동이 일었다.

어떤 유적은 일반에 알려진 것과 달라 유적을 찾기 위해 몇 번이나 부근을 헤맸다. 덕분에 잘못된 정보를 수정할 수 있었다. 조금 더 남양주적인 역사 유적과 전통 문화를 찾아내기 위해, 혹은 조금 더 진솔한 광경을 담기 위해 몇 번씩이나 현장을 답사하기도 했다. 이 일을 옆에서 도우면서 의미 있는 결과는 누군가의 집념에서 나온다는 것을 실감하였다.

이런 열정으로 역사 사실과 남양주의 문화와 전통을 새로 알아내고 발견한 것도 많았다. 그럴 때면 사료를 토대로 고증하고 각 분야 전문가에게 재확인하였다. 이는 이 책의 내용을 풍요롭고 충실하게 만들었다. 남양주에는 현재와 미래의 세대를 연결하고 건강한 사회를 만드는 계기가 되었다는 점에서 의미가 있다. 이제 남양주는 《왕들의 길, 다산의 꿈 – 조선 진경 남양주》 이후를 고민해야 한다.

이 책은 자체적으로 몇 가지 활용 방안의 모티브를 제공하고 있다. 지역에 대한 이해를 심화하고 남양주에 대해 다양한 관점으로 바라보고 해석할 수 있는 정보들을 제공한다. 우리의 역사, 민속, 문화예술의 생성과 발전, 지역의 문화적 특성, 이웃의 삶과 환경을 이해하는 자료로 활용할 수 있다. 이는 지역을 기록하고 세대 간 갈등을 해소하는 매개가 될 것이다.

지역의 역사문화 인물의 삶과 업적을 기록하고, 주민의 기억을 되살려내어, 전승되어 오는 설화 등을 콘텐츠화하는 모티브를 제공한다. 이러한 콘텐츠는 지역의 교육 프로그램에 교재로 활용할 수 있다. 이는 시민들의 주체적, 공동체 의식 강화에 이바지할 것이다.

길, 계곡, 시장이나 골목 등 역사문화적 지역 유산 등에서 지역의 성격과 특성을 찾고 이를 바탕으로 지역 브랜드의 중심 역할을 찾는 데 활용할 수 있을 것이다. 과거의 영광에 매몰되어 과거 지역을 재현하려는 것이 아니다. 의미 있는 지역 문화를 관광 산업화 자원으로 제공하기 위한 것이다.

이 책은 수많은 역사 인물과 역사적 공간을 통해 시대적 의미는 물론, 현재 시민들의 삶과 관련성을 찾고 있다. 타 지역과 관계성도 살펴 우리 지역의 특수성을 제시하고 있다. 이를 확장할 경우, 남양주가 타 지역과 상생을 도모하고 보편적 가치를 일깨우는 지혜를 줄 것이다.

지역 구성원이자 지역 전문가인 학예사는 지역의 역사문화를 매개로 시민과 소통하고 시민의 문화 욕구를 충족하기 위해 노력한다. 이 책은 남양주시립박물관의 학예사가 남양주를 제대로 알리는 임무를 수행한 의미 있는 첫 작업이다. 지역에 대한 이해를 바탕으로 미래형 도시 박물관을 지향하는 남양주시립박물관의 학예사로서, 이 과업에 참여한 것은 행운이자 즐거운 경험이었다. 끝으로 두 선생님의 열정에 경의를 표한다.

참고 문헌

01 《조선왕조실록》

02 김은경·이해주·이정호,《광릉숲 600년: 600년 역사, 숲의 미래를 보다 1》, 국립수목원,
     2019.
    방성혜,《조선, 종기와 사투를 벌이다》, 시대의 창, 2012.
    오종록, "세조의 즉위과정과 정치문화의 변동," 〈인문과학연구〉 제31집, 성신여자대학교
     인문과학연구소, 2013.
    《조선왕조실록》

03 이광수,《단종애사》, 새움, 2015.
    《조선왕조실록》

04 손신영, "남양주 흥국사 만세루방 연구," 〈강좌미술사〉 34호, 한국미술사연구소, 2010.
    신광희, "흥선대원군 발원 불화의 양상과 특징," 〈고궁문화〉 제10호, 국립고궁박물관,
     2017.
    《조선왕조실록》

05 《조선왕조실록》
    한명기,《광해군: 탁월한 외교정책을 펼친 군주》, 역사비평사, 2018.
    한명기,《역사평설 병자호란》 1·2, 푸른역사, 2013.

06 《조선왕조실록》
    지두환,《광해군의 친인척》 1·2, 역사문화, 2002.

07 김이순,《대한제국 황제릉》, 소와당, 2010.
    《조선왕조실록》
    한영우,《명성황후, 제국을 일으키다》, 효형출판, 2006.

08 김이순,《대한제국 황제릉》, 소와당, 2010.
    이태진,《일본의 한국병합 강제 연구》, 지식산업사, 2016.
    《조선왕조실록》

09 연갑수, "흥선 대원군에 대한 오해와 진실," 〈내일을 여는 역사〉 제23호, 서해문집, 2006.

윤효정,《대한제국아 망해라: 백성들의 눈으로 쓴 살아 있는 망국사》, 박광희 편역. 다산초당, 2010.

이민주, "홍선 대원군의 개혁정치와 그 한계성,"〈동학연구〉제11집, 한국동학학회, 2002.

장영숙, "왕조의 유산 속에 근대의 교량을 넘어서지 못한 대원군,"〈내일을 여는 역사〉제23호, 서해문집, 2006.

최열, "이하응, 격정의 시대를 뒤흔든 절창,"〈내일을 여는 역사〉제50호, 서해문집, 2013.

허철·김인규,《홍원과 홍릉사람들》, 남양주문화원, 2017.

10 김지영, "조선 시대 왕실 여성들의 출산력,"〈정신문화연구〉124호, 한국학중앙연구원, 2011.

박주,《조선 왕실여성들의 삶》, 국학자료원, 2018.

신명호 외,《조선의 역사를 지켜온 왕실 여성》, 국립고궁박물관 엮음, 글항아리, 2014.

11 박성래, "역사 속 과학인물 – 조선조 세종 때의 천문학자 이순지,"〈과학과 기술〉26권 11호, 한국과학기술단체총연합회, 1993.

전상운,《우리 과학 문화재의 한길에 서서》, 사이언스북스, 2016.

전상운,《세종시대의 과학》, 세종대왕기념사업회, 1986.

《조선왕조실록》

12 서인범,《자금성의 노을》, 역사인, 2019.

신명호,《궁녀》, 시공사, 2012.

《조선왕조실록》

13 박상진,《조선조 영의정 박원종 연구》, 국학자료원, 2001.

《조선왕조실록》

차주영, "역사적 사건의 콘텐츠화 과정 연구 – 중종반정을 중심으로,"〈인문콘텐츠〉10호, 인문콘텐츠학회, 2007.

14 김범,《사화와 반정의 시대》, 역사의아침, 2015.

이정철, "기묘사화 전개과정과 중종의 역할,"〈국학연구〉34호, 한국국학진흥원, 2017.

정두희,《조광조》, 아카넷, 2001.

《조선왕조실록》

15 이덕형,《국역 한음선생문고》상·하, 이경영 옮김, 광주이씨좌의정공파종회, 1992.

《조선왕조실록》

포천문인협회 엮음,《한음 선생의 생애와 시 – 포천문향청년 제7집》, 2015.

16 윤종일 외,《남양주 석실서원》, 경인문화사, 2014.

조광한,《남양주에서 답을 찾다》, 남양주시, 2019.

한명기,《역사평설 병자호란》1·2, 푸른역사, 2013.

17 윤종일 외,《남양주 석실서원》, 경인문화사, 2014.

조성산, "18세기 후반 석실서원과 지식·지식인의 재생산,"〈역사와 담론〉66집, 호서사학회, 2013.

조준호, "조선후기 석실서원의 위상과 학풍," 〈조선시대사학보〉 11집, 조선시대사학회, 1999.

최완수, 《겸재 정선》 1～3, 현암사, 2009.

18 임혜련, "철종초 순원황후 수렴청정기의 궁인 임용 양상과 권력관계," 〈사학연구〉 제110호, 한국사학회, 2013.

장유, 《계곡선생집谿谷先生集》 제13권.

《조선왕조실록》

조익, 《포저집浦渚集》, 민족문화추진회, 2004.

19 박은순, "19세기 문인 영정의 도상과 양식 – 이한철의 〈이유원상〉을 중심으로," 〈강좌미술사〉 24호, 한국미술사연구소, 2005.

박종훈, "귤산 이유원의 회인시(懷人詩) 일고," 〈온지논총〉 47집, 온지학회, 2016.

서중석, 《신흥무관학교와 망명자들》, 역사비평사, 2001.

이덕일, 《이회영과 젊은 그들》, 역사의아침, 2009.

이은숙, 《서간도 시종기》, 일조각, 2017.

허성관, 《이석영 선생의 독립투쟁과 고뇌》, 한가람역사문화연구원, 2015.

20 국립민속박물관, 〈오백년의 침묵 그리고 환생: 원주 변씨 출토유물 기증전〉, 2000.

이성무, 《변안열 평전》, 이성무, 글항아리, 2015.

조규익, "〈불굴가 보론〉 보론," 〈동방학〉 2집, 1996.

황패강, 《대은 변안열과 불굴가》, 유승준 옮김, 단국대출판부, 2019.

21 박석무, 《다산 정약용 평전》, 민음사, 2014.

이덕일, 《정약용과 그의 형제들》 1 · 2, 다산초당, 2012.

정약용, 《다산문선》, 솔, 1997.

정약용, 《다산의 마음: 정약용 산문 선집》, 돌베개, 2008.

22 박석무, 《다산 정약용 평전》, 민음사, 2014.

이덕일, 《정약용과 그의 형제들》 1 · 2, 다산초당, 2012.

조광, "정약종과 초기 천주교회," 〈한국사상사학〉 18집, 한국사상사학회, 2001.

23 국립민속박물관, 《하피첩, 부모의 향기로운 은택》, 2016.

서울옥션, 《책의 기운 문자의 향기: 고서 경매 하이라이트》, 2015.

이덕일, 《정약용과 그의 형제들》 1 · 2, 다산초당, 2012.

정민, 《다산의 재발견》. 휴머니스트, 2011.

최익한, 《여유당 전서를 독함: 최익한 전집 3》, 송찬섭 엮음. 서해문집, 2016.

24 오주석, 《옛 그림 읽기의 즐거움 2》, 신구문화사, 2018.

이덕일, 《정약용과 그의 형제들》 1 · 2, 다산초당, 2012.

정민, 《다산의 재발견》, 휴머니스트, 2011.

25 이덕일, 《정약용과 그의 형제들》 1 · 2, 다산초당, 2012.

최인진, 《다산 정약용의 사진세계: 카메라 오브스쿠라의 흔적을 되살리다》, 연우, 2006.

26 경기문화재연구원, 《다산이 그리워한 마을 마재: 경기마을기록사업 3》, 경기문화재단, 2013.

  김형섭, 《세상이 알아주지 않아도 나는 다산이오》, 산처럼, 2019.

  최익한, 《실학파와 정다산: 최익한 전집 1》, 송찬섭 엮음, 서해문집, 2011.

  최익한, 《여유당 전서를 독함: 최익한 전집 3》, 송찬섭 엮음. 서해문집, 2016.

27 임숙영, 《소재집(疎齋集)》, 한국고전종합DB.

  정약용, 《여유당전서》, 한국고전종합DB.

28 김희찬 외, 《운악산 봉선사》, 경인문화사, 2008.

  문화재청 · 성보문화재연구원, 《남양주 봉선사 비로자나삼신괘불도》, 문화재청, 2019.

29 경기학연구센터, 《경기도 무형문화재총람》, 경기문화재단, 2017.

  전경욱, 《한국의 가면극》, 열화당, 2007.

  퇴계원산대놀이보존회, 《퇴계원산대놀이》, 월인, 1999.

30 고려문화재연구원, 《영성위 신광수 화협옹주 묘 – 남양주 삼패동 고분 유적 발굴 조사 보고서》, 남양주시, 2019.

  국립고궁박물관, 《18세기 조선왕실의 화장품과 화장문화》, 2019.

31 남양주시, 〈남양주를 거닐다: 남양주의 숨은 비경들 명소〉, 2015.

  《조선왕조실록》

32 남양주역사박물관, 《남양주 옛 향을 품다》, 2011.

33 경기문화재연구원, 《다산이 그리워한 마을 마재 – 경기마을기록사업 3》, 경기문화재단, 2013.

  권혁진, 《정약용 길을 떠나다 1》, 산책, 2017.

  정규영, 《다산의 한평생》. 송재소 역주, 창비, 2014.

34 김영식, "조선을 사랑한 한국인, 한국의 나무와 흙이 되다," 〈신동아〉 2008년 4월호, 동아일보사.

  김은경 · 이해주 · 이정호, 《광릉숲 600년: 600년 역사, 숲의 미래를 보다 1》, 국립수목원, 2019.

  《조선왕조실록》

에필로그 전은경, "경기학의 중요성과 활용 방안," 〈주민자치〉 13호

  오세영, 《원행》, 예담, 2006.

  화성지역학연구소, 《화성지역학연구》 제1집, 한누리미디어, 2018.

포천시

가평군

의정부시

비금계곡
축령산

광릉
휘경원
광릉수목원
봉선사
팔야리

수동면

영빈묘
진접읍

물맑음수목원

별내면
순강원

오남읍

수락산
동관댁

노원구
내원암

봉인사
호평동

흥국사
별내동
광해군 묘

덕흥대원군 묘
진건읍

흥원

모란미술관
모란공원

불암산
퇴계원읍
사릉
궁집
평내동
화도읍

금곡동
홍유릉

이순지 묘

다산1동
일패동
묘적사

구리시
이패동

다산2동
삼패동
와부읍

양평군

왈츠와닥터만
커피박물관

조안면
수종사

프라움악기박물관

주필거미박물관

팔당역
남양주시립박물관

한확 묘
(구)능내역

다산 정약용 유적지
마재마을
실학박물관

하남시

팔당호

남양주

광주시